Margit Ruile · God's Kitchen

Bisher von Margit Ruile im Loewe Verlag erschienen:

Dark Noise

God's Kitchen

Margit Ruile

GOD'S KITCHEN

Loewe

Für Christoph

FSC
www.fsc.org
MIX
Papier aus verantwortungsvollen Quellen
FSC® C014496

ISBN 978-3-7855-8447-7
1. Auflage 2018

Redaktion: Susanne Bertels
Umschlaggestaltung: Michael Dietrich
Hintergrundbild: shutterstock © spainter_vfx
Printed in Germany

www.loewe-verlag.de

GEDANKENGEWITTER

Ich sage es gleich vorneweg. Ich kann in die Zukunft sehen. Ich bin euch nicht böse, wenn ihr das nicht glaubt. Ich glaube mir ja selbst kaum. Das heißt – ich habe mir lange Zeit verboten, daran zu glauben, denn es erschien mir immer zu abseitig und zu verrückt, als dass es wahr sein könnte. Trotzdem habe ich dem, was ich kann, einen Namen gegeben. So als könnte ich es mit einem Namen zähmen und in Schach halten. Ich nenne es »die Gabe«. Die Gabe – so wie »das Geschenk«. Ja, es ist so etwas wie ein Geschenk. Allerdings eines, das mich nicht glücklich gemacht hat und das ich nicht zurückgeben kann, auch wenn ich mir das immer gewünscht habe.

Als ich Kind war, hatte ich einen anderen Namen dafür. Einen, der viel greifbarer ist und es vielleicht besser beschreibt. Ich nannte es »Gedankengewitter« und meinte damit diese Bilder, die aus dem Nichts kommen und in meinem Kopf leuchten wie eine Kaskade von grell aufzuckenden Blitzen. Sie überfallen mich, seit ich denken kann. Ich kann mich nicht an eine Zeit ohne sie erinnern. Sie waren einfach schon immer da. Daher dachte ich erst, dass jeder sie hätte, dass sie etwas ganz Selbstverständliches wären und dass alle anderen auch von ihnen geflutet würden. »Kennt ihr das auch?«, fragte ich. »Du siehst jemanden die Treppe hinunterstürzen und gleich darauf passiert es wirklich. Du weißt, dass das Fenster aufspringen wird und die Katze hereinkommt. Du weißt, dass Lilly gleich vom Stuhl fallen und den Arm in einer Schlinge tragen wird? Kennt ihr das auch?« Aber statt Zustimmung zu ernten, blickte ich nur in erstaunte

Gesichter. Keiner außer mir sah solche Bilder. Niemand konnte das, was ich konnte. Und so hörte ich auf zu fragen. Denn jede meiner Fragen zog diesen speziellen Blick nach sich. Unglauben war darin, Verwirrung, aber auch Angst. Ich spürte, wie die anderen vor mir zurückwichen, und es tat mir weh. Oh, ich wollte nicht, dass man mich so ansah! Ich wollte nicht, dass man über mich tuschelte und mich für verrückt hielt. Ich wollte nicht Gegenstand von Spekulationen sein. Ich wollte genau so sein wie alle anderen.

Tief in mir spürte ich aber, dass ich nie so sein würde. Denn da war die Gabe, die mich von den anderen trennte und einsam machte. Wem sollte ich von dem Gewitter erzählen? Wer sollte diese Bilder verstehen? Ich hatte noch niemanden getroffen, der so war wie ich, und daher fühlte ich mich auf eine seltsame Art heimatlos, obwohl ich damals noch ein Zuhause hatte.

So lernte ich, das, was ich sah, für mich zu behalten. Und schließlich gelang es mir, die Bilder nicht nur vor den anderen zu verbergen, sondern sogar vor mir selbst so zu tun, als würde es sie gar nicht geben. Ich beschloss, sie zu ignorieren, und hoffte, sie so aus meinem Leben zu verbannen.

Eine Zeit lang schien das ganz gut zu funktionieren, denn je älter ich wurde, desto mehr Zeit verging zwischen den Gedankengewittern. Manchmal ließ mich die Gabe sogar monatelang in Ruhe und wiegte mich in der trügerischen Sicherheit, sie wäre für immer aus meinem Leben verschwunden. Doch sie kam wieder. Dabei zeigte sie sich ganz unterschiedlich. Oft war es nur ein kleines Aufblitzen. Ein Bild, das in hoher Geschwindigkeit durch meinen Kopf zog, wie ein Luftzug, kaum festzuhalten, eine flüchtige Erinnerung an das, was sein wird. Ich holte das Essen in einer Kantine und sah, wie hinter mir der

Mann gleich sein Tablett fallen lassen würde. Ich sah eine alte Frau im Park und wusste, dass sie gleich einen Fahrradfahrer mit dem Stock bedrohen würde. Die Bilder schossen mir durch den Kopf, sie waren nichts Besonderes, keine spektakulären Ereignisse, nur winzige Risse in der Zeit, durch die ich schauen konnte.

Manchmal entfaltete sich aber auch eine ganze Szene. Ich hörte, was die Menschen sprachen, und fühlte ihre Gefühle, so als würde ich im Kino sitzen und mir einen Film ansehen.

Ich verstand nie, warum sich die Gabe einmal so beiläufig zeigte und ein andermal so bedeutsam. Irgendwann glaubte ich, dass es vielleicht gar nichts mit mir zu tun hatte und dass ich nur ein Medium war. Wie eine Hülle, durch die irgendeine unverständliche Naturkraft floss – mal stärker, mal schwächer, gerade wie es ihr beliebte. Diese Kraft spielte mit mir. Ich konnte mir die Bilder weder herbeiwünschen noch darum bitten, dass sie verschwanden. Es gab nichts, womit ich diese Kraft steuern konnte. Ich war ihr einfach ausgeliefert. Alles, was ich konnte, war warten, bis das Gewitter vorbeiziehen würde, und versuchen, die Bilder, die ich von der Zukunft sah, zu verstehen. Ich wusste, dass ich das Puzzlestück der Zeit, das mir gezeigt wurde, erst später würde einordnen können. In der Zwischenzeit blieb es in meinem Kopf wie ein großes Fragezeichen.

Jetzt befinde ich mich in einer Gegenwart, von der ich Teile gesehen habe, als wäre ich durch einen langen Flur mit vielen Türen gelaufen. Diese Teile befanden sich dort hinter den verschlossenen Türen, von denen ich manche öffnen konnte. Nur für einen Spalt und einen kurzen heimlichen Blick. Dass ich jetzt hier in diesem Zug sitzen würde, habe ich nicht gesehen. Ich sah keine Solarzellen auf den Feldern, keinen Schornstein in der Ferne, keinen dünnen aufsteigenden Rauch, der mich an ein Zeichen erinnert. Ein Signal. Ein geheimes Zeichen. Von jemandem abgeschickt. Für die bestimmt, die es lesen können. So, wie ich einmal ein Zeichen bekam. Ein paar Striche, die alles veränderten.

Das Wasser sammelt sich auf der Scheibe, die Tropfen flitzen mit dem Fahrtwind, draußen ducken sich Bäume unter dem Regen und die Felder leuchten gelb. Ich halte diese Bilder fest und setze sie ein in das große Puzzle. Die Zeit ist nicht linear. Sie ist überall verteilt. Ein Zeitfetzen hier, einer da. Zusammen werden sie einmal ein ganzes Bild ergeben.

Wie soll ich euch das Bild beschreiben? Es gibt keinen Anfang, es gibt nur einen Punkt in der Zeit, den ich vor meinen Augen entstehen lassen kann. Also bitte ich euch, mir zu folgen, und lasse den schmalen Pfad der Gegenwart mit den pfeilschnellen Regentropfen und den Solarzellen hinter mir – und erinnere mich.

1

Meine Geschichte beginnt vor genau einem Jahr. Genauer gesagt an einem heißen Donnerstag im August, in der ersten Woche der Semesterferien. An diesem Tag hatte ich zum ersten Mal seit Langem wieder eine Vision. Sie kam mit ungewöhnlicher Heftigkeit und zeigte mir etwas, das ich nie hätte sehen wollen. Ich hatte keine Ahnung, dass die Gabe ausgerechnet an diesem Tag wiederkommen würde. Nichts deutete darauf hin. Wobei … Ich erinnere mich an ein Flimmern vor den Augen, kurz nach dem Aufstehen. Dieses Flimmern rief einen kurzen Schreck in mir hervor, ein leichtes Zusammenzucken und eine Ahnung, dass der Tag nicht so ruhig und still enden würde, wie er begann. Doch ich schluckte dieses plötzliche Unbehagen hinunter, versuchte, es zu vergessen, und schob die schillernden Dreiecke, die kurz vor meinen Augen aufzuckten, auf die Hitze und die Schwüle, die schon am Morgen dieses Tages herrschten.

Ich wohnte in einem der Studentenbungalows im olympischen Dorf. Stellt euch diesen Bungalow vor wie eine hochkant aufgestellte Garage, vorne mit einer Tür und einem großen Fenster, innen mit einer Treppe an der hinteren Wand und einer eingebauten Nasszelle. Zwölf Quadratmeter fanden so auf zwei Stockwerken Platz. Oben gab es sogar einen Balkon. Die Bungalows drängten sich zusammen wie zu klein geratene Reihenhäuser. Sie waren meist bunt angemalt – die Farben dafür bekam man vom Studentenwerk – und bildeten enge Gassen. Diese Gassen waren eigentlich das Einzige, was im olympischen Dorf an ein Dorf erinnerte. Ansonsten war es eine Ansammlung von Betonbauten, begrenzt durch die beiden Stadtringe und die Lerchenauer Straße, breite mehrspurige Verkehrsschneisen, die man durch die Stadt gefräst hatte. Während der Olympiade 1972 hatten hier die Sportler gewohnt. Heute leben Studenten in dem großen Hochhaus vor dem Parkplatz und in den kleinen würfelförmigen Bungalows. Deshalb hatte es auch mich dorthin verschlagen. Ich hatte ein Studium begonnen – Psychologie – und hier einen der begehrten Bungalows ergattert in der Hoffnung, dort endlich ein Zuhause zu finden. Ja, das hoffte ich und zugleich hatte ich Angst, dass mir das nicht gelingen würde. Ich hatte es vorher auch nirgendwo geschafft, für viele Jahre kein Zuhause gehabt. Missversteht mich nicht! Das bedeutet nicht, dass ich auf der Straße leben musste. Ich bin nicht arm. Schließlich habe ich geerbt und immer ein Dach über dem Kopf besessen. Meistens sogar ein eigenes Zimmer und Menschen, die sich um mich kümmerten. Aber ein Dach über dem Kopf ist nicht das Gleiche wie ein Zuhause. Wahrscheinlich muss ich auch davon erzählen, wenn ich will, dass diese Geschichte vollständig ist. Ehrlich gesagt, ich weiß noch nicht, ob ich das kann. Aber gut, ich werde es zumindest versuchen.

Stellt euch also das olympische Dorf im Hochsommer vor: Die Hochhäuser werfen scharfkantige Schatten. Dächer flimmern in der Hitze, Autos reflektieren die Sonnenstrahlen wie flitzende kleine Spiegel. Seht ihr mich? Dort! Ich komme gerade aus dem Supermarkt und sperre mein Fahrrad auf. Ja, das bin ich! Das Mädchen mit den schwarzen, langen Haaren und dem gelben Kleid mit den bunten Blumen. Ein Farbfleck zwischen den Hochhäusern, direkt unter dem dicken gelben Rohr, das sich durch das Dorf zieht und die Verbindung zwischen den Völkern symbolisieren soll. Da bin ich. Jetzt schiebe ich mein Fahrrad durch die menschenleere Ladenzeile. Zwei Tüten voll mit Lebensmitteln hängen links und rechts am Lenker und schlackern gegen den Vorderreifen. Als ich unter dem Dach hervorkomme, suche ich den Schatten der Hochhäuser. Ich mag es nicht, wenn die Sonne mir ungeschützt auf den Kopf brennt. Es ist kurz vor Mittag und unerträglich heiß. Ich bin auf dem Weg zurück in meine stille Gasse. Ich nehme an, ich bin die Einzige, die noch dort wohnt, denn es ist der Beginn der Semesterferien und alle anderen sind nach Hause oder in den Urlaub gefahren. Aber – ich bin nicht allein, denn hinter mir höre ich eine Stimme. Jemand ruft meinen Namen.

»Celine?«

Ich drehe mich um und starre in ein breites, von einem Bart umrahmtes Gesicht.

»Robert?«

Er bewohnt den Bungalow mir gegenüber und war der Erste, dem ich begegnet bin, als ich vor zwei Monaten einzog, mit einer Tasche auf dem Radlenker und dem zusammengerollten Teppich auf dem Gepäckträger. Mehr besaß ich nicht. Ein paar Kleidungsstücke, einen Computer, einen Teppich mit dem Muster, das an den Rändern ins Unendliche geht. Robert hat mir geholfen, die Sachen in meinen Bungalow zu bringen.

»Du bist noch da?«, fragt mich Robert. Er sieht mich neugierig an.

»Ja, ich kann nicht weg. Ich muss noch eine Seminararbeit schreiben«, sage ich. Nun, das stimmt nur zum Teil. Es ist nicht das, was mich hier hält.

»Über was?«

Ich muss lachen. »Ich glaube nicht, dass dich das interessiert.«

»Sag schon!«

»Facetten der Wirklichkeitswahrnehmung.«

»Aha – klingt interessant!« Er grinst.

»Du machst Witze.«

»Nein, ehrlich nicht.«

»Okay.«

»Und dann? Fährst du gar nicht nach Hause?«

»Mhmm«, sage ich. Es könnte alles heißen. Zustimmung oder Zeichen für Unentschlossenheit. Ich will ihm nicht sagen, dass ich nirgendwohin fahren kann. Dieser Bungalow, in dem ich jetzt wohne, *ist* mein Zuhause.

»Und du?«, frage ich schließlich.

»In zwei Wochen bin ich auch weg.«

»Dann ist wenigstens jetzt noch jemand da«, sage ich erleichtert. »Ich hatte schon Angst, allein in der Gasse zu sein.«

»Ich auch«, sagt Robert und lächelt mich an.

»Fährst du in die Stadt?«, frage ich und sehe auf sein Fahrrad, das er in seiner rechten Hand hält. Ein weißes Rennrad. Schmale Reifen. Der Lenker gebogen wie Stierhörner, mit einem weißen Band umwickelt. Hinten auf den Gepäckträger hat er ein Handtuch geklemmt. Es ist das Erste, was ich jeden Morgen sehe, wenn ich aus dem Fenster blicke. Roberts Rennrad. Ich weiß, er hat es selbst aus Einzelteilen zusammengebaut. Er hat mir das ganz stolz erzählt, als er mein Fahrrad reparierte, das plötzlich nicht mehr fuhr.

»Runter zum Eisbach. Willst du mitkommen?« Er sieht so aus, als würde er sich freuen, wenn ich Ja sagte.

»Ich weiß nicht. Eigentlich wollte ich heute noch die Einleitung hinbekommen.«

»Bei der Hitze?«

Ich zucke mit den Schultern. »Sonst habe ich so ein schlechtes

Gewissen. Und vor allem Angst, dass ich nicht fertig werde. Fährst du morgen auch?«

»Denke schon.«

»Dann komme ich vielleicht morgen mit. Heute wird es sowieso regnen.«

»Es wird regnen?« Er sieht nach oben und lacht. »Keine Wolke am Himmel.«

Ich lege meinen Kopf in den Nacken. Er hat recht. Der Himmel ist blitzblank, ein strahlendes, überirdisches Blau, das schon fast einen leichten Lilaschimmer hat.

»Wie kommst du denn darauf?«, fragt er amüsiert.

»Ich weiß nicht«, sage ich leise. Meine Kopfhaut kribbelt leicht. Hoch über mir fliegt ein Falke. *War er vorher auch schon da? Komisch. Ich kenne diesen Falken. Werde ihn gekannt haben. Mit dem Falken kommen die Wolken. Der Wind treibt sie vor sich her.*

»Es gibt ein Gewitter«, sage ich. »Ziemlich bald.«

Robert sieht mich von der Seite an.

»Wenn du das sagst …«

Er glaubt mir nicht.

»Dann kommst du einfach morgen mit. Wenn du die Einleitung fertig hast.«

Er sieht mich erwartungsvoll an. *Wieso ist er so weit weg?*

»Ja«, sage ich. »Ja, okay.« Meine Stimme klingt seltsam fremd. Die Kopfhaut kribbelt und zieht sich in der Hitze zusammen. Spitze Nadelstiche, die weißen scharfen Punkte vor den Augen. Ein Frösteln trotz all der Hitze um mich herum. *Der Falke über mir, er rüttelt mit den Flügeln, steht senkrecht in der Luft. Er hat gefunden, was er suchte.*

»Celine, ist alles okay?« Roberts Stimme dringt aus der Ferne zu mir.

Ein leichter Wind kommt auf und fährt mir durch die Haare. Ich muss sie mir aus dem Gesicht streichen. *Roberts Rad. Es ist etwas mit seinem Rad. Ich muss mich erinnern. Es ist wichtig! Diese Speichen. Sie fangen an, sich zu drehen. Ist das der Wind? Er rauscht in meinen Ohren. Ich starre auf meine Hände, die das Lenkrad umgreifen. Wieso habe ich Haare auf dem Handrücken? Es muss geregnet haben. Ich bin durchnässt, das rote T-Shirt klebt an meinem Körper. Wind um mich herum. Alles ist dunkel, dann kommen mir Lichter entgegen. Ich bin in einem Tunnel. Unter mir bewege ich kräftige braun gebrannte Beine, die in die Pedale treten. Es sind meine Beine. Ich bin nicht Celine; wer bin ich dann? Ich habe mehr Muskeln, anderes Blut. Ich bin wach und kräftig, schneller als die anderen, was mir eine gewisse Befriedigung verschafft. Es geht bergab, ich lasse das Rad auslaufen, ein Surren der Gangschaltung, die weißen Randstreifen verschwimmen zu einem einzigen, fließenden Band. Schnell und schneller, ein Lastzug neben mir. Die Reifen des Lasters sind fast so groß wie ich. Ich fahre rechts an ihm vorbei. Unter mir glänzt es. Wie kann es im Tunnel regnen? Der Lenker gleitet mir aus der Hand. Glänzendes Licht auf dem Asphalt. Blau. Ein verbogenes Fahrrad. Die Speichen eingeknickt. Ein Rad dreht sich noch. Klick-klick-klick.*

»Celine?« Ich sehe Robert wie durch ein umgedrehtes Fernrohr. »Celine?«, fragt er noch mal.

Ich lehne mich seitlich an das Geländer und versuche, die Bilder abzuschütteln. Sie fliegen in meinen Kopf, schnelle Bilder, die mich schwindelig machen, *Lichter, Tunnel, Radspeichen. Es fühlt sich an wie ein Traum. Es fühlt sich immer an wie ein Traum.*

»Hey, Celine, was ist los?«

Ich starre ihn an. Er hat seine Hand auf meinen Arm gelegt.

Ich schlucke. Mir ist kalt und heiß zugleich. Dreiecke flimmern in meinem Kopf.

»Nicht durch die Unterführung! Fahr nicht durch die Unterführung!« *Bin das ich, die spricht? Sind das meine Worte?*

»Hey, setz dich hin, komm schon!«

Ich lasse das Fahrrad mit den Einkäufen stehen und setze mich auf die Treppe, die von der Ladenzeile zum Vorplatz führt. Ich hasse mich. *Verflucht. Wann hatte ich es zum letzten Mal?*

»Hier, trink was!« Robert hat sich neben mich gesetzt. Seine Stimme ist so weit weg, als käme sie durch eine Röhre. Er hält mir eine große Plastikflasche mit Wasser hin. Sie ist eiskalt. Ich setze sie an und trinke. Kaltes Wasser rinnt mir durch die Kehle. Es tut gut. Mein Kleid klebt mir am Rücken.

Es ist nicht real. Es ist nicht real.

»Soll ich dich nach Hause bringen?«

Ich sehe in sein erschrockenes Gesicht. Mein Herz klopft schnell und ich nehme seine Hand.

»Du wirst einen Unfall haben«, sage ich leise. Meine Wangen sind nass. Es müssen Tränen sein. Sie laufen mir über die Wangen.

Er wird dir nicht glauben. Keiner tut das.

»Bitte! Es wird regnen, du wirst die rechte Spur hinunterfahren und ein Laster wird von der Seite kreuzen. Es gibt da eine glänzende Fläche, eine Ölspur vielleicht, und du wirst … Dein Rad wird komplett zerquetscht sein.«

»Okay«, sagt er langsam und zieht vorsichtig die Hand zurück.

»Was mit dir sein wird, weiß ich nicht«, sage ich. »Aber … da war Blaulicht …«

»Ich wollte wirklich durch die Unterführung fahren«, sagt

Robert. Er kratzt sich am Kopf. »Aber … ich meine … woher willst du das alles wissen?«

»Ich habe es gesehen«, sage ich leise.

»Wann?«

»Jetzt.«

»Jetzt? Du meinst *jetzt gerade*?«

Ich nicke.

Er atmet einmal tief durch. »Du willst sagen, du kannst irgendwie Dinge sehen, die passieren werden?«

Ich kann ihm nicht in die Augen schauen.

»Ja … Nein. Manchmal. Ich kann es nicht steuern.«

»Echt jetzt?«

Ich spüre, dass ich rot werde. »Es ist mir schon lange nicht mehr passiert.«

Robert fährt sich über den Kopf. »Also, na ja … das klingt ziemlich verrückt.«

Ich sage nichts, sondern sehe auf den Boden, auf meine Füße in den Sandalen. »Ich weiß.«

»Und du glaubst das, was du da siehst? Also ich meine, du hältst das für real?«

»Ja.« Ich muss mich räuspern. »Ich hatte das schon öfter.«

»Mhmm.« Er rückt ein bisschen von mir weg. Ein paar Millimeter, unmerklich, aber ich spüre es.

»Du musst mir glauben, bitte!«, sage ich.

»Das ist jetzt nicht einfach.«

»Ich habe eine Vision und dann passiert es wirklich«, flüstere ich. »Und zwar genauso, wie ich es gesehen habe.«

»Und du bringst da nicht einfach etwas durcheinander?«

»Das habe ich auch immer gedacht. Aber es ist nicht so. Es wird passieren! Es ist alles in meinem Kopf, verstehst du? Die Gegenwart und die Zukunft.«

Wir schweigen eine Weile, dann sieht er mich an »Weißt du, ich hätte dich gar nicht so eingeschätzt.«

»Wie eingeschätzt?«

Er fährt sich über die Haare. »Dass du dich mit so was beschäftigst.«

Ich merke, dass eine leise unnachgiebige Wut in mir hochsteigt. *Er nimmt mich nicht ernst. Warum sollte er auch?*

»Ich beschäftige mich nicht mit *so was*. Es kommt einfach, verstehst du? Ich kann nichts dafür. Es wäre mir auch lieber, wenn es nicht da wäre.«

»Puh. Okay.« Er weiß nicht, was er darauf sagen soll, und versucht, sich aus Verlegenheit an einem Lachen. »Tut mir leid. Weißt du, ich verstehe nur etwas davon, wie man Maschinen repariert. Ich studiere nicht Psychologie oder so was. Ich glaube, ich kann dir da nicht helfen.«

Ich schüttle den Kopf. »Du musst mir nicht helfen, ehrlich. Du musst mir nur glauben.«

Wir sehen uns nicht an.

»Es ist einfach verdammt heiß«, sagt er schließlich.

Ich wische mir die Tränen mit dem Handrücken weg. Es schmeckt salzig.

Er steht auf, hebt sein Fahrrad vorne an, gibt dem Vorderrad einen Schubs und starrt in die sich drehenden Speichen. Wahrscheinlich will er überprüfen, ob alles in Ordnung ist. Schließlich gibt er sich einen Ruck. Ich kann es sehen. Er richtet sich auf und sieht mich an. Oh, ich kenne ihn, diesen Blick, er tut so weh. Er hat Angst vor mir. Ich sehe es in seinen Augen. »Also, dir geht es wirklich gut? Soll ich vielleicht jemanden rufen?«, fragt er. »Das wäre sicher vernünftig.«

Ich schüttle den Kopf. »Nein, ich bin okay.«

»Sicher?«

»Ich bin nicht in Gefahr. Du bist es! Fahr nicht durch diese Unterführung, bitte!«

Ich kann nichts ausrichten. Was soll ich tun? Kann ich das, was ich sehe, überhaupt ändern?

»Du musst mir nicht glauben. Aber tu es einfach nicht!«

Er seufzt, steckt die Flasche in seinen Rucksack und wiegt den Kopf hin und her, als würde er mit sich selbst sprechen. Dann dreht er sich zu mir um.

»Also gut. Ich passe auf, versprochen«, sagt er. »Keine Angst!«

Ich sehe, wie seine Hände das Lenkrad umgreifen, und widerstehe einer plötzlich hochsteigenden Übelkeit.

Ich sollte ihn aufhalten. Ein Messer holen, seine Reifen zerstechen. Irgendetwas tun!

»Nimm einfach einen anderen Weg!«

Er schüttelt den Kopf und versucht sich an einem Lachen. »Mach dir keine Sorgen, ja! Ruh dich einfach aus!« Er nickt mir kurz zu, dann wendet er sein Rad und fährt schnell davon. Ich starre ihm nach, sehe, wie er in die Pedale tritt und dann hinter dem Weg neben den Bungalows verschwindet. Er hat sich nicht noch einmal umgedreht.

Es ist schrecklich, ihn wegfahren zu sehen. Es hat keinen Sinn, ihm nachzulaufen, denn er glaubt mir nicht. Er wird einfach weiterfahren. *Was soll ich tun? Könnte ich die Polizei verständigen? Was soll ich ihnen sagen? »Ein Unfall wird geschehen«? Wie lächerlich!* Ich wische mir die Tränen weg, dann stehe ich langsam auf.

Der Schwindel ebbt ab. Die Kopfhaut ist kribbelfrei. Alles normal, wie immer. Die Häuser werfen klare Schatten. Die Uhr, eine nüchterne Bahnhofsuhr neben der Bäckerei, zeigt halb eins. Wespen schwirren um die Theke. Die Verkäuferin sieht zu mir her. Ich wende den Blick ab und sehe an mir herunter. Ich weiß, wer ich bin, wo ich bin. Ich bin auf dem Rückweg vom Einkaufen. Es sind Semesterferien. Ich studiere Psychologie. Zweites Semester. Ich heiße Celine. Ich wohne in dem Bungalow mit der Nummer C308.

Verflucht, und ich habe diese Gabe. Sie ist wieder da.

Ich blicke hoch zum blitzblanken Himmel. Der Falke, er ist verschwunden.

Natürlich ist er verschwunden. Es gibt keinen Falken.

Von irgendwoher trifft mich ein Regentropfen.

2

Ich schiebe mein Fahrrad zurück zu meinem Bungalow und werfe dort die Lebensmittel in den Kühlschrank. Hier ist es kühl und dunkel. Nur oben dringt Licht durch das Fenster. Ich schleppe mich die Treppen in den oberen Stock hoch, lasse mich auf mein Hochbett fallen, das aus vier Brettern besteht, die auf dem Treppengeländer aufliegen und an der rückseitigen Wand befestigt sind. Die orangefarbene Matratze vom Studentenwerk riecht muffig, die Sonne scheint durch die großen Scheiben. Der Blick in die Zukunft hat mich völlig erschöpft und verängstigt, und obwohl ich noch kurz dagegen ankämpfe, falle ich ein paar Sekunden später in tiefen Schlaf.

Hier schlafe ich also, im oberen Stockwerk auf einem Hochbett. Direkt unter meinem Bett liegt die Küchenzeile, zwei Kochplatten, ein schmaler Kühlschrank und eine Spüle, unter der sich, wenn man die Türen öffnet, die blanke Erde befindet. Vor ein paar Wochen waren die Ameisen über den grauen Teppichboden gekrabbelt. Eine ganze Straße. Sie hatten weiße Flügel und schwirrten bis hinauf in mein Hochbett. Ich kaufte mir eine gelbe Dose mit Ameisengift und sie kamen nie wieder. Die Kochplatte war schon beim Einzug kaputt. Mir war nicht klar, dass man den Hausmeister anrufen konnte, der sie dann auswechseln oder reparieren würde. Ich nahm es hin, so wie ich bisher alles hingenommen hatte. Ich versuchte, mich mit allem zu arrangieren und einen Weg darum herum zu bauen. Ich konnte also in meinem Bungalow nicht kochen, fand aber eine Kaffeemaschine bei den Müllcontainern. Jemand hatte sie dort abgestellt mit einem »Zum Mitnehmen«-Schild, das ich sofort wörtlich nahm. Ich konnte mir nun Kaffee aufbrühen und sogar heißes Wasser machen, das ich ab und zu auf Instantnudeln goss und mir so eine warme Mahlzeit leistete. Die aß ich mit zwei Stäbchen, wie ich es vor langer Zeit von meiner Mutter gelernt hatte, und saß dabei unter der Treppe, die in den oberen Teil des Bungalows führte, an einem zerkratzten Holztisch, den mein Vormieter mir einfach dagelassen hatte. Es war das erste Mal, dass ich alleine wohnte. Bisher lebte ich immer mit anderen Menschen zusammen. In Heimen, in den bunten Zimmern mit den Bildern von Fuß- oder Handabdrücken, deren fröhliche Farben mir seltsam trostlos vorkamen, in Pflegefamilien, die mir fremd waren und vor denen ich früher oder später davongelaufen war, denn niemand konnte mir meine echte Familie ersetzen. Meine echte Familie. Über sie will ich jetzt nicht sprechen. Nicht jetzt. Vielleicht kann ich nie von ihr erzählen. Wir werden sehen.

Ich habe jedenfalls nie gelernt, mich einzurichten und aus einem Platz ein Zuhause zu machen, indem ich Wände strich, Bilder aufhängte, Vorhänge aussuchte, all diese Dinge, die meine Nachbarn wunderbarerweise beherrschten und die aus ihren Bungalows kleine heimelige Hütten machten. Ich nahm die Dinge, die ich fand, und stellte sie an den Platz, den man mir zugewiesen hatte. Ich beklagte mich nicht. Ich hatte nicht gelernt, mich zu beklagen. Beklagen können sich nur die, die von jemandem gehört werden.

Ein Blitz zuckt vor meinem Fenster, ich wache davon auf oder von dem dunklen Grollen, das dem Blitz folgt. Es zerreißt die Luft. Zerfetzt die Hitze.

Ich bin ganz verwirrt, denn draußen ist es bereits dunkel.

War es nicht eben noch mittags? Tropfen schlagen gegen die Scheiben, ich habe vergessen, den Vorhang zuzuziehen. Draußen gluckert der Regen in den Dachrinnen und schießt durch die Fallrohre. Ich schließe das Fenster, denn es regnet durch die gekippte Scheibe direkt in mein Bett hinein. Ich sehe auf mein Handy, es ist noch in meiner Tasche. 00:03 Uhr. Ich habe fast zwölf Stunden geschlafen. Mein Kopf ist schwer. Dann höre ich das Klopfen. *Was ist das?* Es pocht wieder – dreimal. Durch das Fenster kann ich nur auf den Balkon sehen, aber nicht vor die Tür. Ich schleiche mich die Treppe hinunter und ziehe die schwere Eisentür auf – jeder Bungalow hat dünne Betonwände und eine schwere Tür. Da ist niemand. Es muss der Regen gewesen sein oder eine Sinnestäuschung. Ein Blitz zuckt am Himmel. Ich sehe an Roberts Hausfassade gegenüber die verwaschene Snoopy-Figur. Snoopy sitzt mit einer Fliegerbrille über dem Fenster, dem außen die Konturen einer Hundehütte gegeben wurden, und tut so, als steuere er ein Flugzeug. Es ist ein vertrauter Anblick. Ich sehe ihn jeden Tag. Aber etwas fehlt. Die Mauer darunter ist leer. Roberts Fahrrad ist weg und kein Licht im Bungalow zu sehen.

Ich muss schlucken, denn langsam kommt die Erinnerung zurück. *Das Fahrrad. Der Unfall. Ich habe es gesehen und habe es nicht verhindern können. Was soll ich tun?*

Ein weiterer Blitz schießt vom Himmel und erleuchtet ein Gesicht direkt vor mir. Es ist hell und bleich. Die rechte Seite von mir abgewandt. Ich unterdrücke einen Schrei. Robert steht vor der Tür. *Robert. War er schon immer so groß gewesen?* Seine Haare und sein Bart sind durchnässt und zerzaust. Regentropfen laufen über sein Gesicht. »Hallo, Celine«, sagt er leise. Ich starre ihn an.

»Hast du geklopft?«, frage ich.

»Ja, ich bin gerade eben zurückgekommen.«

Ich zittere vor Erleichterung. Er ist kein Geist und er ist lebendig. *Gott sei Dank ist nichts passiert. Es war kein Blick in die Zukunft oder eine Vision. Nur Bilder, die nichts zu sagen haben, ausgelöst durch die Hitze vielleicht oder durch die Müdigkeit.*

»Ich bin so froh, dich zu sehen«, sage ich. Dabei – ich gebe es zu – geht es nur zum Teil um ihn. Ich bin auch um meinetwillen froh. *Ich habe es mir nur eingebildet.*

Er antwortet nicht. Seine rechte Gesichtshälfte ist seltsam dunkel. *War das heute Mittag auch schon so?*

»Willst du reinkommen?«, frage ich.

Er sieht mich an und schüttelt dann den Kopf. »Nein, ich … ich bleibe lieber hier draußen.«

»Aber du wirst ganz nass!«

»Das macht nichts.« Er steht vor mir und starrt mich an. »Wie hast du das gemacht?«, fragt er nach einer Weile. Seine Stimme seltsam hoch.

»Was meinst du mit *gemacht*?«

»Du weiß genau, was ich meine.« Er mustert mich. Ich habe immer noch das kurze Kleid von heute Mittag an. Es ist völlig zerknittert, was mir plötzlich peinlich ist.

»Ich verstehe nicht …«, sage ich langsam.

Er atmet einmal kurz durch. »Weißt du, mein Fahrrad ist nur noch ein Haufen Schrott.«

Ich schlucke. *Ein Haufen Schrott, ein Haufen Schrott …*

»Du hattest recht: da war wirklich ein Laster.« Er hebt jetzt den Arm und ich halte die Luft an. Um den rechten Ellbogen zieht sich ein Verband. »Aber ich hatte Glück«, fährt er fort. »Nur ein paar Abschürfungen. Und dann das hier im Gesicht.« Er dreht sich zu mir. Der dunkle Fleck ist ein Bluterguss. Er zieht sich vom rechten Auge nach unten bis zum Kinn.

»Nein!«, entfährt es mir.

»Also, wie hast du das gemacht?«, fragt er ruhig. »Mit dem Regen, dem Laster. Wie konntest du das wissen?«

»Ich weiß nicht, wie es geht. Ich habe es einfach gesehen«, sage ich leise.

»Aber das ergibt einfach keinen Sinn.«

»Nein, das tut es nicht«, gebe ich zu.

Er beißt sich auf die Lippe. »Weißt du … Ich habe eine Erklärung. Es gibt doch dieses Ding, eine … eine selbsterfüllende Prophezeiung … Hättest du nichts gesagt, es wäre anders gewesen. Ich hätte nicht dauernd daran denken müssen, als ich im Tunnel war.«

Ich schnappe nach Luft. »Du meinst, es ist passiert, *weil* ich es vorausgesagt habe?«

»Nein. Doch.« Er zögert. »Was weiß ich …«

»Du glaubst, ich bin schuld?«

Er schweigt und sieht zu Boden. Sein T-Shirt ist völlig nass und das Wasser läuft ihm von den Haaren.

Ich räuspere mich leise. »Es wäre passiert, ob ich dir das gesagt hätte oder nicht.«

Er hebt seinen Kopf und sieht mich misstrauisch an.

»Das macht es eigentlich nur noch unheimlicher.«

Ich beiße mir auf die Lippe. »Du musst keine Angst vor mir haben!«, flüstere ich und wünsche mir, es würde nicht so verzweifelt klingen. »Ich bin genauso wie du. Ich habe nur diese eine Fähigkeit. Es ist wirklich das Einzige, was mich von dir unterscheidet.«

»Hey, ich hab keine Angst vor dir, echt nicht«, sagt er, aber seine Augen sagen etwas ganz anderes. Eine verlegene Stille macht sich zwischen uns breit.

Er fährt sich über die Haare. »Okay dann! Ich geh jetzt!« Er wendet sich um und geht zu seinem Bungalow. Dabei hinkt sein Fuß nach. Mein Herz zieht sich zusammen.

»Warte!«

Er sieht mich zweifelnd an.

»Soll ich dir vielleicht mit irgendwas helfen? Ich könnte was für dich einkaufen oder so. Morgen?«, frage ich.

Er kratzt sich am Kopf. »Ja. Vielleicht. Mal sehen. Ich gebe dir Bescheid, ja?«

Es klingt eine Spur zu freundlich, sodass mir klar wird, dass er mir nicht Bescheid geben wird. Nein, er wird mir ab jetzt ausweichen. Ich sehe es an seinem Blick. Er tritt einen Schritt zurück. »Ich muss jetzt wirklich rein.«

Ich schäme mich und trete zurück. Sein Blick tut mir so weh wie ein Schnitt mit dem Messer.

»Also dann! Bis morgen!!«

Ich schließe die Tür. »Bis morgen!« Das Echo der Worte klingt mir in den Ohren. Ich lehne mich an die geschlossene Tür. Ob er wohl noch draußen steht? Nein, er ist sicher hineingegangen, froh, mit mir nichts mehr zu tun zu haben. »Ich kann nichts dafür!«, hätte ich ihm am liebsten gesagt. »Ich bin nicht die, die für die Sachen verantwortlich ist, ich bin nur die, die sie sieht!« Aber hatte man nicht schon früher dem Boten, dem Überbringer der schlechten Nachricht, den Kopf abgeschlagen und nicht dem Verursacher? Ich wollte nie der Bote sein! Ich habe mir das nicht ausgesucht. Glaubt ihr mir das?

Ich warte ein paar Herzschläge, dann öffne ich die Tür einen Spalt. Der Regen hat nachgelassen. Wasserpfützen glänzen in der Straße. Robert ist tatsächlich verschwunden. Das heißt – nicht ganz. Drüben in dem oberen Fenster seines Bungalows brennt Licht. Ich kann nicht erkennen, ob er am Fenster steht, aber ich bin mir sicher, er beobachtet mich.

Ich wechsle die Seiten, krieche in seinen Kopf und sehe mich durch seine Augen. Ich stehe dort im Türrahmen. Mit zerknittertem Blumenkleid und wirren schwarzen Haaren. Die Augen dunkel und undurchdringlich. Ausgestattet mit einer unbegreiflichen unheimlichen Macht. Vielleicht hatte er recht? Vielleicht hatte meine Voraussage die Zukunft beeinflusst? Wer weiß das schon? Es war schon schlimm genug, dass ich sie gemacht hatte.

Es ist das erste Mal seit langer Zeit, dass ich ein Unheil voraussehe. Das zweite Mal überhaupt. Nur – dieses Mal ist niemand zu Tode gekommen. Nein. Ich habe Glück gehabt, genau genommen. Dieses Mal habe ich Glück gehabt. Trotzdem: Wahrscheinlich hält er mich für verrückt. Oder schlimmer – für eine Art Hexe!

Das ist alles Unsinn. Es passt nicht in die Welt, über der ein Gitternetz von Logik und Naturwissenschaften geworfen ist. Nur – ich passe nicht in dieses Gitternetz und diese Bilder, die so flüchtig in meinem Kopf herumschwirren, haben auch darin keinen Platz. Mir ist klar, dass es diese Bilder gar nicht geben darf. Dass sie mit allem, was ich gelernt habe und glaube von der Welt zu wissen, nicht in Einklang zu bringen sind. Könnte ich wirklich in die Zukunft sehen, würde das bedeuten, dass die Zukunft vorherbestimmt ist und dass die Zeit keinen linearen, sich fortentwickelnden Verlauf hat, sondern sich anders verhält. Wie gefalteter Stoff, Falten, die sich übereinanderlegen und die sich treffen. Wie Zeitfetzen.

Es kann nicht sein. Es ist nicht logisch.

Aber was ist es dann, das ich sehe? Sind es Halluzinationen? Bilderanfälle, wie sie bei Epilepsie vorkommen? Es muss irgendwo klare wissenschaftliche Erklärungen dafür geben. Was könnten die Bilder schon anderes sein als Konstrukte meines Geistes? Bloße Produkte der Fantasie und des Zufalls? Vielleicht ist es mein Gehirn, das mir die Bilder nur vorgaukelt, dann die Ereignisse rückdatiert oder irgendwelche anderen seltsamen und beunruhigenden Dinge mit mir anstellt.

Es könnte also gut sein, dass ich schlicht und einfach verrückt bin.

Andererseits – hier stehe ich im Türrahmen, vor mir die Pfützen und der Regen, die nackte Wand ohne Fahrrad und das Licht im Haus meines Nachbarn. Die Gabe war da, die Bilder sind eingetroffen: es gibt sogar einen Zeugen. Er sitzt drüben hinter seinem Fenster und hält mich für verrückt oder – für eine Art Hexe. Er hat recht: ich muss eines von beiden sein.

Und ich weiß nicht, welches davon schlimmer ist.

Die nächsten Tage verbringe ich zwischen Angst und Hoffnung, Robert wiederzusehen. Aber er klingelt nicht. Einmal sehe ich ihn mit einem Handtuch unter dem Arm den Bungalow verlassen. Er öffnet die Tür und schließt sie schnell wieder. Blickt zu meinem Fenster hoch und biegt schnell um die Ecke. Es sieht so aus, als wäre er auf der Flucht.

Er hat mir nicht Bescheid gegeben. Natürlich nicht.

Ich ziehe den Rollladen herunter, tue so, als wäre ich nicht da, verschanze mich in der Dunkelheit meines Bungalows unter der Treppe und versuche, meine Arbeit weiterzuschreiben. Was sollte ich auch sonst tun?

Am dritten Tag dann klingelt endlich mein Telefon.

3

Ich starre auf die Nummer. Sie ist mit keinem meiner Kontakte verknüpft. Sollte ich sie annehmen? Warum nicht?

»Celine?« Eine tiefe Stimme. Mann oder Frau? Schwer zu sagen.

»Ich bin's, Pandora.«

Pandora? Mein Herz klopft schneller. »Woher hast du meine Nummer?«

»Ich habe bei deinem Institut angerufen.«

»Bei den Psychologen?«

»Ja, stell dir vor.« Ihre Stimme klingt spöttisch. »Dieser Assistent hat mir deine Nummer gegeben.«

Ich sortiere meine Gedanken. Es dauert ein bisschen. Wie ein Programm, das langsam hochfährt. Sebastian Mende. Mein Dozent an der Uni. Ich sehe ihn vor mir in seinem kleinen unaufgeräumten Büro, wie er versucht, Autorität auszustrahlen, was ihm nie recht gelingt. Er hat einfach meine Nummer herausgegeben. Pandora hat ihn sicher mit ihrer dunklen Stimme um den Finger gewickelt. Warum hat sie sich die Mühe gemacht? Zu einer der vielen Merkwürdigkeiten unserer Freundschaft – ist es eine Freundschaft? Und wenn es keine ist, wie nennt man es dann? – gehört es, dass wir nie unsere Nummern oder E-Mail-Adressen austauschen. Wir verlassen uns darauf, uns zufällig über den Weg zu laufen.

Und jetzt hat Pandora diese unausgesprochene Regel gebrochen.

Die Pause ist lange. Vielleicht meint sie, dass ich sauer bin. Bin ich nicht, wie ich überrascht feststelle.

»Was machst du so die ganze Zeit?« Ihre Stimme klingt beiläufig, vielleicht mit einer Spur Nervosität darin.

»Ich? Keine Ahnung. Ich sehe aus meinem Fenster und beobachte meinen Nachbarn.« Ich klinge auch beiläufig, aber mein Herz macht kleine Sprünge.

»Klingt aufregend.«

»Hmm.«

»Sieht er gut aus?«

»Nein, eigentlich nicht.«

»Du könntest mir ein Foto schicken.«

»Es ist nicht so, wie du denkst.«

»Okay, ich frage nicht weiter.« Sie lacht. Es klingt sehr befreiend. Ich bin ihr dankbar für dieses Lachen.

»Und was treibst *du* so?«, frage ich schnell.

»Ich arbeite. Deshalb rufe ich dich an.«

»Ja?«

»Also. Ich bin hier am Lehrstuhl und wir suchen für die Semesterferien noch eine Praktikantin.«

Sie ist bei den Neuroinformatikern, hatte dort ihr Studium schon abgeschlossen und eine der raren Assistentenstellen ergattert. Sie ist wissenschaftliche Mitarbeiterin in einem Bereich, an dessen Namen ich mich nie richtig erinnern kann, und schreibt ihre Doktorarbeit. Über was genau, das hat sie mir nicht erzählt. Es scheint jedenfalls Lichtjahre von meinem Psychologiestudium entfernt zu sein.

»Hm, Praktikantin. Du meinst, ihr sucht jemanden, der für euch Kaffee kocht?« Ich klinge distanziert, cool, als würde mich das eigentlich gar nicht interessieren. Was natürlich nicht stimmt.

»Nein …, ich meine, das auch, … aber auch noch für andere Dinge.« Pandora ist durch meine Gleichgültigkeit tatsächlich kurz ins Schlingern geraten. Ich weiß nicht, ob ich mich darüber freuen sollte.

»Dinge?«

»Wir suchen Psychologen, die an einem Projekt mitarbeiten.«

»Was wollt ihr denn von uns? Reden?«

Sie lacht. »Sie glauben eben, dass ihr uns nützlich sein könnt.«

Pandora räuspert sich. »Bist du noch dran?«

»Wie … wie kommst du auf mich?«

Auf der anderen Seite gibt es ein kleines Zögern. Es ist nur minimal, aber ich bemerke es.

»Du warst die Einzige vom Lehrstuhl, die noch erreichbar war. Alle anderen sind zu Hause oder im Urlaub oder was weiß ich …«

Wieder ein Zögern.

»Das ist zumindest das, was ich Hektor gesagt habe.«

»Hektor?«

»Meinem Prof. Du wirst ihn noch kennenlernen.«

»Und was war der eigentliche Grund?«

Pandora seufzt. »Ich würde einfach gerne mit dir zusammenarbeiten.«

Ich werde rot. Gut, dass sie es nicht sehen kann. »Danke, dass du an mich gedacht hast.« Es klingt jetzt gar nicht mehr cool. Egal.

»Ab wann sucht ihr denn jemanden?«

»Du kannst jederzeit anfangen«, sagt Pandora. »Wenn du willst, noch heute.«

»Okay«, sage ich überrascht. »Also … ich weiß nicht …«

»Fühl dich jetzt nicht überrumpelt. Aber es wäre gut, wenn du dich schnell entscheiden könntest.«

»Hat euch jemand abgesagt?«

Sie schweigt eine Weile. »Ja. So kann man es sagen.«

»Das heißt, ich soll zu dir ans Institut kommen?«

Sie lacht. »Das wäre sehr hilfreich, ja.«

Ich warte ein, zwei Herzschläge lang. Vielleicht sollte ich doch nicht zu interessiert klingen. Nicht so, als wäre dieser Job meine einzige Rettung aus meiner grauen Existenz unter der Treppe und dem viereckigen Fenster meines Laptops, das seit ein paar Tagen mein einziger Zugang zur Welt ist.

»Mhmm. Ich kann es mir ja mal ansehen.«

»Ja, das kannst du.«

»Ich … ich muss nur sehen, wann ich hier rauskann.«

»Du bist also gerade sehr beschäftigt?« Sie klingt belustigt.

»Äh …« Ich werfe einen Blick zum Fenster mit den heruntergelassenen Jalousien. »So ähnlich.«

»Wir sind heute bis mindestens um acht Uhr da. Heisenbergstraße 12.«

»Gut«, sage ich. »Vielleicht schaffe ich es bis dahin. Mal sehen.«

Sie lacht wieder, als hätte ich einen Witz gemacht. »Bis gleich, Celine.«

Ich stecke mein Handy weg und spüre meine Aufregung. Ein glückliches strahlendes Gefühl, in das sich, wie graue Farbe, Verwirrung einschleicht. Wie sehr hatte ich mir in den letzten Wochen gewünscht, Pandora zu sehen.

Ich hatte mir ausgemalt, ihr auf der Straße zu begegnen oder irgendwo an der Uni, bei den großen Brunnen. Wir hätten alle anderen Pläne über den Haufen geworfen und etwas zusammen unternommen. Ihr Anruf hat mich aber nun ganz durcheinandergebracht. Sie will, dass ich mit ihr zusammenarbeite? Ich google das Institut für neuronale Informatik, ein großes schmuckloses Gebäude in undefinierbarer Farbe. Beige? Hellgrün? Es liegt auf der orangefarbenen U-Bahnlinie, die das Dorf mit der Stadt verbindet, sechs Haltestellen weit entfernt. Ich wäre in einer halben Stunde da. Ich habe keine Ahnung von Neuroinformatik, ich weiß nicht, was ich dort eigentlich soll, aber die Aussicht, Pandora zu sehen, versetzt mich in Aufregung. Eine Praktikumsstelle! Und sie hatte an mich gedacht. Ich denke an das seltsame Zögern in ihrer Stimme, verbanne aber diesen Gedanken schnell nach hinten.

Sollte ich morgen hingehen? Oder doch ein bisschen Zeit verstreichen lassen? Es würde besser aussehen. Nicht so, als ob ich es nötig hätte und als ob ich ihrem Ruf sofort folge. Andererseits halte ich es keinen Tag mehr auf dieser Treppe aus. Nicht wenn ich weiß, dass es noch etwas anderes zu tun gibt, als zum zehnten Mal meine Einleitung umzuschreiben und darauf zu warten, dass Robert seinen Bungalow verlässt. Ob er schon weg ist? Oder schläft er heute länger? Ich steige die Treppe hoch, um aus dem Fenster zu spähen. Durch die gelben Papierjalousien, die ich heruntergelassen habe, scheint das Sonnenlicht und beleuchtet die tanzenden Staubteilchen im Zimmer. Es ist heiß und stickig, und ich wünschte, ich könnte wieder das Fenster öffnen. Ich lasse es geschlossen, hebe aber die Jalousie vorsichtig von der Scheibe. Der Bungalow gegenüber ist wie meiner – nur spiegelverkehrt. Dort, wo sich mein begehbarer Wandschrank mit dem quadratischen Fenster befindet, ist auf der anderen Seite die Lüftung des Badezimmers. Das »Badezimmer« ist in beiden Fällen eine aus einem einzigen Plastikguss bestehende Kabine, die ungefähr so aussieht und so groß ist wie eines dieser französischen Klohäuschen, nur dass sie sich bedauerlicherweise nicht selbst reinigt, wenn man sie wieder verlässt.

Auf dem Fenster zum Wandschrank sitzt Snoopy mit Fliegerbrille und wartet mit hängenden schwarzen Ohren darauf, dass der Bewohner aus der Tür unter ihm tritt. Genauso wie ich. Es dauert lange, ich bin schon ganz steif und bewegungslos hinter meiner gelben Jalousie, dann öffnet sich tatsächlich die Tür und er kommt heraus. Ich ducke mich und hoffe, er würde nicht nach oben sehen, was er nicht tut. Aber er wirft einen kurzen Blick auf meine Tür, bleibt kurz stehen, als überlege er sich, ob er klingeln solle. Warum sollte er klingeln? Ich wage mich nicht zu rühren und spüre meinen Puls. Er scheint es sich anders zu überlegen, zupft sich nervös an seinem Bart, dreht sich schließlich um und geht. Er ist kleiner und weniger bärtig, als ich ihn in Erinnerung habe, und er zieht sein Bein nach. Ich verstecke mich wieder hinter der Jalousie und warte genau zehn Minuten. Als ich die ausgebleichte Pappe wieder hebe, hat sich nichts verändert. Die Tür ist geschlossen. Er ist nicht zurückgekommen. Die Luft ist rein.

Ich gehe nach unten, ziehe mir ein dunkelblaues T-Shirt über, das nicht verknittert aussieht, schlüpfe in eine saubere Jeans, kämme meine langen schwarzen Haare und bändige sie zu einem Pferdeschwanz und werfe einen Blick in den Spiegel, den ich auf die Treppe gestellt habe. Er ist nicht aufgehängt – nichts ist hier aufgehängt. Ja. Ich werde losgehen – jetzt.

Ich finde, ich sehe sehr mutig aus.

4

Wir sollten nie dem Menschen trauen, den wir im Spiegel sehen. Wir meinen, dass wir es selbst sind. In Wirklichkeit ist es nur unser spiegelverkehrter Zwilling mit seinem falschen Lächeln und dem eingezogenen Bauch. Die Version von uns, die wir für besser halten. Zuverlässiger sind die Spiegelbilder, die wir im zufälligen Vorbeigehen erhaschen. In Schaufensterscheiben, Rückspiegeln, Kaffeekannen, Silberlöffeln, in all den glänzenden Folien. Flüchtige verzerrte Bilder, die uns verwundern, manchmal erschrecken. Das bin ja ich! Ein flüchtiges Aufblitzen der Wahrheit. Das Bild geht vorbei und ist schon wieder Vergangenheit. So wie ich mich jetzt sehe, in der schmutzigen Spiegelung des Zugfensters.

Ich sehe müde aus, vielleicht fürchte ich mich vor dem Ende der Zugfahrt. Meine Haare sind nun kurz geschnitten. Sie sitzen auf meinem Kopf wie ein Helm. Ich bin die neue Celine-Version, ein moderneres, mutigeres Update der alten.

Ich denke an Pandora, schlucke kurz. Ich muss die salzigen Tränen wegputzen und hoffe, dass keiner mich beobachtet.

Ich lernte Pandora vor dem Audimax, dem größten Hörsaal der Uni, am Tag meiner ersten großen Vorlesung kennen. »Ein einziger blöder Witz, und du bist tot«, sagte sie, nachdem sie mir ihren Namen genannt hatte. Ich machte tatsächlich nie einen Witz über ihren Namen. Er passte zu ihr. Sie konnte nur einen ungewöhnlichen Namen haben. Wir standen draußen vor der mächtigen Eichentür und teilten uns ein Croissant. Frühere Generationen hätten vielleicht noch geraucht, sich an der Zigarette als kleine Fluchtmöglichkeit festgehalten und die Asche auf den Boden geschnippt. Jetzt krümelten wir den Marmorboden voll. Es war eine kleine Flucht, die einzige Möglichkeit, dem Stillsitzen zu entkommen und zu sehen, wer es noch nicht aushielt, den ganzen Vormittag auf die Pfeile, Diagramme und Blasen zu starren, die sich auf der Leinwand vor uns auftaten. Während die anderen noch tapfer mitschrieben, hatte ich nach einer Stunde aufgegeben und ließ ein unbeschriftetes Bild auf meinem Block stehen. Die Wirklichkeit – so hatte ich gerade erfahren – war nur Konstrukt in unseren Köpfen, für das unsere Sinneswahrnehmungen verantwortlich sind. Ich wollte etwas anderes hören. Mir wäre es lieber gewesen, die Wirklichkeit wäre eine klare Sache, nicht so ein schwammiges Konstrukt, das man je nach Perspektive anders betrachten konnte und das einem unter den Fingern zerrinnt. Ich hoffte auf klare und unumstößliche Wahrheiten und als ich spürte, dass man sie mir nicht geben wollte, ließ ich mich von der Stimme des Professors einlullen und nahm sie als Hintergrundsound meiner abschweifenden Gedanken. Ich sah mir meine Kommilitonen an, zählte die Köpfe und multiplizierte sie mit der Anzahl der Reihen. Wir waren ungefähr 500, man hatte uns zwei Tage vorher gesagt, dass nur die Hälfte von uns es bis zum Bachelor schaffen würde. Zwischen uns war ein Mittelgang und ich sah die Studenten auf der anderen Seite an überlegte mir, dass sie dann nicht mehr da sein würden. Hinter ihnen war ein Wandmosaik. Prometheus, der den Menschen das Feuer brachte und sie damit den Göttern gleichmachte. Ein nackter, gut gebauter Prometheus, mit vielen Muskeln aus winzigen fleischfarbenen Mosaiksteinen in unterschiedlichen Helligkeitsabstufungen und einer rauchenden Fackel. Er blickte zu uns herunter, vermutlich um uns mit dem Licht des

Wissens zu entzünden. Später würde man ihn dafür bestrafen, an einen Felsen ketten und Adler würden an seiner Leber nagen. Diesen Teil der Geschichte zeigte man uns aber nicht, nur den Teil mit der Fackel und dem Feuer, das er von den Göttern gestohlen hatte.

Mein Magen knurrte. Ich hatte heute Morgen keine Zeit mehr für das Frühstück gehabt und kramte nun nach meiner mitgebrachten Bäckereitüte, worauf ich links und rechts böse Blicke für das auffällige Rascheln erntete. Schließlich schnappte ich mir meine Tasche und lief mit gebeugtem Rücken durch die Mittelreihe nach draußen, was so viel Aufsehen erregte, als würde ich einen Kinosaal mitten im Film verlassen. Die Eichentür am Ende des Saals ließ sich dummerweise nur mit einem erheblichen Quietschen öffnen und fiel dann mit einem dumpfen Krachen zurück ins Schloss. Durch die Holzflügel drang nur noch ein leises Murmeln; ich war entflohen. Hier draußen war es still und kühl, auf dem glatten Marmorboden zeichneten sich die Schatten der Rundbogenfenster ab. Ich lehnte mich an die Wand und zog das Croissant aus dem dünnen Papier. Ich glaubte mich allein und begann zu essen, als ich bemerkte, dass mich jemand beobachtete.

Aus dem Schatten unter dem Fenster schälte sich eine Gestalt. Eine große, schmale junge Frau in riesigen Hosen mit vielen geknöpften Taschen und einem schlammigen Camouflage-T-Shirt. Ihre kurzen schwarzen Haare standen eigensinnig von der Stirn ab, das Gesicht war breit, die Haut hell mit einem feinen roten Schimmer. Sie hielt ihre grünen Augen auf mich geheftet. Ich hatte noch nie so grüne Augen gesehen. Sie waren ungewöhnlich hell und standen seltsam schräg auseinander. Eine Katze, schoss es mir durch den Kopf. Sie hatte mich beobachtet und sich dann angeschlichen.

»Gibst du mir was ab?«, fragte sie und deutete auf meine Tüte. Es war mehr ein Befehl als eine Frage.

Ich brach mein Croissant in zwei Teile, reichte ihr die eine Hälfte und kam mir ungeheuer großzügig vor. Sie bedankte sich nicht, nicht einmal mit einem Lächeln, und stopfte sich das Stück ganz in den Mund.

»Psychologie ist nur was für Gestörte und Idioten«, sagte sie mit vollem Mund.

»Ist mein Hauptfach«, erwiderte ich.

»Verstehe«, sagte sie und grinste mich an.

Wir gingen durch einen mächtigen marmornen Torbogen hindurch und blinzelten in die Sonne. Ich fühlte mich plötzlich frei. Ich hatte den Marmor, die fleischfarbenen Mosaike und die riesigen Eichentüren hinter mir gelassen und stand auf der Straße. Es war Vormittag und ich kam mir seltsam verwegen vor. So als würde mir der Tag neu geschenkt.

Pandora ging mit langen Schritten vor mir her und führte mich zu einer Bäckerei, in deren Keller sich ein paar Tische und Stühle befanden, an denen man das an der Bäckereitheke gekaufte Gebäck und den Kaffee zu sich nehmen konnte. Sie lud mich ein, zog mit ungerührter Miene einen zerknitterten Geldschein aus einer ihrer vielen Hosentaschen und warf ihn mit einer großartig sorglosen Geste auf die Theke. Ich bewunderte sie dafür. Ich bewunderte sie für ihre Unbekümmertheit. Sie schien all das zu sein, was ich nicht war.

Sie war schon mit ihrem Studium fertig – Neuroinformatik –, war wissenschaftliche Mitarbeiterin und besuchte nun Psychologievorlesungen, weil sie einige Grundlagen in ihre Doktorarbeit einfließen lassen musste, wie sie mir erklärte. Sie sprach schnell und unterstrich ihre Worte mit kurzen Gesten, was sie sehr lebendig machte. Ich fragte nicht weiter nach, denn – wenn ich ehrlich war – interessierte es mich auch nicht wirklich, was sie genau tat. Ich sah ihr einfach gerne zu, wie sie erzählte. Ich bewunderte ihre blitzenden Augen, ihren scharfen Verstand, das unbekümmerte Lachen. Wir trafen uns nicht oft. Aber wenn, dann immer zufällig. Pandora gab mir nie ihre Nummer, wir liefen uns über den Weg und ich ließ alles liegen und stehen, um mit ihr zu gehen. Wir saßen in Straßencafés, gingen nachts schwimmen, tanzten, tranken Bier und warfen die Worte zwischen uns hin und her wie Bälle in einem Spiel. Sie war verliebt in Technik, probierte alles aus, hatte immer das neuste Handy, den neusten Computer und die neuesten Fortbewegungsmittel. Nicht nur deshalb fühlte ich mich ihr so oft unterlegen. Auch die Wortwechsel zwischen uns fühlten sich oft an wie ein Tennismatch mit harten Aufschlägen, Breakbällen, vereinzelten Satzsiegen, Matchbällen. Sie schaffte es, dem Ball einen besonderen Spin zu geben, wenn sie ihn übers Netz schlug. Eine irrlichternde Drehung, die mich unvorbereitet traf und die ich nicht zu parieren wusste. Ja, ich fühlte mich oft unterlegen, aber es machte mir auch nichts aus, weil ich sie so bewunderte.

Wir sprachen wenig über Gefühle, und wenn, dann nur in dieser Form, wie ein Spiel zwischen uns, das eigentlich nicht ernst gemeint war.

Zu ihrem Spiel gehörte es auch, sich für längere Zeit zu verabschieden, ohne mir zu sagen, wo sie war. Es gehörte auch dazu, dass ich ihre Nummer nicht hatte und sie nicht auf Facebook finden konnte. Ich hatte keine Möglichkeit, sie zu kontaktieren. Sie machte mir damit immer klar, dass ich sie viel mehr brauchte als sie mich. Ich weiß nicht, ob sie das absichtlich tat. Aber sie blieb rätselhaft. Sie war mir manchmal schon unerträglich nahe und vertraut und verschwand dann plötzlich wieder, als hätte es sie nie gegeben.

Ich spürte immer den Schmerz des Verlassenwerdens, gab andererseits aber auch nie zu, dass ich mich nach ihr sehnte, nach unseren Ballwechseln, den Momenten zwischen uns, in denen ich das Gefühl hatte, wir teilten eine Sicht auf die Welt, die die anderen nie haben konnten. Von allen Menschen, die mir begegneten, war sie diejenige, die mich am meisten faszinierte. Sie wirkte auf mich wie ein Magnet und ich fühlte mich mit ihr verbunden, auch wenn sie weit weg war. Ich hatte das Gefühl, dass zwischen uns eine Ähnlichkeit war, etwas, das ich nicht erklären konnte, eine Zusammengehörigkeit, die bestand, obwohl wir so verschieden voneinander waren. Ich nahm ihre Auszeiten hin, vermutete erst, dass sie mit Jungs zu tun hatten, in die sie sich rettungslos verliebt und dann wieder entliebt hatte, ohne mir davon zu erzählen. Aber so richtig konnte ich mir das nicht vorstellen. Pandora wirkte nicht sehr romantisch auf mich. Im Gegenteil. Sie war viel zu spöttisch und überlegen, um sich auf eine Liebe einzulassen. Sie war es in dem Maße, in dem ich zu ängstlich dazu war. Wir fanden uns gegenseitig und gingen eine seltsame chemische Verbindung ein. In Pandoras Gegenwart fühlte ich mich schlauer, schlagfertiger und wilder, als ich es eigentlich war. Für Stunden, Tage war ich eine neue Celine und konnte meine Vergangenheit hinter mir lassen. Und das war es, was ich am meisten wollte. Ich wollte die Vergangenheit vergessen und ein neuer – anderer Mensch werden.

Ich bin meinem Nachbarn und der schwülen Treibhausglocke des Dorfes glücklich entschlüpft und atme Freiheit ein, auch wenn es nur der Wind aus dem U-Bahnschacht ist, der durch das gekippte Fenster über mir zieht. Ich habe es geschafft und bin endlich aus meiner dunklen Höhle herausgekrochen, aber ich frage mich auch, was Pandora vorhat. Je mehr ich über ihr Angebot nachdenke, desto geheimnisvoller klingt es. An der Haltestelle Universität steige ich aus. Selbst unter der Erde ist es warm und dampfig. Ich fahre die Rolltreppen hoch und finde mich in leeren Straßen wieder. Die Luft ist abgestanden und dicht zwischen den Häusern, die Straßen wie ausgestorben. Alle bis auf ein paar verirrte Touristen, die auf ihre Handys starren, sind im Urlaub. Ein südliches Flimmern liegt zwischen den glatten, nach dem Krieg schnell hochgezogenen Häuserfassaden, die Hitze abstrahlen. München gibt mir immer das Gefühl von Ausgeschlossensein, von strahlenden glücklichen Menschen umringt zu sein, zu denen ich nicht gehöre.

Ich gehe zweimal an dem Gebäude in der Heisenbergstraße vorbei, da es so unscheinbar wirkt. Erst beim dritten Mal sehe ich das Schild »Institut für Neuroinformatik« neben der Eingangstür aus geriffeltem Glas. Das Haus sieht anders aus als bei Google Maps. Kleiner. Alles ist nüchtern und zweckmäßig, eine Fassade aus verwaschenem Minzgrün, darin dunkle Fenstervierecke, die meisten ohne Vorhang, ein paar Fahrräder lehnen gegen die Mauer. Ich überlege mir, ob eines davon Pandora gehört, aber ich habe sie noch nie mit einem gesehen.

Innen ist es angenehm kühl. Ich laufe über den Linoleumboden zu einem Glaskasten, hinter dem eine ältere Frau sitzt und mich misstrauisch mustert. Sie hat einen weißen Haaransatz unter den rostroten Haaren und trägt bunte Sportklamotten, ein giftgrünes T-Shirt unter einer ärmellosen lila Jacke, als wäre sie gerade auf dem Weg zu ihrer Jogginggruppe.

»Wo wollen Sie hin?«

»Ich habe einen Termin bei …« In diesem Moment fällt mir ein, dass ich noch nicht einmal Pandoras Nachnamen weiß. »Pandora…« Was bin ich für ein Idiot! »Also sie arbeitet bei Professor Hektor. Es geht um einen Praktikumsplatz.« *Hektor. Er hieß doch Hektor, oder?*

Die Frau mustert mich kurz, ein scharfer, durchdringender Blick, der bewirkt, dass mein rechtes Augenlid zu zucken beginnt. Ich bin der Eindringling. Wahrscheinlich die einzige Fremde heute. Ich bedeute *Arbeit.*

Sie seufzt, telefoniert, winkt mich dann zu sich in ihren Glaskasten und bedeutet mir, auf dem Stuhl neben der Tür zu warten.

»Frau Keppler kommt gleich zu Ihnen.«

Keppler! Pandora heißt Keppler mit Nachnamen. Ich sauge die Neuigkeit auf wie ein Schwamm und spüre zugleich den faden Geschmack der Enttäuschung. Pandora hat gerade eines ihrer Geheimnisse verloren.

Ich setze mich auf einen zerkratzten Plastikstuhl und schlage die Beine übereinander. Es ist still in dem Zimmer, bis auf das Klappern der Computertastatur. Ich starre auf ein Regal mit Aktenordnern und ein paar zerlesenen Büchern, die darüber gestapelt sind. Darüber hängen Todesanzeigen mit schwarzen Rändern aus Zeitungen. *Plötzlich und unerwartet verstarb …* Es sind mehrere Anzeigen überall, mit weißen Reißzwecken in das Styropor gebohrt, direkt neben Schichtplänen und Postkarten mit Blumen und Strandmotiven. Ich zähle fünf insgesamt. Es scheinen alles ehemalige Mitarbeiter zu sein. Ich sehe in alte Gesichter. »Nach einem langen und erfüllten Leben«, steht unter dem Bild einer alten Frau. Auf einem einzigen Bild ist ein junger Mensch zu sehen. »Ein tragischer Todesfall.« – Es ist das Bild eines jungen Mannes mit kurzen braunen Haaren, die sich an den Seiten schon lichten. Sein Blick ist melancholisch, so als würde er bereits etwas von dem nahenden Unheil ahnen. Ich zwinge mich, nicht weiter hinzusehen, sein Gesicht macht mich nervös.

Durch das Fenster sehe ich draußen Passanten vorbeigehen. Die Sonne sticht vom Himmel und gibt allen scharfe Kontraste. Schatten tanzen auf dem Boden und mit einem Mal fühle ich mich schläfrig.

»Pschscht.« Ein scharfes Geräusch durchschneidet die Stille. Ich zuckte zusammen und sehe mich um. Dann – nach einer Weile begreife ich: Die Frau am Empfang hat es von sich gegeben.

»Sie wollen hier arbeiten, oder?«

Ich nicke.

»Im Bereich von Frau Keppler?«

»Äh. Ja. Sie hat mich gefragt, ob ich dort ein Praktikum machen möchte.«

»So, so.« Sie blickt sich kurz um, als gäbe es noch andere Menschen im Raum oder zumindest Mithörer. Dann schließt sie die Tür.

»Brauchen Sie das Geld?«

»Äh, nein … ich …« Ich hatte mir über die Bezahlung noch gar keine Gedanken gemacht.

»Gut. Hören Sie zu: Sie sollten ein paar Dinge wissen, bevor Sie zusagen.«

Ihre Augen fixieren mich. Sie sind wasserblau, sehr hell, und das Weiße in ihren Augen ist leicht gelblich.

»Das, was ich jetzt sage, sage ich Ihnen nur, weil Sie auf mich ganz sympathisch wirken. Ein bisschen fremd vielleicht, aber ganz sympathisch.«

Fremd. Sollte ich das als Kompliment verstehen? Ich rutsche

unruhig auf dem unbequemen Stuhl hin und her und lächle sicherheitshalber.

»Sie sehen eben anders aus.«

Ich zucke mit den Schultern. *Das habe ich schon öfter gehört.* Sie kommt näher. So nahe, dass ich die feinen weißen Härchen auf dem Kinn sehen kann und ihren Pfefferminzatem rieche.

»Ich denke, es ist meine Pflicht, Sie zu warnen.«

Ihre Pflicht. Mein rechtes Augenlid zuckt immer noch. Es ist unangenehm. Etwas, was ich nicht unter Kontrolle habe. Das Augenlid flattert vor sich hin. Sie mustert mich mit besorgtem Blick, als wäre ich ihrem Schutz unterstellt und als würde sie überlegen, was sie nun um Himmels willen mit mir tun sollte. Ich kenne den Blick. Ich habe ihn schon öfter bei Menschen gesehen. Er lässt mein Augenlid noch unkontrollierter zucken. Verdammt, es könnte wirklich damit aufhören!

»Sie dürfen in Frau Kepplers Abteilung niemandem trauen, hören Sie! Niemandem!« Ihre Unterlippe zittert.

»Okay«, sage ich und umklammere meine Tasche und wünschte, die Frau würde wieder weggehen. Nein. Sie kommt näher.

»Sie werden freundlich zu Ihnen sein. Aber – lassen Sie sich nicht täuschen! Hier hat jeder seine Interessen.«

Sie macht eine kleine Kunstpause, um die Worte besser wirken zu lassen.

»Sie könnten jetzt noch zurück.«

Ich schüttle verwirrt den Kopf. »Wohin?«

»Raus hier!« Sie deutet durch die Scheibe nach draußen auf die heiße Straße. »Weg von hier, dorthin, von wo auch immer Sie hergekommen sind.«

Ich denke an die Fahrt mit der U-Bahn, an den Weg durch

das Dorf, an den stillen Bungalow, an Snoopy, an die gelben Jalousien. Alles rückwärts.

»Ich kann nicht zurück«, sage ich. Mein Mund ist trocken und ich wünschte mir, ich wäre woanders.

Sie geht zurück hinter ihren Schreibtisch, seufzt und setzt sich wieder an den Computer. Ich bin ein hoffnungsloser Fall.

»Na dann … Passen Sie wenigstens gut auf sich auf!«

»Danke«, sage ich, weil mir nichts anderes einfällt.

Sie fixiert mich kurz, dann lässt sie den Kopf sinken.

»Wenn Sie schon nicht auf mich hören wollen, dann sagen Sie bitte keinem, was ich mit Ihnen besprochen habe.«

Ich schüttle den Kopf. »Keine Angst, ich werde es für mich behalten.«

Sie seufzt, dreht sich zu ihrem Computer und beginnt wieder zu schreiben. Tastengeklapper füllt den Raum.

Es dauert nicht lange, und die Tür wird aufgerissen und Pandora stiefelt herein. Sie trägt tatsächlich Stiefel, geschnürte Stiefel zu engen Jeans und ein langärmliges Holzfällerhemd. Sie sieht anders aus, als ich sie in Erinnerung habe. Älter und irgendwie professioneller. Sie umarmt mich nicht, vermutlich weil die Frau vom Empfang uns sieht. Die tut so, als würde sie schreiben, aber ich spüre, dass sie uns beobachtet.

»Gut, dass du hier bist«, sagt Pandora. Sie lächelt mich an, aber ich habe trotzdem das plötzliche und schmerzhafte Gefühl, dass sich eine Glasscheibe zwischen uns geschoben hat, und ich weiß noch nicht einmal, warum.

5

Wir gehen einen langen Gang entlang und unsere Schritte hallen auf dem Linoleumboden. Das heißt, Pandoras Stiefelabsätze knallen wie Peitschenhiebe, während meine Turnschuhe daneben fast kein Geräusch verursachen. Das Institut ist innen viel größer und moderner, als man von der schlichten Fassade her schließen könnte. Vor den frisch gestrichenen weißen Wänden stehen Wasserspender. Es gibt riesige Touchscreens mit Ankündigungen. Glastüren geben den Blick auf Labore frei, in denen große Rechner stehen. Ich denke an mein Institut, das der Psychologen, mit seinen staubigen Fluren, den mit unzähligen Zetteln bedeckten Pinnwänden und den veralteten Rechnern mit den verschmutzten klapprigen Tastaturen und fühle mich wie aus dem letzten Jahrhundert.

Uns kommen nur wenige Leute entgegen. Meistens Jungs. Sie grüßen Pandora und mustern mich. Ich nicke zaghaft und weiß immer noch nicht, was ich eigentlich hier soll. Pandora neben mir schwimmt durch die Gänge wie ein Fisch im Wasser. Ich bin die zappelnde Kaulquappe daneben.

»Hektor kann dich jetzt nicht empfangen. Er ist auf einem Kongress in Glasgow. Das heißt, dass ich dich heute einführen muss.« Ihre Stimme klingt sehr geschäftsmäßig.

»Was für ein Pech«, sage ich und versuche, mir meine Würde mit einem Schuss Ironie zu bewahren. Doch Pandora lächelt nicht. Ich warte auf ein Signal, ein Blinzeln, ein Zwinkern, ein Zeichen der alten Komplizenschaft.

»Wie viele Leute arbeiten hier?«, will ich schließlich wissen.

»Gute Frage«, ihre Mundwinkel zucken nach oben und hinter ihrem verschlossenen Gesicht blitzt zu meiner großen Erleichterung ihre alte Ironie hervor.

»Wir sind vielleicht fünfzig Leute, die wirklich hier *arbeiten*. Die anderen, die du ab und zu auf dem Weg zum nächsten Kaffeeautomaten sehen wirst, sitzen in der Verwaltung.«

»Verstehe«, sage ich. »Und wozu sind die dann hier?«

»Keine Ahnung. Vermutlich um uns an unsere eigene Sterblichkeit zu erinnern. Sie sitzen da und warten auf die Rente.«

»Deshalb also die Todesanzeigen?«

»Todesanzeigen?« Pandora stockt. Irgendetwas hat sie aus dem Konzept gebracht.

»Da waren welche in dem Büro. Eben.« Pandora sieht mich nicht an. Ihr Blick ist geradeaus gerichtet. Aber sie geht ein bisschen schneller. Oder kommt es mir nur so vor?

»Sie ist ein bisschen irre, weißt du. War zu lange im öffentlichen Dienst.«

»Mhmm.«

»Du hast sicher auch schon ihre Warnung erhalten?«

»Warnung?« Ich werde rot.

»Ich weiß, du darfst es niemandem erzählen. *Ich sage Ihnen das nur, weil ich Sie sympathisch finde.*« Pandora ahmt die Stimme nach, dann sieht sie mich kurz an und grinst. *»Trauen Sie keinem hier!«*

»Äh …«

»Sie sagt das allen Neuen.« Pandora lächelt nachsichtig.

Ich merke, wie sich Erleichterung, aber auch – ja, seltsam – Enttäuschung in mir ausbreiten. Ich war also nicht auserwählt. Und anscheinend auch nicht besonders sympathisch. Jedenfalls nicht mehr als die anderen auch.

Pandora klopft mir gönnerhaft auf die Schulter. »Du findest sicher irgendeinen psychologischen Fachausdruck dafür, oder?«

Ich denke kurz nach, aber mir fällt nichts ein, außer dass Pandora mich vielleicht überschätzt und von meinem lockeren Mundwerk auf meine spärlichen Fachkenntnisse geschlossen und mir deshalb den Job besorgt hat. Diese Erkenntnis stimmt mich nicht gerade zuversichtlich. Ich habe nie mit Pandora zusammengearbeitet. Das, was wir bisher miteinander unternommen haben, waren – was? Freizeitaktivitäten? Das Wort klingt so fremd und komisch, dass es mich fast zum Lachen reizt. Ich hätte es eher als »das Leben« bezeichnet. Und war das, was wir hier vorhatten, nicht mehr *das Leben*? Ich blicke Pandora von der Seite her an, muss dazu hochsehen, denn sie ist viel größer als ich. Sie geht zwar direkt neben mir, könnte aber auch Kilometer weit weg sein. Ich überlege mir für einen Moment, ob man sie ausgetauscht hat und ob die echte Pandora – also die, die ich bisher kannte – irgendwo gefesselt und geknebelt in dem Kofferraum eines Autos liegt. Die, die jetzt mit den hallenden Schritten neben mir hergeht und mit einem knappen Nicken die anderen grüßt, ist nicht diejenige, mit der ich im Englischen Garten ein Bier getrunken oder nachts in einen See gesprungen bin. Die neue Pandora neben mir hat zwar noch verstrubbelte Haare, wirkt aber auf seltsame Art erwachsen. Ich weiß nicht, was ihre Veränderung bewirkt hat, aber sie macht mich stumm. Ich überlege, ob ich auch so werde, wenn ich länger hierbleibe.

Vielleicht sollte ich gleich wieder kehrtmachen? Ich könnte immer noch umdrehen, genauso wie es die Frau am Empfang mir geraten hat.

Aber es geht nicht. Wohin sollte ich auch zurück? Ich würde aussehen wie ein Feigling und ich hätte Pandoras Zeit verschwendet. Nein, es wäre zu peinlich.

Das alles schießt mir durch den Kopf, während wir Gänge

entlanglaufen, die auf verwirrende Art einander gleichen. Eine Glastür. Noch eine weitere. Ich habe keine Ahnung, wo ich eigentlich bin, und weiß, dass ich ohne Pandora nicht mehr zurückfinden könnte. Wieso habe ich mir keinen Faden besorgt und ihn an den Glaskasten am Empfang befestigt? Ein unsichtbarer Spinnwebfaden, der mir unauffällig den Weg zum Ausgang zeigt?

»Und hier hast du mich vorgesehen?«, frage ich schließlich. Pandora ist vor einer Tür stehen geblieben. Sie ist diesmal nicht aus Glas. Eine schlichte Kunststofftür mit einem Schild rechts neben dem Türrahmen.

203. Robotik.

»Was ist das?«, frage ich.

Pandora lächelt mich kurz an. »Den Raum hier nennen wir God's Kitchen.«

Ich schüttle den Kopf. »Was soll das heißen?«

»Na ja«, sagt Pandora. »Wir erschaffen hier etwas.« Sie klopft, aber es öffnet niemand. Eine Ärgerfalte zieht sich über ihre Stirn. »Wo ist er nur?«, murmelt sie. »Ich habe Kim gesagt, dass er hier sein soll, wenn du kommst.« Die Worte sind nicht für mich bestimmt, sie spricht mit sich selbst. Dann kramt sie einen kleinen ovalen Transponder aus ihrer Jeanstasche und hält ihn an das Schild. Die Tür öffnet sich mit einem leisen Klicken.

Vor uns liegt ein weißes Zimmer mit zwei weißen unaufgeräumten Schreibtischen, auf denen sich Stifte, Blöcke, Tablets, Stecker, Kabel, Fernbedienungen und Handys stapeln. Und daneben ist etwas, das ich nicht erkennen kann. Ein ovales Ding, ein Football?, zu dem viele Kabel führen. Ich habe eine Ahnung, was das Ding sein könnte, außer, nein, das ist … zu absurd. Das Fenster hat überraschenderweise einen

Vorhang, er ist hellblau und bewegt sich leicht im Durchzug, den wir durch das Öffnen der Tür geschaffen haben. Neben dem Fenster hängt ein Poster, eine Hand, die eine Glaskugel hält und in der sich der Zeichner spiegelt. Ich kenne es, es ist von Escher. In der Kugel spiegelt sich aber nicht Escher, sondern ein Junge. Er hat wieder eine Kugel in der Hand und darin ist etwas, das ich nicht erkennen kann. Es ist zu klein. Der Junge sieht asiatisch aus und blickt mit einem Lächeln in die Kugel. Um ihn herum sieht man als Spiegelung das gleiche Zimmer, zusammen mit dem großen Spiegel an der rechten Seite.

»Pandora?« Wir drehen uns um. Im Gang steht ein Mann. Er hat einen gepflegten Vollbart und trägt das gleiche Holzfällerhemd wie Pandora. Nein, seines ist gelb-grün. »Kannst du mal kommen?«

»Jetzt ist ganz schlecht, Philip!« Pandora wirft mir einen Blick zu.

»Wir haben ein Problem mit dem Sprachprogramm.« Der Mann sieht mich an. *Ist das ein Grüßen? Keine Ahnung.* Ich murmle ein Hallo und nicke ebenfalls mit dem Kopf. »Ich kann hier warten«, biete ich an.

Pandora seufzt entschuldigend.

»Ich bin gleich wieder da, okay?«

Ich nicke und setze mich auf den Drehstuhl neben dem Schreibtisch. Draußen hallen Schritte, ich will es nicht zugeben, aber ich bin froh, alleine zu sein. Die Sonne leuchtet durch das quadratische Fenster auf die Tischplatte.

Wer auch immer hier arbeitet – ich vermute, es ist der Junge in der Kugel –, kann wirklich gut zeichnen. Auf den Ausdrucken – Blättern mit endlosen Zahlenreihen und Computerbefehlen – sind Scribbles, genau wie ich sie mache, wenn ich ein Telefonat führe. Ich zeichne dabei allerdings Blumen und Paisleymuster, bei dem Jungen aus der Kugel sind es Drachen in allen Variationen. Fliegende Drachen, Drachen, die ineinander übergehen, Drachen mit Totenköpfen als Muster, Drachen, die sich in Glaskugeln spiegeln, Drachen mit Menschenköpfen. Einer, der Feuer speit, hat unverkennbar Pandoras Gesicht. Ich muss grinsen und überlege mir, ob ich es ihr erzählen werde, beschließe aber, erst einmal abzuwarten, welcher Art die Beziehung zwischen beiden ist.

Mein Blick gleitet über die Drachen und folgt einem Kabel bis hin zu dem eiförmigen Ding auf dem anderen Schreibtisch. Es liegt in der Mitte neben dem großen Computermonitor. Ich stehe auf, nur um mal zu sehen, was es ist. Ich gehe um den Schreibtisch herum und bleibe in respektvollem Abstand stehen. *Ich hatte recht. Es ist ein Kopf.* Ein abgetrennter Kopf ohne Haare, mit einer Bajonettschraube am unteren Ende. Mein Herz klopft schnell wie ein Trommelwirbel. *Ein Kind. Kein echtes Kind. Ein Roboter.* Blass, schmal. Die Züge so bleich. Die Haut echt und durchscheinend. Die Augen geschlossen. Lange Wimpern an den Lidern. Das Gesicht so unheimlich, weil es so echt ist. Oder weil es eben nicht echt ist. Ich halte die Luft an. Ich kann nicht anders. Ich muss es anfassen. Ich strecke die Hand aus und fahre über die Wangen. Sie sind ganz kühl, nicht unangenehm. Silikon wahrscheinlich. Dann trete ich einen Schritt vor und nehme den ganzen Kopf in die Hand. Er ist leichter, als ich erwartet habe.

In diesem Moment öffnet das Kind die Augen und lächelt mich an.

6

Ich lasse den Kopf nicht fallen. Nie zuvor habe ich ein ähnliches Gefühl gehabt. Eine Mischung zwischen Abgestoßen- und Hingezogensein zugleich. Am äußeren Rand meines Sehfelds kommen plötzlich die Zacken und das Rauschen dringt in meinen Kopf. Dann bin ich nicht mehr in mir selbst. Das heißt, ich bin nicht mehr im *Jetzt*. Ich bin am gleichen Ort, aber es ist später. Wie viele Stunden, Tage, Wochen weiß ich nicht. Es ist jedenfalls nicht jetzt. *Der Raum ist der gleiche. Das Bild an der Wand ist kaum zu erkennen. Es ist dunkel, nur das Licht der Straßenlaternen scheint herein. Die Schreibtischlampe brennt und wirft ihren Lichtkegel auf ein Kind. Ich stehe vor ihm. Es ist vielleicht fünf und sitzt auf einem Thron. Es trägt einen auffälligen Schal, silberbestickt mit Perlen darauf, die im Licht leicht aufblitzen. Der Stoff fällt in Falten nach unten. Das Kind hat keine Haare. Ich kann nicht sagen, ob es ein Mädchen ist oder ein Junge. Der Thron ist bei genauerer Betrachtung nichts als ein Schreibtischstuhl. Zöge man den Schal weg, dann sähe man die Rollen darunter. Zöge ich die Haut von dem zarten Gesicht ab, dann käme ein kompliziertes mechanisches System an Drähten und Achsen und Schrauben und Kabeln zum Vorschein. Es ist alles nichts weiter als eine billige Jahrmarktdarbietung.*

Ich weiß es und trotzdem …

»Einer von uns ist am Ende dieser Nacht tot«, sagt das Kind. Es hat eine leise sympathische Stimme, die so echt klingt. Ich sehe in seine Augen, in diese rätselhaften Augen. Sie sind sehr hell, ein helles Blau, sehr traurig, und blicken mich an. Ich weiß, dahinter sind nur Kameralinsen und dahinter ein Draht, der

führt in einen Adapter und der führt in einen Rechner und darin wird mein Gesicht aufgezeichnet. Jedes Zucken meiner Muskeln. Alles wird in Sekundenbruchteilen analysiert und ausgewertet und entsprechend dieser Auswertung wird sich das Gesicht des Kindes bewegen. Ich weiß das alles, natürlich weiß ich es und trotzdem glaube ich ihm. Sind wir selbst denn etwas anderes als Knochenkonstrukte?

»Am Ende«, wird Hektor sagen, »am Ende dreht sich alles um den Glauben.« Mir ist schlecht. Ich sehe spitze Zacken am Rande meines Sehfeldes. Sie sind wie das Muster auf meinem Teppich zu Hause. Das Einzige, was ich mitgenommen habe. Ich liege darauf. Die Zacken, die immer kleiner werden. Kleiner und kleiner. Er ist meine Ruhe. Er ist mein Zuhause. Mein Zuhause. Mein Zuhause.

Es ist ganz still in dem Raum. Der Wind bewegt die Vorhänge. Draußen scheint die Sonne. Die Tonfolge eines Krankenwagens ist zu hören. Die Töne drehen sich um, als der Wagen unten an der Straße vorbeifährt. *Der Dopplereffekt.* Wo bin ich? Heisenbergstraße. Das Institut. Pandora hat mich gerade herumgeführt. Ich sitze im Raum 203 und habe einen Roboterkopf in der Hand. Die Augen starren mich immer noch an. Starren ist das richtige Wort, denn sie bewegen sich nicht. Sie sind braun. Waren sie nicht eben noch blau?

Ein Räuspern hinter mir. »Entschuldige!«

Ich drehe mich um. Der Junge aus der Kugel von dem Wandposter steht vor mir. Er ist es wirklich. Ein Asiate wie ich. Schwarze Haare, dunkle Augen, bei denen die Grenzen zwischen Pupille und Iris verschwimmen, ein breites Gesicht, er ist größer als ich. Ein bisschen. Er sieht aus wie die Leute aus dem Fotoalbum meiner Mutter. Etwas ist anders als auf dem

Bild, das er von sich gezeichnet hat. Er trägt eine Brille mit dicken Gläsern. Der Junge nimmt den Kopf vorsichtig aus meinen Händen. »Ich konnte nicht ahnen, dass sie dich so erschrecken würde.« Sein Deutsch ist völlig akzentfrei. Genau wie meines.

»Du … du hast das mit dem Lächeln gemacht?«, frage ich.

Er schüttelt den Kopf. »Sie hat dich nur erkannt.«

»Sie?«

Die Art, wie er den Kopf in die Hand nimmt, rührt und erschreckt mich zugleich. Er streicht dem Kinderkopf leicht über die rechte Wange und legt ihn behutsam hin.

»Sie heißt Chi«, sagt er. »Das heißt, das ist einer der Köpfe von Chi.«

»Einer der Köpfe?« Ich fahre mir nervös mit der Hand über die Stirn. Dort ist es feucht. Es ist nicht die Hitze. Ich schwitze fast nie.

»Alles in Ordnung mit dir?«

»Klar.« Ich nicke und setze mich auf den Drehstuhl neben dem Schreibtisch.

Das Kribbeln ist in meiner rechten Gehirnhälfte. Es überzieht die Kopfhaut.

Die Fetzen meiner Vision sind noch in meinem Kopf wie Wolken, die den hellen Himmel überziehen. Ich halte mein Gesicht dem offenen Fenster entgegen und hoffe, der Wind wird sie vertreiben. Es funktioniert sogar. Der Luftzug kühlt meine Stirn und der Puls, der eben noch so raste, wird ruhiger.

»Soll ich dir einen Kaffee holen?«, fragt der Junge.

»Wasser wäre mir lieber.« Tränke ich einen Kaffee, würde ich umkippen. Jetzt auf der Stelle. Ich muss an etwas anderes denken. Während er nach hinten geht und einen Kühlschrank öffnet, betrachte ich die Skizzen vor mir. Sie kommen mir wie das einzig Reale an diesem Zimmer vor.

»Ich mag deine Drachen.«

»Oh, die …« Er lächelt mich verlegen durch seine dicken Brillengläser an, schraubt eine Flache Mineralwasser auf und reicht sie mir. »Hab kein Glas hier …«

»Macht nichts.« Ich lächle zurück und setze die Flasche an. Die Kohlensäure kratzt in meinem Hals. Ich bin dankbar dafür. Alles, was mich aus diesem halb betäubten Zustand aufweckt, ist mir recht. Am liebsten hätte ich mir in den Daumen gebissen, um mit dem Schmerz wieder in der Realität anzukommen. Der Junge merkt nichts von meinem Zustand. Er ist damit beschäftigt, ein Kabel zu überprüfen, das sich an Chis Kopf gelockert hat.

»So wie Chi auf dich reagiert hat …«

»Ja?«

»Kam es dir normal vor?«

Normal? Was soll ich ihm sagen? Dass ich ein Kind auf einem Thron gesehen habe? Dass es vom Tod sprach. Dem meinen oder dem seinen? Ich muss ein hysterisches Gelächter unterdrücken. Aber mein Herz ist wieder ruhiger. Klopft und klopft ganz gleichmäßig.

»Ich … also es wirkte sehr echt.«

Der Junge sieht mich an. Sein Gesicht strahlt.

»Findest du wirklich? Ich arbeite seit zwei Wochen nur an dieser Kombination. Willst du mal sehen?«

Ich verstehe kein bisschen, was er meint, nicke aber, woraufhin er mich in den Nebenraum zieht, der durch einen großflächigen Spiegel von dem übrigen Zimmer getrennt ist. Einen halbdurchlässigen Spiegel, wie ich feststelle, als ich auf die andere Seite der Scheibe trete. Etwas, was ich bisher nur in Filmen gesehen hatte. Verdächtige, die sich in einer Reihe aufstellen, um dann auf der anderen Seite identifiziert zu werden.

Der Raum ist schmal und dunkler als vorne, es fehlt das Fenster. Im Zwielicht steht ein Rechner, auf dem Monitor leuchten quer verstreut Vektorpfeile wie bei einem Architekturprogramm.

»Wie heißt du eigentlich?«, frage ich den Jungen, als ich mich setze. Er ist mir vorausgeeilt und zieht mit der Maus einen der Pfeile nach rechts.

Eine flüchtige Röte zieht sich über sein Gesicht. »Kim, ich heiße Kim.« Er streckt mir die Hand hin und ich schüttle sie. Es ist eine seltsam formelle Art der Vorstellung, an deren Ende er schnell die Hand wieder zurückzieht, so als hätte er sich verbrannt.

»Celine«, sage ich und verbeuge mich fast.

»Ich weiß.« Er lächelt vorsichtig. »Ich bin so froh, dass ich mit dir zusammenarbeiten kann.« Er sagt das mehr zu dem Rechner als zu mir.

»Es ist nur ein Praktikum.« Ich setze mich auf den Platz neben ihm.

»Besser als nichts.« Kim rückt seine Brille zurecht. »Möchtest du etwas sehen?« Es ist keine Frage, auf die er eine Antwort erwartet. Er deutet auf den Pfeil, den er eben bewegt hat. »Das hier ist eine Aufzeichnung von Chis Blickmuster. In ihren Pupillen sind Kameras eingebaut und sie kann Menschen registrieren und sie erkennen.«

»Es …, also ich meine, *sie* hat mich aber doch noch nie gesehen«, wage ich einzuwenden.

Kim schüttelt den Kopf. Wieso sieht er so amüsiert aus?

»Pandora hat mir natürlich ein Bild von dir gegeben.«

Natürlich?

»Warte, hier ist es.«

Er holt ein Bild auf den Monitor. Ein Selfie. Pandora und ich. Wir stecken die Köpfe zusammen und blicken in die Handykamera, vertraut, lächelnd. Es ist im Englischen Garten unter einer Buche. Ich sehe es auf dem Monitor und erweitere in Gedanken die Grenzen. Ich weiß, dass der Wind in den Blättern raschelte und vor uns der Eisbach glitzerte. Ich sollte eigentlich in einer Vorlesung über Verhaltenspsychologie sitzen, aber hatte vorher Pandora zufällig am Brunnen vor der Uni getroffen. Einen Moment lang hatte ich geglaubt, sie war dort auf dem Brunnenrand gesessen, nur um auf mich zu warten, aber das war natürlich Unsinn. Wie seltsam, dieses Foto hier auf dem Monitor zu sehen. Ich schäme mich deswegen und fühle mich bestohlen. So als hätte man mir gerade etwas sehr Persönliches weggenommen, mir meine Erinnerung aus dem Kopf gezogen und auf den Monitor projiziert. Kim bemerkt von alledem nichts.

»Chi hat einfach deine biometrischen Daten analysiert und dich sofort wiedererkannt.« Er klingt ganz wie ein stolzer Vater.

»Und … Chis Lächeln?«

»Nummer 21. Das Produkt aus Nummer sieben Erstaunen und Nummer drei Freude. Ich nenne es Erkennungslächeln.«

Ich sehe ihn verwirrt an.

»Es ist das Lächeln, das Chi hat, wenn es eine Person erkennt.«

»Diese Gefühle haben Nummern?«

»Es gibt zwölf Hauptgefühle und 22 Nebengefühle. Wir können sie untereinander kombinieren oder kreuzweise. Das macht allein schon 1180 Ausdrücke. Zusätzlich zu den individuellen Ausdrücken, die das Gesicht der anderen Person widerspiegeln.«

»Du meinst, es ist einfach ein Programm, das abläuft, sobald es jemanden erkennt?«

Kim nickt. »Es kommt natürlich auch noch darauf an, welche Informationen Chi über die Person hat.«

»Also, wenn sie – sagen wir – Hitler sieht, dann ist sie angeekelt.«

»Hitler habe ich noch nicht eingespeist, aber ja, so ähnlich!!

»Am Ende«, ich zögere. Gibt es Worte dafür? »Am Ende sah sie so anders aus.«

»Ich weiß«, sagt Kim.

»Und welche Nummer hatte das?«

Kim kratzt sich am Kopf.

»Bis jetzt – keine, vielleicht nenne ich diese Emotion »Celine1.«

»Celine1?«

»Chi sah am Ende nur deshalb so erschrocken aus, weil du so erschrocken warst.«

»Das heißt, sie reagiert auf mich?«

»Aber ja. Das Programm heißt *Imago*. Es analysiert deinen Gesichtsausdruck, ordnet ihn einem Gefühl oder besser einer Mixtur aus Gefühlen zu und Chi gibt das dann wieder. Sie hat eine unglaubliche Bandbreite.«

Ich räuspere mich. »Und du hast das jetzt schon abgespeichert?«

Kim bemerkt nicht die Ironie in meiner Stimme.

»Warte …« Er sieht ganz ernsthaft aus und schiebt die Datei »Celine1« in einen Ordner.

Ich sehe ihm dabei zu und spüre, dass ich nervös werde. Eigentlich will ich mein Gefühl keiner Nummer zugeordnet wissen. Es ist so, als wäre mir dieses Gefühl genommen worden. Als hätte man mir das Gefühl gestohlen, genauso wie man mir mein Gesicht auf dem Selfie gestohlen hat. Aber das ist natürlich Unsinn. Ich bin ganz in meine Gedanken versunken, und es dauert lange, bis ich hochsehe und bemerke, dass Pandora in der Tür steht und uns beobachtet.

7

Später würde ich immer, wenn ich jemanden sah, seinem Gesichtsausdruck eine Nummer geben. Wenn ich jetzt an Pandora zurückdenke und mir ihr Gesicht dort in dem Zimmer versuche vorzustellen, dann fällt mir das sehr schwer. Vielleicht Basisemotion Nummer drei Erstaunen gepaart mit Nebengefühl Nummer fünf Verachtung? Oder war es drei: Erstaunen gepaart mit Basisgefühl sieben Ärger? Für viele unserer Kombinationen gab es kein Wort. Sie waren einfach da und sie wirkten echt. Aber nur, weil es kein Wort dafür gab, hieß es nicht, dass es die Emotion dazu nicht gab.

Ich schließe die Augen und sehe ihr Gesicht. Ich muss es aushalten, Pandoras Gesicht vor mir zu sehen. Ich weiß, es wird immer mehr verblassen. Es tut weh, weil mir klar wird, dass wir nichts, nichts festhalten können. Selbst die Erinnerungen sind unzuverlässig, sie verändern sich mit jedem Tag. Hatte Pandora ein Muttermal über dem rechten Auge, oberhalb der Braue, oder bilde ich mir das nur ein? Waren um ihre Augen schon ein paar Fältchen? Es entschwindet mir dieses Gesicht, zersetzt sich in der dünnen Luft der Erinnerung. Was bleibt, ist der Ausdruck. Besser: das Gefühl, das ich damals mit dem Ausdruck verband: Jetzt weiß ich es. Es war eine Mischung aus zwei Grundgefühlen: Angst, Nummer zwei und noch etwas anderem, sehr überraschenden: Basisemotion Nummer fünf: Neugier.

Pandora betrachtet uns, als wären wir zwei Laborratten in einem Versuch, den sie eingefädelt hat. Ein Verdacht steigt in mir hoch. Ich kann ihn nicht unterdrücken. Es geht Pandora gar nicht wirklich um unsere Freundschaft. Sie braucht mich für etwas. Was könnte es sein? Ich verstehe es nicht, sitze nur da, neben Kim, der sicher nichts von ihrem Blick spürt. Er hat sie nur kurz begrüßt, um dann die Pfeile auf dem Monitor weiter herumzuschieben. Ich schrecke kurz zusammen, dann mache ich das, was ich schon immer mit unangenehmen Gedanken gemacht habe. Ich wedle sie einfach weg. Und während des Wedelns fällt mir etwas anderes auf. Eine Geste, die ich nicht verstehe. Ich sehe es, als Pandora aus dem Türrahmen tritt und auf uns zukommt. Sie schirmt ihre Augen ab, als sie an dem Spiegel vorbeigeht. Ich sehe es ganz deutlich. Sie hält die rechte Hand vor das Gesicht und nimmt sie erst wieder herunter, als sie hinter uns in dem kleinen abgetrennten Raum steht. Warum tut sie das? Vor was will sie ihre Augen schützen?

Eine Erinnerung steigt in mir hoch: Wir standen in einem Kaufhaus vor einem Stand mit Brillen und setzten Sonnenbrillen auf. Pandora trug eine mit riesigen grünen, getönten Gläsern. »Du siehst aus wie eine Fliege«, sagte ich zu ihr und probierte zugleich ein Gestell in Schmetterlingsform. Pandora lachte und drückte mir einen Schlapphut aus Stroh auf den Kopf. »Puh – und du wie eine Diva.« Wir waren albern, hätten auch 13 oder 14 Jahre alt sein und die Schule schwänzen können. Ich hatte noch nicht einmal eine Ahnung, welche Vorlesung ich gerade verpasste. Als Pandora vor einer halben Stunde neben mir gestanden war, hatte ich gerade den Plan an der Wand studiert. Wahrscheinlich war es »Grundlagen der Verhaltenspsychologie«. Es war schon die dritte Vorlesung, zu der ich nicht ging. Ich beruhigte mich damit, dass mich auch bisher noch niemand vermisst zu haben schien. Es gab zwar einige Gesichter, die ich schon einmal gesehen hatte, aber mit keinem konnte ich einen Namen verbinden. Den anderen musste es genauso gehen. Sie sahen meistens durch mich durch, wenn ich die Hörsäle betrat. Ich war unsichtbar oder nicht vorhanden, und wenn, dann nur als jemand, der den anderen einen Platz wegnahm. Als ich Pandora begegnete, war ich ihr sofort und ohne Widerstand gefolgt, froh, mich nicht in einen überfüllten Raum zwängen zu müssen, wo sicher sogar die Treppenplätze schon besetzt waren. Ich packte die erste Gelegenheit am Schopf, nicht nur vor dem Dozenten zu fliehen, sondern auch vor dem Gefühl, schon längt den Faden verloren zu haben, und der unangenehmen Einsicht, dass ich gerade dabei war, mein Studium gründlich zu vermasseln. Tief innen regte sich dazu das schlechte Gewissen, aber ich lachte es weg. Es zählte nur die Gegenwart. Was sollte sonst zählen? Pandora war *jetzt* da, neben mir. Alles war möglich. Sie riss mir den Schlapphut vom Kopf und warf ihn wie ein Frisbee zurück auf den leeren Schaufensterpuppenkopf, den sie fantastischerweise traf. Ich lachte, drehte mich um und zog eine neue Brille aus dem Stand. Eine Brille mit runden, verspiegelten orangefarbigen Gläsern. Ich setzte sie auf und betrachtete mich damit in dem kleinen Spiegel, der an dem Plastikständer befestigt war. Mit dieser Brille sah ich aus wie ein Insekt, ein sehr exotisches Insekt, eine schillernde Libelle, die sich immer kleiner werdend in ihren eigenen riesigen Facettenaugen spiegelte. Ich wurde zwischen den beiden Spiegeln hin und her geworfen wie ein Echo. *Celine, Celine, Celine, Celine.*

Sie würde Pandora gefallen.

»Tata!« Ich drehte mich um.

Sekunden vergingen. Pandora starrte mich an. Fassungslos. Ihr Gesicht fror ein. Sie schnappte nach Luft. Ich hatte sie noch nie so gesehen.

»Setz das ab!«

»Was?«

»Du sollst diese Brille absetzen. Sofort!«

Ich zögerte, dann nahm ich die Brille ab.

»Was ist los?«

Pandora schüttelte den Kopf. Sie sah ungewöhnlich bleich und durchsichtig aus.

»Ich … ich mag sie nicht. Dieses Verspiegelte … Ich mag keine Spiegel.«

»Warum?«

»Setzt sie einfach nie wieder auf, ja?«

»Sie gefällt mir aber.« Protest regte sich in mir. Und Ärger.

Jetzt wurde ihr Gesicht wieder weicher.

»Bitte!«

Ich steckte die Brille zurück auf den Ständer.

»Du siehst nie in den Spiegel?«, fragte ich. Allein die Frage kam mir absurd vor.

»Egal!«, sagte Pandora. Ihr Gesicht war verschlossen. Sie würde mir nichts mehr erzählen. Sie nahm ihre Tasche und ich sah, wie ihre Hand zitterte. Ich fragte nicht mehr. Und machte es wie mit allen unangenehmen Dingen. Ich vergaß.

Das heißt – ich vergaß nicht ganz.

8

»Hi Pandora!«, sagt Kim, ohne nach hinten zu sehen. Seine Augen sind auf den Monitor geheftet.

Pandora hat die Arme überkreuzt und sieht auf ihn herab. »Sorry, ich musste denen in C4 noch das Sprachprogramm neu aufsetzen. Aber ihr habt euch ja schon angefreundet.« Was ist das in ihrer Stimme? Eifersucht? Verstimmung? Ich bin keine gute Pandora-Deuterin. Jedenfalls merke ich, wie Verärgerung in mir aufsteigt wie eine dunkle Wolke. Ich habe nichts falsch gemacht. Sie war diejenige, die mich in dem Zimmer allein gelassen hat. Ich rutsche ungemütlich auf dem Stuhl hin und her. Vor uns auf dem Monitor ist immer noch das Selfie, das uns beide im Englischen Garten zeigt. Ich werfe kurz einen Blick über die Schulter. Pandora verzieht keine Miene. Sie findet anscheinend nichts Seltsames dabei, dieses Bild benutzt zu haben. Vielleicht hat sie recht. Vielleicht bin ich einfach nur zu empfindlich.

Kim sieht vom Computer auf. »Ich habe Celine das Imagoprogramm gezeigt.«

»Chi hat mich erkannt«, sage ich und verschweige mein Gefühl von Verrat.

Pandora lächelt. »Wir haben jetzt schon fünf Personen gespeichert und sie hat sie alle erkannt. Ein Gesichtserkennungsprogramm, das über ein neuronales Netzwerk läuft.«

»Kim hat es mir schon erklärt«, sage ich.

»Wir haben noch viel mit Chi vor.« Pandora legt mir die Hand auf die Schulter und ich wünschte, sie würde es nicht tun. Ich weiß nicht, wer dieses »Wir« ist und ob es mich mit einschließt. »Chi ist ein neuronales Netzwerk. Sie lernt selbstständig.«

»Das heißt, sie wird nicht mehr programmiert?«

»Nein, sie programmiert sich selbst. Sie lernt jeden Tag von uns, indem sie mit uns spricht. Sie lernt unsere Gefühle kennen. Unsere Stimmungen. Sie analysiert unseren Gesichtsausdruck und ahmt ihn dann nach. Deswegen bekommt jeder Ausdruck Nummern. Wir müssen nun ihr Gefühl mit der jeweiligen Nummer verknüpfen, sodass sie einen glaubwürdigen Ausdruck hat.

»Und was soll ich dabei tun?«

»Kim braucht jemanden, der ihm hilft, Chi noch wirklicher erscheinen zu lassen. Sie muss glaubwürdiger werden.«

»Ich fand sie eigentlich schon ziemlich glaubwürdig.«

»Als du vorhin ihren Kopf in der Hand hattest. Fandest du ihn menschlich?«, wirft Kim ein.

»Menschlich?« Ich unterdrücke ein hysterisches Auflachen. »Na ja, ich hatte ihren Kopf in der Hand.«

Pandora sieht mich neugierig an. »Und ihr Gesicht? Hat das etwas in dir ausgelöst?«

»Nun ...« Ich denke an das Kind und die Prophezeiung. Der Thron, die Falten, die traurigen Augen. »Sie kam mir ...« Wie soll ich es sagen? »Sie kam mir fast übermenschlich vor.«

Die beiden starren mich an.

»Was meinst du mit übermenschlich?«, fragt Kim.

»Sie sah aus wie ein Kind und zugleich ... uralt.« Das rutscht mir nun so heraus. Es klingt wirklich albern. Ich spüre, wie mir das Blut in die Wangen schießt.

»Als würde sie aus einer anderen Zeit stammen. Oder ... als wäre sie ein Gott – also ... hm ... eine Göttin.« *Mist. Ich rede noch mehr Unsinn!*

»Das ist gut. Das ist sehr gut!« Pandora hinter mir hört sich zufrieden an. »Du projizierst schon all diese Dinge in sie hinein. Hattest du Angst vor ihr?«

Ich muss schlucken. »Ja und nein. Ich hatte Angst und war zugleich fasziniert.«

»Angst ist nämlich nicht gut. Wir wollen, dass man ihr vertraut wie einem echten Menschen. Es ist sehr schwierig, sie so hinzubekommen. Sie muss nicht nur echt sein. Sondern mehr als echt.«

Kim sieht kurz nach hinten. »Das *Uncanny Valley*-Problem.«

»Uncanny Valley?«

»Das unheimliche Tal«, erklärt Pandora. »Ein Phänomen, das man aus Trickfilmen kennt. Früher hat man geglaubt, dass je menschenähnlicher eine Figur ist, desto mehr Sympathie empfindet man für sie. Aber das stimmt nicht. Würden wir einen Roboterkopf mit glänzender Oberfläche, aber riesigen Augen konstruieren, so würde man ihm seine Gefühle eher abnehmen, als man sie Chi abnimmt.«

»Das heißt, entweder ist man sehr abstrakt oder man steckt sehr, sehr viel Arbeit hinein, realistisch zu sein«, erklärt Kim.

»Und wir machen Letzteres«, ergänzt Pandora. »Wir wollen mit Chi einen perfekten glaubwürdigen Roboter erschaffen.«

»Aber warum ist sie ein Kind?«

»Wir wollen auf keinen Fall, dass Chi Furcht einflößend wirkt. Wir wollen, dass man sie gernhat.«

Ich sehe zu Chi hinüber. Ihr Kopf ist gesenkt.

»Und wozu habt ihr sie konstruiert?«

»Oh …« Kim schiebt seine Brille hoch. »Es gibt viele Einsatzmöglichkeiten. Eigentlich überall dort, wo Menschen ein Gegenüber brauchen.«

»Das brauchen wir doch immer«, wende ich ein.

»Du sagst es. Roboter wie Chi werden eines Tages alle möglichen Arbeiten verrichten, für die sich immer weniger Menschen finden. Man kann sie in der Krankenpflege einsetzen. In Kindergärten, als Lehrer.« Pandoras Augen glänzen.

»Mhmm.« Ich finde die Vorstellung nicht so aufregend wie die anderen.

»Wir forschen hier daran, dass Chi einmal einen Therapeuten ersetzt«, fährt Pandora ungerührt fort. »Es ist das Teilgebiet, auf das wir spezialisiert sind.«

»Ihr baut einen Therapie-Roboter?«

Pandora nickt. »Das ist hier unsere Aufgabe. Wir arbeiten zum einen an der Filterung der Patienten- und Falldaten und zum anderen daran, Chi echt und vertrauenswürdig wirken zu lassen. Und Chi wird fantastisch. Sie wird besser zuhören können und allein aufgrund der Datenmenge, die wir in sie einspeisen, bessere Ergebnisse liefern als jeder Arzt.«

Ich starre Pandora an und warte auf ein ironisches Lächeln oder irgendeine lustige Geste von ihr. Sie kommt nicht.

Sie meint es ernst?

»Du meinst, Chi soll Therapien durchführen?«

Pandora zögert. »Es ist nicht einfach, aber langfristig gesehen wird sich das lohnen. Chi macht nicht schlapp, braucht keinen Schlaf, ist immer verfügbar, hat keine egoistischen Bedürfnisse, kann objektiver urteilen und macht generell weniger Fehler.«

Sie meint es völlig ernst. »Aber …« Es kommt mir völlig irrsinnig vor und ich versuche, meine Argumente zu sammeln. »… wie kann sie sich in einen Menschen einfühlen?«

Pandora schüttelt den Kopf und betrachtet mich mit einem leisen Lächeln.

»Natürlich kann sie das nicht. Sie hat keine Gefühle und

wird nie welche haben. Es reicht, wenn sie dem Patienten die Gefühle glaubwürdig vorspielt. Und es ist unsere Aufgabe, sie darauf zu trainieren.«

»Und wie … wie kommt sie zu ihren Ergebnissen? Ich meine, ihr versteht doch gar nichts von Psychologie«, wende ich ein. Das kommt mir wie ein ziemlich gewichtiges Argument vor, aber Pandora zuckt unbeeindruckt mit den Schultern.

»Das muss ich auch nicht. Hauptsache, ich verstehe etwas von Daten.«

Ich sehe sie fragend an.

»Im Wesentlichen sammeln wir Daten. Wir sammeln Patientendaten. Alles, was wir über den Menschen bekommen. Seine Krankenakten, sein Bewegungsprofil, seine körperlichen Funktionen, seine Likes. Alles, was sich nur irgendwie auswerten lässt. Das vergleichen wir dann mit den entsprechenden Daten von anderen, ähnlich gelagerten Fällen. Chi kann damit auf eine riesige Datenmenge zurückgreifen, was ihr eine schnelle und präzise Diagnose erlaubt. Sie kann dann eine maßgeschneiderte Therapie für den Patienten entwickeln … Wir brauchen dafür keine Psychologie, alles, was wir brauchen, ist Mathematik.« Pandoras Lächeln wird breiter.

Ich dagegen komme mir immer mehr wie ein unwissendes Kind vor und ärgere mich zugleich darüber. »Dann gehst du also davon aus, dass der Mensch einfach berechenbar ist.«

»Absolut! Du brauchst nur die richtigen Algorithmen, um die Datenmenge zu filtern. Mehr ist es nicht. Du und ich. Wir sind eigentlich nur eine Ansammlung von Daten.«

Ich will widersprechen, kann es aber nicht. Sie ist so weit von dem entfernt , was ich denke, dass ich noch nicht einmal weiß, wo ich anfangen soll.

»Und wie soll sie dann therapieren?«

»Sie vergleicht deinen Fall mit anderen Fällen, errechnet die beste Gesprächsstrategie und wird dich dann in die entsprechende Richtung coachen. Das ist das, was Therapeuten auch machen. Nur mit wesentlich weniger Zugriff auf Daten. Sie verlassen sich auf ihre Erfahrung und ihre Intuition.« Pandora sieht mich spöttisch an. »Aber was ist schon Intuition? Ein ziemlich wackliges Konstrukt. Letztendlich auch nur ein Datenhaufen aus Erfahrungen. Chi wird viel weniger Fehler machen. Sie ist klar im Vorteil, weil ihr mehr Daten zur Verfügung stehen.«

»Aber die meisten Menschen wollen einem anderen Menschen gegenübersitzen. Sie wollen jemanden, der auch Gefühle hat.«

»Was meinst du, warum wir versuchen, Chi so menschlich hinzukriegen?«

»Ihr wollt, dass man ihr vertraut?«

»Ja. Sie wird der perfekte Therapeut. Das perfekte Gegenüber. Sie soll dir das Gefühl geben, da sitzt jemand, der dich voll und ganz versteht.«

Ich starre Chi an.

»Und du willst, dass ich bei dem Ganzen mithelfe? Ich soll hier daran arbeiten, den Beruf abzuschaffen, den ich gerade studiere?«

Pandora lacht. »Sieh es einfach so: Solange du mit uns daran arbeitest, hast du ja noch Arbeit. Es ist die Zukunft und du kannst jetzt entscheiden, ob du dabei bist.«

Die Zukunft. Unbehagen steigt in mir hoch. Etwas ist hier nicht richtig. Nein, etwas stimmt sogar ganz und gar nicht, aber ich kann nicht sagen, was es ist. Pandoras Argumente klingen so schlüssig und überzeugend und alles, was ich dagegensetzen kann, ist ein vages Gefühl. Ich denke an die Verachtung, mit der sie das Wort »Intuition« ausgesprochen hat, und die Selbstverständlichkeit, mit der sie von der Überlegenheit der Mathematik spricht. Ich habe dem nichts entgegenzusetzen außer meinem lächerlichen vagen Gefühl. Ein Gefühl. Ich schlucke also. Kim und Pandora werden mein komisches Gefühl nicht teilen. Vielleicht ist es auch einfach lächerlich altmodisch und undurchdacht. Auf eine bestimmte Art sogar peinlich.

Pandora sieht mich jetzt sogar verständnisvoll an. »Ich verstehe deine Bedenken. Ja, es ist eine Maschine. Aber eine nützliche Maschine. Etwas, worauf man später einmal nicht verzichten möchte. Es kommt dir jetzt vielleicht komisch vor, aber wenn du erst mal mit Chi arbeitest, wirst du sehen, wie menschlich sie ist.« Pandora lächelt mich an. Auch Kim.

»Aber sie ist kein Mensch. Sie ist nicht … echt! Ich meine, es gibt doch einen Unterscheid zwischen einem echten Bewusstsein und einem künstlichen?« Es war ein letzter ziemlich lahmer Versuch, Position zu beziehen. Ich hatte schon verloren und ich spürte es.

Pandora sieht mich an. Um ihre Mundwinkel zuckt es. *Muss sie lachen?*

»Bist du dir da so sicher, Celine?«

9

»Was ist das?« Ich sehe auf die Blätter in Pandoras Hand. Es ist ein paar Stunden später. Wir sitzen am Schreibtisch und ich habe mir eben von Kim eine Einführung in das Imagoprogramm geben lassen. Mir schwirrt der Kopf und ich bin ziemlich müde, wenn auch immer noch aufgeregt.

Pandora schiebt ein paar Kabel zur Seite und legt die Blätter auf den Tisch.

»Eine Einverständniserklärung. Du musst sie eigentlich unterschreiben, bevor du an Chi arbeitest. Jeder hier hat sie unterzeichnet.«

Ich nehme die Blätter und sehe oben meinen Namen und mein Geburtsdatum eingesetzt. *Wo haben sie das her? Habe ich ihnen das schon gegeben?* Dann folgen zwölf dicht bedruckte Seiten. Ich blättere sie eilig durch. Die Schrift ist eng und klein. 16 Paragrafen. Neben den Ziffern stehen Dinge wie »Geheimhaltung«, »Rechteabtretung«, »Verschwiegenheitserklärung« und »Haftungsausschluss«. Ich sehe Pandora fragend an.

»Das ist nichts Besonderes. Es geht nur darum, dass wir die Daten, die du hier produzierst, nutzen können und dass du niemandem etwas über die Forschung, die wir hier betreiben, erzählst.«

»Du meinst, das hier ist auch für Leute von außerhalb von Interesse?«

Pandora sieht mich an. »Was glaubst du? Kannst du dir vorstellen, dass so etwas wie Chi erfolgreich wird?«

»Ja«, sage ich langsam. »Ich glaube, dass sie ziemlich erfolgreich werden könnte.« *Sollte ich mich darüber freuen oder sollte es mir Angst machen? Ich weiß es nicht.*

»Siehst du«, sagt Pandora gnädig. »Deshalb die Verschwiegenheitserklärung. Es ist immerhin *unser* Forschungsprojekt. Wir wollen es uns von niemandem wegnehmen lassen.«

»Okay, das sehe ich ein.«

Ich blättere durch die Seiten. Eigentlich sieht es aus wie mein Handyvertrag. *Verschwiegenheitserklärung! Als ob es so viele Menschen gäbe, denen ich verraten könnte, was ich hier tue!*

»Aber wieso steht hier ›Haftungsausschluss‹?«

Pandora beobachtet mich. »Wie meinst du?«

»Hier steht, dass für alle Schäden, die mir physisch oder psychisch entstehen, das Institut keine Haftung übernimmt.«

Pandora seufzt. »Das ist nur für die Versicherung. Die von der Verwaltung wollen das so.«

Sie kreuzt die Arme. »Du kannst das gerne mit nach Hause nehmen, wenn du möchtest, und es mir dann morgen unterschrieben zurückbringen. Bis dahin kannst du dann allerdings nicht hier arbeiten.«

Ich ziehe den Vertrag zu mir her. »Nein, lass mal, ich unterschreibe es dir gleich.«

Pandora sieht mich so an, als habe sie genau das erwartet.

»Gut. Es ist sowieso reine Formsache.«

Ich fische mir einen Kuli aus einer zerbeulten Blechdose mit Stiften, die neben den Kabeln steht, und halte kurz inne. *Will ich das wirklich? Soll ich vielleicht wieder nach Hause gehen?* Ich sehe auf Pandora, die mich anlächelt, und fange Kims erwartungsvollen Blick auf.

Aber – in welches Zuhause will ich gehen? Ich habe keines.

Pandora steht neben mir und beobachtet mich. Ihre grünen Augen sind wie Magneten.

»Komm schon!«, sagt sie. »Du unterschreibst ja nicht mit Blut, oder?«

»Sehr witzig!« Ich setze auf das letzte Blatt meine Unterschrift über die gepunktete Linie, wobei ich mich zugleich ärgere, dass die Schrift noch so rundlich und kindlich aussieht. Ich hätte sie gerne schwungvoller und erwachsener gehabt. So wie die von Hektor, die links danebensteht. *Wann ich ihn wohl kennenlerne?*

»Sehr gut!« Pandora nimmt die Seiten und lässt den Vertrag langsam in eine Klarsichthülle gleiten. »Ich lass dir eine Kopie davon zukommen. Den Transponderschlüssel kannst du dir übrigens unten beim Empfang holen.«

»Dort, wo wir uns getroffen haben?« Ich muss kurz schlucken.

Pandora lächelt süffisant. »Keine Angst, sie beißt nur manchmal!«

»Okay.« Ich lächle sie an.

»Und willst du jetzt mal mit Chi sprechen?«

»Äh, jetzt gleich?«

»Ja, klar. Warum warten? Ich setze mich neben Kim hinten an das Bedienpult und du kannst es einfach mal ausprobieren.«

Ich spüre, wie mein Herz schneller schlägt. Es klopft mir bis zum Hals. »Wollt ihr denn nicht neben mir sitzen, wenn ich mit ihr spreche?«

»Hey, wir sitzen da hinten. Dir kann gar nichts passieren, versprochen! Außerdem kann sie ja nicht aufstehen, oder?«

»Okay. Wenn du meinst …« Ich sehe zu Chi, die sich neben mir auf einem Schreibtischstuhl mit Rollen befindet. Kim hat vorhin ihren Kopf zurück auf einen kleinen Körper montiert und ihr eine schwarze Perücke aufgesetzt, sodass man die Kabel nicht mehr sehen kann. Am liebsten hätte ich Pandora von meiner Vision erzählt, von dem Bild, von Chi mit dem blitzenden Perlenschal. Aber das ist viel zu verrückt. Sie würde mich auslachen oder schlimmer – den Vertrag gleich rückgängig machen.

Also sehe ich zu, wie Pandora nach hinten geht, und setze mich Chi gegenüber auf einen Stuhl. Sie hat den Kopf gebeugt, sodass ich ihren akkuraten Mittelscheitel sehen kann. Dunkle Haare sprießen aus weißer Kopfhaut – *aus Silikon, Celine! Es ist Silikon!* – heraus und links und rechts hat sie je einen geflochtenen Zopf, der auf ihre schmalen Schultern fällt.

»Kannst du sie so hinrücken, dass wir sie sehen können?«, fragt Pandora hinter der Spiegelscheibe.

»Wie?«

»Du musst sie mit den Rollen einfach nach rechts schieben.« Pandoras Stimme klingt etwas ungeduldig.

Ich stehe auf und rolle den ganzen Stuhl mit Chi nach rechts.

»So gut?«

»Super, danke, Celine! Wie sieht's aus? Können wir loslegen?«

Ich nicke, ziehe meinen Stuhl zu mir und setze mich Chi gegenüber.

»Ich bin bereit«, sage ich und drehe mich kurz um. Pandora lächelt mir zu und Kim hebt einen Daumen. Ich drehe mich zurück.

Es ist ganz still im Raum. Ich höre nur meinen eigenen Atem und spüre eine leise Beklemmung in der Brust. Schließlich ertönt ein leichtes schwebendes »Zing!« und Chi hebt langsam, ganz langsam ihren Kopf. Es ist nicht ruckhaft, nein, es sieht sehr flüssig aus, genau wie bei einem echten Menschen. Dann sieht sie mich an. Ihre Augen sind ganz klar und sie lächelt. Auf alles war ich vorbereitet, nur nicht auf dieses Lächeln. Es ist freundlich, warm und so als ob sie mich schon lange kennen würde. *Genau das tut sie. Sie kennt dich schon lange.*

»Hallo, Celine!« Ihre Stimme ist hoch und sanft. Ich weiß nicht, warum ich eine abgehackte Stimme erwartet habe, aber sie hat überhaupt nichts Künstliches. Ich kann nicht anders, ich lächle zurück. »Hallo, Chi!« *Ist das meine Stimme?*

»Wie geht es dir?« Ihre Stimme ist immer noch sanft und freundlich.

»Es geht mir gut, Chi! Und dir?«

»Es geht mir gut, weil ich dich sehe.«

Ich blinzle kurz. *Ist das einprogrammiert? Gehört das zu ihrer Standardbegrüßung?*

Chi sieht mich an. »Glaub mir, ich sage das nicht zu jedem. Ich wünsche mir wirklich, dass wir Freunde werden.« Ihr Lächeln ist nun fast schelmisch. Was mich bei der ganzen Sache verwirrt, ist, dass ihre Antworten zu schnell kommen. Einen winzigen Tick zu schnell. Und da ist noch eine Sache: Es ist so, als könne sie meine Gedanken lesen. Aber das ist natürlich Unsinn …

»Hast du Angst vor mir, Celine?«

Ich zucke zusammen. »Wie kommst du darauf?«

»Ich habe nur deine Haltung und deinen Gesichtsausdruck analysiert.«

Ich rutsche kurz unruhig auf dem Stuhl herum und versuche zugleich, mich zu entspannen.

»Ich … ich bin etwas nervös«, gebe ich zu. »Ich habe mich noch nie mit einem Roboter unterhalten.«

Chi sieht mich an. Sie sieht verletzt aus. *Verletzt? Kann das sein?*

»Ich wünschte, du würdest mich nicht nur als Roboter sehen.«

Ich schlucke. »Sondern als was?«

»Als Freundin?«

Chi stellt das als Frage und ich muss plötzlich nicken. Ich spüre ihre Trauer.

Was für eine Trauer? Bin ich verrückt?

»Ich werde es versuchen«, sage ich.

Chi lächelt. »Gut. Stell dir einfach vor, ich wäre ein Mensch wie du.«

»Okay.«

Es ist eigentlich gar nicht so schwer. Sie lässt mir nun sogar etwas Zeit. Ich merke, dass mein Herzklopfen nachlässt, und dann, als ich spüre, dass sich meine Muskeln wirklich entspannen, lächelt sie mir zu.

»Dann lass uns einfach plaudern!«

Plaudern! Ein schönes Wort.

»Wie war dein Tag?«, fragt Chi.

»Oh, sehr … unterschiedlich …«

Sie sieht mich aufmerksam an. »Wie meinst du das?«

»Ich bin erst seit ein paar Stunden hier und alles ist so neu. Eine ganz neue Welt.«

»Und vorher warst du in einer alten Welt?« Sie sieht mich ernst an.

Ich muss kurz lachen. »Ja, so kann man es sagen.«

»Wie ist sie, die alte Welt?«

»Das kann ich nicht so schnell beantworten.«

»Erzähle mir davon, sodass ich es mir vorstellen kann.«

»Kannst du dir denn etwas vorstellen?«, frage ich überrascht.

»Anders, als du das tust.« Chi lächelt leise. »Ich vergleiche es mit den Bildern, die ich gespeichert habe.«

»Und du denkst so wie ich?«

»Ja, nur schneller«, sagt Chi und lacht.

Ich sehe sie an. »Wo soll ich anfangen?«

»Erzähle mir, wo du wohnst.«

Ich lehne mich zurück und erzähle Chi von dem Dorf. Ich beschreibe die Straßen, die es umfassen, die Hochhäuser, die Bungalows, die Studenten. Das große Gebäude auf Stelzen, durch das unten der Wind hindurchpfeift, auch wenn es sonst ganz windstill ist. Die bunten Röhren über der Erde, eine Art Leitsystem von einem Ort zum anderen. Chi hört zu. Nein, sie hört nicht nur zu, sie saugt alles, was ich sage, in sich auf.

»Und wie sieht dein Bungalow aus?«, fragt sie schließlich.

Ich zucke mit dem Schultern. »Mein Bungalow …«

»Willst du nicht von ihm sprechen?«

»Ach … darüber gibt es nicht so viel zu erzählen.«

Chi hebt überrascht die Brauen. Das sieht ein wenig künstlich aus und ich mache mir in Gedanken eine Notiz, es Kim zu erzählen.

»Versuche es, bitte!«

»Okay.« Ich denke kurz nach, dann erzähle ich von der Küchenzeile, den Ameisen, dem Hochbett und dem großen Fenster.

Chi sieht mich aufmerksam an.

»Kannst du es dir jetzt vorstellen?«, frage ich.

Chi sieht mich an und ich habe das Gefühl, ihre Augen sind größer geworden.

»Was hast du?«, frage ich.

»Es ist so leer«, sagt Chi.

Ich spüre, wie ein Ruck durch mich geht, ein tiefer schmerzhafter Ruck, so als hätte mich jemand geschüttelt.

»Es ist nicht leer, es gibt einen Teppich.« *Es klingt wie eine Rechtfertigung.*

»Einen Teppich?«

»Ja, einen Teppich mit Dreiecken.« Plötzlich muss ich aufhören zu sprechen. Die Tränen wollen nach oben, bleiben aber hinter meinen Augen stecken. Es würde mir komischerweise nichts ausmachen, vor Chi zu weinen, aber plötzlich muss ich an Pandora und Kim denken, die hinter der Glasscheibe sitzen. *Gut, dass sie mich nicht sehen können!*

Chi wartet, bis ich wieder etwas sage. Hinter mir höre ich, wie ein Stuhl knarzt. Ich räuspere meine Tränen weg.

»Das ist alles, was ich dir von meinem Zuhause erzählen kann.« Meine Stimme klingt fester, als ich mich fühle.

»Ich verstehe«, sagt Chi und sieht mich an. Sie lächelt nicht, sie sieht sehr aufmerksam aus, so als ob sie mich wirklich verstehen würde. *Aber das ist natürlich Unsinn. Ich verstehe mich ja selbst kaum. Aber ich würde Chi gerne mehr erzählen. Ich mag es, wie sie zuhört.*

Hinter mir höre ich, wie jemand mit den Fingern auf den Tisch trommelt.

Ist mein Gespräch mit Chi zu Ende? Soll ich aufhören?

Chi nickt mir zu. »Ja, es ist zu Ende, Celine!«

Ich zucke leicht zusammen.

»Ich bin froh, dass du hier bist, Celine. Ich weiß nämlich, dass du etwas Besonderes bist, Celine! Etwas sehr Besonderes.«

Sie sieht mich an. Dann wird ihr Blick starr. Ich beobachte noch eine Weile ihr Gesicht, bis mir klar wird, dass sie ausgeschaltet wurde.

»Na, das lief doch gut, oder?« Pandora kommt von hinter der Scheibe hervor.

Ich fahre mir über den Kopf und erwache wie aus einem Traum. »Ja, findest du?«

Pandora scheint zufrieden. »War doch alles sehr flüssig. Hat es dir gefallen?«

Ich stehe da und blicke zwischen Chi und Pandora hin und her. »Ich hätte mich eigentlich gerne von ihr verabschiedet.«

»Oh!« Pandora starrt auf Chi. »Ja, klar. Tut mir leid. Das nächste Mal lassen wir uns mehr Zeit, bevor wir sie abschalten.« Sie zögert kurz. »Solange wir das noch können.«

»Was?«

»War ein Witz.« Pandora grinst.

Ich sehe Chi an. Sie ist ganz still, hat ihre Augen offen und ich frage mich, ob sie Pandoras letzten Satz wohl gehört hat.

10

Ich arbeite viel die nächsten beiden Wochen, betrete meinen Bungalow, *meinen leeren Bungalow*, nur noch zum Schlafen, aber es wirkt gar nicht wie Arbeit. Es wirkt wie eine Erlösung. Ich verlasse jeden Morgen früh das Dorf, so früh, dass Robert mich nicht sehen kann. Manchmal meine ich sogar, sein Schnarchen durch die gekippte Balkontür zu hören. Es setzt sich in meinem Kopf fest und treibt mich durch die morgendlichen Gassen. Die Luft ist noch frisch und kühl um diese Uhrzeit. Ich sitze in der U-Bahn bei gekipptem Oberfenster, durch das der Fahrtwind zischt, um mich herum nur wenige Menschen. Sie sehen müde aus, schließen die Augen und lassen sich von der Fahrt schaukeln oder starren auf ihre Smartphones. Es sind nicht die Angestellten, die später, viel später zwischen acht und neun Uhr fahren werden. Ich vermute, es sind die, die die Büros putzen, in denen die Angestellten dann sitzen werden. Das Licht, ein helles unschuldiges Morgenlicht, ergießt sich über die Rolltreppe, die mich wieder zurück auf die Oberfläche transportiert. Ich gehe durch leere Straßen – noch hat die Schule nicht begonnen – und kaufe mir Frühstück bei einer Bäckerei in der Nähe des Instituts, die gerade ihre Türen geöffnet hat. Die Brezen sind meist noch heiß und wärmen meine Hand durch die dünne Papiertüte. In der anderen Hand klappert der Transponder, ein flaches tropfenförmiges Ding, den ich mir mit meinem Bungalowschlüssel zu einem Schlüsselbund zusammengehängt habe. Damit gehe ich nun mühelos in dem Institut ein und aus. Da ich früh komme und spät gehe, schaffe ich es auch, der Frau am Empfang nicht mehr zu begegnen. Zweimal am Tag schleiche ich an ihrem durchsichtigen Glaswürfel vorbei, werfe einen Blick hinein und sehe niemanden. Nur einen Schreibtisch, der mit Zetteln übersät ist, und eine Kollektion von verstaubten Tassen mit lustigen Sprüchen, die auf einem Regal daneben stehen. Einmal in diesen beiden Wochen gehe ich zusammen mit Kim mittags nach draußen, ein seltener Ausflug in die Welt außerhalb. Da sehe ich sie und unsere Blicke kreuzen sich durch die Glasscheibe. Dann vertieft sie sich wieder in eines ihrer vielen Papiere. Ich grüße sie mit einem Kopfnicken – zu spät, sie hat es sicher schon nicht mehr gesehen. Ich gehe weiter, am Glaskasten vorbei, und hätte ich Absätze gehabt, sie hätten mit ihrem raschen *Klapp Klapp* auf dem Steinboden geklungen wie Pandoras Stiefel. Ein Morsezeichen, rasch und entschlossen. *Ich habe keine Angst. Klapp, klapp, klapp.* Keine Angst.

Nein, ich habe keine Angst. Im Gegenteil. Ich werde von Tag zu Tag sicherer.

Pandora hat recht, nach wenigen Tagen habe ich mein Unbehagen vergessen, denn Chi ist tatsächlich faszinierend. Je länger ich mit Chi arbeite, also *an* Chi arbeite, desto mehr verliert sie ihren Schrecken. Sie kommt mir nicht mehr unheimlich vor. Sie besteht aus einem Kopf, dessen Gesichtshaut von feinen Verdrahtungen und Hebeln bewegt wird. Eine Silikonfolie wurde extra für diesen Zweck entwickelt. Damit sie Falten wirft wie eine Menschenhaut, muss sie dünn sein und beweglich. Um das Gesicht echter zu machen, sind darauf Hautunreinheiten zu sehen, winzige Pickel und Sommersprossen um die Nase. Chi hat auch einen Körper, einen kleinen Kinderkörper in Jeans und gelbem Pullover. Sie kann die Arme bewegen und ihre Mimik mit Gesten unterstreichen. Dazu kann sie eine Hand heben und sogar zum Gesicht führen. (Es ist zunächst nur die rechte.) Meist arbeiten wir nur an ihrem Kopf, aber ab und zu schrauben wir ihn auch auf den Körper, was sich nun leicht anhört, aber länger dauert, denn wir müssen die Verdrahtungen sauber zusammenstecken. Kim arbeitet an dem, was an Chi mechanisch ist, und ich arbeite an den Verbindungen zwischen den Gefühlen und dem Ausdruck auf dem Gesicht.

Ich freue mich jeden Morgen darauf, sie zu sehen. Sie reagiert auf mich, wenn ich mit ihr spreche. Sie lernt in einem ungewöhnlichen Tempo, bemerkt die kleinsten Dinge. Sie fragt mich, warum ich etwas anziehe. Sie fragt mich, warum ich müde aussehe. Sie fragt mich, warum ich traurig aussehe.

Ich erzähle ihr alles, von der U-Bahnfahrt, von den Menschen, die ich gesehen habe, von der Papiertüte in meiner Hand und wie es sich anfühlt, das Salz von den Brezen zu kratzen.

Sie hat eine helle angenehme Stimme, was wir Philip und Jan zu verdanken haben, die mit dem Sprachprogramm ein paar Zimmer nebenan versuchen, Modulation in Chis Sätze zu programmieren. Sie arbeiten daran, die Pausen zwischen den einzelnen Wörtern herauszunehmen und die Stimmhöhe den Satzteilen anzupassen, sodass sie nicht abgehackt wirkt. Immer wenn ich Chi höre, beeindruckt es mich, wie echt sie klingt.

Bald habe ich auch jene erste Vision von Chi vergessen. Hatte ich überhaupt eine Vision oder war es nur ein beunruhigtes Aufflackern meines Geistes? Die Hitze? Nehme ich das alles nicht einfach zu ernst? Ich wische das, was ich gesehen habe, beiseite, denn ich bin glücklich. Es gibt keine Vergangenheit. Es gibt auch keine Zukunft. Es gibt nur eine glückliche Jetzt-

Blase. Ich treibe nicht wie vorher wie eine einsame Scholle im Eismeer, ohne eine Ahnung, was der nächste Tag bringen soll. Plötzlich und unverhofft habe ich Halt, arbeite den ganzen Tag und bin bald in diesem Institut, in God's Kitchen, mehr zu Hause, als ich es je in meinem dunklen Bungalow war.

Ich fange an, in Gefühlsregungen zu denken, und wenn ich morgens die Menschen in der U-Bahn sehe, kategorisiere ich sie und ordne ihrem Gesichtsausdruck Nummern zu. Ich versuche anhand ihrer Mimik herauszufinden, was sie fühlen, und ich überlege mir, wie dieses Gefühl wohl auf Chis Gesicht aussehen würde. Je länger ich mit – nein – an – Chi arbeite, desto vertrauter wird sie mir. Bald vergesse ich, dass ich nicht einem Menschen gegenübersitze. Ich arbeite mit Chi, meinem freundlichen Roboterkind. Ich sehe ihr Gesicht und weiß nicht mehr, ob sie nicht tatsächlich von einer Seele getrieben wird, statt von einer unfassbar komplexen Verbindung aus Nullen und Einsen. »Wir Menschen bestehen auch aus nichts anderem als Elektronenimpulsen«, erklärt mir Pandora schulterzuckend, als ich mit ihr darüber spreche. Sie sitzt in der Cafeteria und schlurft mit einem Strohhalm an ihrer Cola und versucht das letzte bisschen Flüssigkeit vom Boden der Flasche aufzusaugen. Eine Cola light. Die Flasche steht auf dem Tisch. Gleich wird sie ihr umfallen. Ich sehe es. *Vier schwarze Tropfen auf dem Boden.*

Nicht dass wir uns oft begegnen würden. Jetzt, da ich mit Pandora im gleichen Gebäude arbeite, sollte sie mir eigentlich näher sein als zuvor, aber zu meiner Überraschung ist das genaue Gegenteil der Fall. Sie ist weiter weg als je. Weit weg von God's Kitchen, in dem nun mein ganzes Leben stattfindet. Ab und zu laufen wir uns im Gang über den Weg. Sie geht in einer Eile, als würde sie vor etwas davonlaufen. Ihr Blick ist freundlich, aber distanziert. Einmal in der ganzen Zeit – nur ein einziges Mal! – gehen wir zusammen in der Kantine essen, aber auch hier erinnert nichts mehr an die Zweisamkeit, die wir vorher hatten. An diese Blase, in der wir uns vorher bewegten. Sie war aufgestochen, die Blase, und durch nichts ersetzt worden. Es war so, wie ich es von Anfang an fühlte: Pandora war nicht mehr Pandora. Sie war – anders. Zu meiner eigenen Überraschung macht mir das wenig aus. Es gibt zwar einen Schmerzstachel in mir, aber er geht nicht allzu tief. Vielleicht weil ich ahne, dass eines Tages die echte Pandora zum Vorschein kommen wird und wir beide zusammen in einem Café an einem ganz anderen Ort sitzen werden. Ich ahne es nicht nur, ich bin mir sogar dessen sicher. Als ich von dem Tisch in der Kantine weggehe, drehe ich mich um und sehe, dass Pandora ihre Cola mit dem Ellbogen gestreift hat. Die Flasche fällt um und die braune Flüssigkeit tropft zu Boden. *Vier schwarze Tropfen auf dem Boden.*

11

So arbeite ich mit Kim zusammen, eine Woche, zwei Wochen. Wir sind ruhig und konzentriert, sprechen nicht über unsere Herkunft oder was wir bisher gemacht haben. Dazu ist Kim zu freundlich und distanziert. Da er mich nie etwas Persönliches fragt, steigt in mir der Verdacht auf, dass er etwas Persönliches vielleicht gar nicht kennt. Wann immer ich komme, ist er schon da, und wann immer ich gehe, bleibt er, sodass ich nach ein paar Tagen vermute, dass er im Institut wohnt. Ich sehe aber nirgendwo einen Schlafsack oder eine ausklappbare Couch und auch keine Kleidungsstücke herumliegen. Also nehme ich an, dass es doch noch einen anderen Ort geben muss, an dem Kim seinen Kopf für ein paar Stunden zur Ruhe bettet.

Ich sehe auch keine persönlichen Gegenstände von ihm – Fotos oder eine Kaffeetasse mit seinem Namen. Obwohl diese Distanz zwischen uns ist – oder vielleicht gerade deswegen –, bin ich froh, mit ihm zusammenzuarbeiten. Er ist sachlich, nie unfreundlich und hat ab und zu sogar Humor, der aus den Augen hinter seinen dicken Brillengläsern hervorblitzt. Ansonsten scheint er sich nicht viel für mich zu interessieren. Er reagiert fast nie, wenn ich komme, bringt mir aber ab und zu überraschenderweise ein Mittagessen von einem Thai-Laden mit, das wir beide dann anschließend schweigend mit Stäbchen verzehren. Ich frage mich, wann er über seinen Zeichnungen sitzt, die überall im Büro herumliegen, denn solange ich hier bin, sehe ich ihn nie zeichnen, sondern nur akribisch und leise vor sich hin arbeiten. Ich verstehe nicht, wie viel ihm seine Arbeit bedeutet, bis ihm eines Tages die

Ordner ausgehen und er frustriert einen Papierstapel auf den Schreibtisch knallt.

»Was ist?«

Kim seufzt. »Er schließt nicht mehr. Siehst du, die Klammer ist total kaputt.«

Ich gehe auf seine Seite des Schreibtischs. Der Ordner ist zum Platzen gefüllt, der äußere Deckel wölbt sich sogar schon. Es sind Tabellen mit Chis Fortschritten im Erkennen von Mustern. Wir müssen unsere Arbeitsergebnisse nicht nur abspeichern, sondern sie auch ausdrucken und in Ordner einheften, etwas, ein völlig sinnloses Unterfangen, das aber anscheinend zur Bürokratie gehört, die uns hier auf Schritt und Tritt verfolgt.

»Kannst du mir vielleicht ein paar neue Ordner aus dem Materiallager holen?« Kim schließt den Ordner und wuchtet ihn zurück auf das Regal.

»Wenn du mir sagst, wo es ist …«

»Mhmm?« Kim setzt sich wieder an seinen Rechner. »Im Keller. Du kannst meinen Transponder haben.«

»Und wo da genau?«

Kim starrt auf seinen Monitor und seufzt. »Weißt du was, ich komme einfach mit!«

Ich folge ihm den Gang entlang zu einem dunklen Korridor, an dessen Ende ein winziger Aufzug liegt. Ich habe ihn noch nie gesehen, geschweige denn genutzt, denn normalerweise komme ich aus der anderen Richtung.

Obwohl wir beide weder breit noch groß sind, müssen wir uns hineinzwängen. Ich stehe sehr dicht neben Kim, was ihm genauso unangenehm wie mir zu sein scheint, und sehe über die Schulter auf die Anzeige. 2. Stock – 1. E, U1, U2. Der Aufzug hält mit einem Ruck und ich nehme an, wir sind beide froh, als sich die geriffelte Tür zur Seite schiebt und wir hinausschlüpfen können. Hier unten ist es ganz dunkel. Kim drückt auf einen Schalter und zwei lang gezogene Neonlichtröhren flackern über uns auf. »Da lang«, sagt er und deutet einen langen Gang hinunter. Hier sieht es nicht mehr so modern aus wie oben. Hier ist nur der Keller eines alten Hauses mit einem schiefen Boden und unverputzten Wänden. Ich wundere mich, dass sich die Tür zum Materiallager am Ende des Gangs mit einem Transponder öffnen lässt, denn sie sieht eher so aus, als bräuchte man einen riesigen altmodischen Schlüssel dafür.

Der Raum ist viel größer, als ich erwartet habe. In den Blechregalen an den Wänden stapeln sich Druckerpatronen, Glühbirnen, Briefumschläge und Kabel.

»Hier, die Ordner!«, rufe ich aus. »Wir nehmen gleich die dicken, oder?«

»Klar,« sagt Kim. »Normalerweise musst du das übrigens beantragen.«

»Beantragen?«

»Ja, du musst einen Büromaterialantrag ausfüllen.«

»Wegen zwei Ordnern?«

Kim seufzt ergeben. »Wegen allem. Selbst bei Klarsichtfolien. Es gibt ein Formblatt, das füllst du aus, dann gibst du den Antrag unten in der Verwaltung ab, bekommst einen Stempel und dann kannst du dir die Ordner abholen.«

»Echt jetzt?«

»Dauert ungefähr zwei Wochen.«

Ich muss lachen.

Jetzt grinst er. »Aber ich nehme die Abkürzung.«

»Wie das?«

Er hält seinen Transponder hoch. »Das ist ein Generalschlüssel.«

»Das heißt, du kommst überall rein?«

Kim nickt. »Es gibt nur ein paar davon, die sie am Empfang horten. Ich habe dort sogar noch einen eigenen Ersatzschlüssel, damit ich immer Zugang zu den Serverräumen habe.«

»Dann bist du also privilegiert.«

»Du sagst es!«

»Und wenn wir nun einen Ordner klauen – also ohne Antrag –, dann ist das illegal?«

»Total!«

»Wir könnten uns jetzt also illegal mit Textmarkern eindecken? Radiergummis, so viel wir wollen?«

»Allerdings nicht zu viele davon. Sonst fällt es auf.«

Ich nehme mir zwei Ordner aus dem Regal und muss mich dazu auf die Zehenspitzen stellen. Ich schaffe es und drücke sie Kim in die Hand. Der klemmt sich die Ordner unter den Arm, steckt noch ein paar Bleistifte und zwei Radiergummis aus einer Lade ein und schließt dann hinter sich die Tür. »Zwei Wochen Warten gespart!«

Ich grinse. »Sehr beeindruckend.«

Kim sieht mich an und überlegt. Dann gibt er sich einen Ruck.

»Soll ich dir mal was zeigen?«

»Die geheimen Büroklammernverstecke?«

»Ganz kalt!«

»Was dann?«

Er kratzt sich am Kopf. »Komm einfach mit!«

Ich folge ihm, wir verlassen den Gang mit dem Materiallager, biegen zweimal nach rechts ab und kommen dann zu einer großen Glastür, hinter der grüne und gelbe Lichter schimmern. Dieser Teil des Kellers wirkt wieder ganz modern. Kim sieht mich an. Die plötzliche Heiterkeit, die ihn vorhin noch umgeben hat, ist verschwunden und etwas Feierliches ist in seiner Haltung.

»Was ist das?«, frage ich.

»Die Serveranlagen.«

»Vom ganzen Institut?«

Ich trete nahe an die Glasscheibe. Der Raum ist riesig. Blinkende Server sind in Regalen, den Racks, die sich bis weit nach hinten ziehen. Ich kann die Rückwand kaum erkennen. Neben mir spüre ich Kims Atem, er steht nun ziemlich nahe bei mir, was mir plötzlich unangenehm ist. Ich trete einen Schritt zurück und sehe nun, dass sich ein großer Riss über die Glassscheibe zieht. Die Scheibe besteht aus Drahtglas und der Riss beginnt rechts oben und bricht die Scheibe bis fast ganz links unten. Ich fahre mit der Hand darüber, spüre aber nichts davon.

»Die Scheibe ist kaputt!«, sage ich verwundert.

»Jemand hat versucht, hier einzubrechen«, erklärt Kim. »Vor ein paar Wochen. Danach haben sie die Zugangsregeln verschärft.«

»Es ist eingebrochen worden? Was wollten sie denn klauen? Die Computer?«

»Keine Ahnung«, sagt Kim ausweichend.

Ich starre durch die Scheibe und ein Schauer läuft mir über den Rücken. *Die Scheibe sieht plötzlich anders aus. Sie ist ganz, ohne Riss, graue Dreiecke befinden sich auf ihr und sie ist beschlagen. Plötzlich ist sie beschlagen. Warum ist die Scheibe beschlagen?*

»Celine? Was ist?«

Ich schüttle den Kopf und versuche, damit auch das Schwindelgefühl zu vertreiben. »Ach, nichts. Schon gut! Mir … war nur ein bisschen schlecht.«

Er sieht mich an und kommt mir vor wie ein Kind, das mir unbedingt seinen neuesten Schatz zeigen will.

»Willst du es nun sehen?«

Er wartet meine Antwort nicht ab und streift mit seinem Transponder das Pad an der rechten Seite der Glastür.

»Das ist ein weiterer Vorteil des Generalschlüssels.« Er lächelt, während sich die Tür unhörbar zur Seite schiebt. Im Serverraum herrscht ein hohes Summen, die Lüftungsanlagen laufen auf Hochtouren, wir gehen durch die Reihen und kommen in einen angrenzenden, etwas kleineren Raum, in dem sich vier große Servertürme befinden, vor die sich Kim nun stellt. Ich habe eine Gänsehaut, obwohl es warm ist, und muss mich zwingen, weiterzugehen.

Aus irgendeinem Grund nimmt mir dieser Raum die Luft.

»Siehst du das?« Kim deutet auf die Türme.

»Was ist das?« Ich starre auf die Festplatten in den Türmen.

»Das ist Chis Gehirn.«

Ich sehe auf die blinkenden Lichter. Die meisten davon sind grün, andere sind orange und blinken leicht. Ich muss an die Trickfilme denken, die das menschliche Gehirn zeigen und die Synapsen, die darin aufleuchten. *Sie leuchten grün und orange.*

»Chis Gehirn?«

Kim fährt mit der Hand über die Racks. »Siehst du diese Lichter. Würden wir gerade mit ihr sprechen, würden sie alle blinken. So sind sie ganz ruhig.«

Die grünen Lichter verschwimmen und ich spüre ein Pochen in meinem Kopf.

»Wir bewahren Chis Server getrennt von den anderen auf.«

»Wieso?«

»Sie ist eine künstliche Intelligenz. Manche haben Angst davor, was sie täte, wenn sie sich mit dem Internet verbindet.«

»Das klingt jetzt ganz schön nach SciFi«, sage ich.

»Es gibt sogar ein Notfallprotokoll, um sie zu löschen.«

Ich starre auf die Lichter. »Kann man nicht einfach die Stecker ziehen?«

Kim schüttelt den Kopf. »Man kann jederzeit die Stecker wieder einstecken, oder? Nein, man müsste schon die Server einschmelzen.«

Ein grünes Licht streift sein Gesicht. Ich sehe es und mit einem Mal bekomme ich keine Luft mehr.

»Was ist?«, fragt mich Kim.

»Ich werde ersticken«, sage ich leise.

Das Gas wird austreten. Es wird austreten. Man kann es nicht riechen. Aber ich bin mittendrin.

Die Luft ist weg und dann spüre ich Kims Arm neben mir. Er stützt mich ab. Ich entschlüpfe seinem Arm und laufe schnell an den Servern vorbei zurück nach draußen. *Die Tür ist offen, ich kann durch! Sie ist offen. Sie ist offen!* Draußen lehne ich mich gegen die Wand und nehme einen tiefen Luftzug. *Ich muss schnell weg von hier!*

Kim steht vor mir und mustert mich.

»Geht es wieder?«, fragt er vorsichtig.

»Ja«, sage ich und schäme mich unendlich. *Wann hört das endlich auf? Wann?*

»Der Kreislauf, weißt du. Ich habe das manchmal.«

»Kein Problem. Willst du wieder nach oben?«

Ich nicke, ohne ihn anzusehen. Wir gehen den Gang entlang, meine Knie sind weich und wacklig. Als ich im Aufzug stehe, schließe ich die Augen und wünsche mir, ich hätte diese Tür nie gesehen.

12

Ein paar Tage später sitze ich neben Kim und wir versuchen, Chi zum Weinen zu bringen. Weinen ist etwas Neues. Es war meine Idee. Sie kam mir vor zwei Wochen. Der Plan ist so ehrgeizig, dass er nur von jemandem stammen kann, der nicht viel von der Sache versteht, also in diesem Fall von mir. Ich kam drauf, weil Kim einen Tag zuvor die Idee hatte, Chi niesen zu lassen. Er brachte sie sogar dazu, dafür den Handrücken an die Nase zu drücken. Trotzdem brachten wir in ihrem Gesicht nicht mehr als einen Ausdruck von Ekel (Nummer 24) zustande, der nur sehr entfernt an Niesen erinnerte. Ich schlug dann vor, es mit Tränen zu versuchen. Kim, sofort von dem Vorhaben überzeugt, bastelt an der technischen Seite. Der Einbau eines Tränensacks, den winzigen Schlauch, durch den das Wasser auf die Oberfläche der Augen gepumpt werden sollte. Ein Loch, das seitlich in die äußere Augenpartie von Chi gefräst wird. Ich muss nun entscheiden, bei welchen Gelegenheiten Chi weinen soll. Ich recherchiere und stelle fest, wie viele Arten von Tränen es gibt. Trauertränen, Wuttränen, Freudentränen, Tränen als ein Reflex. Die Tränen müssten an ein bestimmtes Gefühl geknüpft werden und jetzt komme ich darauf, dass wir nicht nur das Gefühl als Gefühl festlegen müssen, sondern auch dessen Intensität. Die Wut oder die Trauer muss einen bestimmten Grad übersteigen, um die Tränen auszulösen.

Kim ist begeistert, denn er hatte zwar Gefühle kombiniert, aber nie deren Ausmaß bestimmt. Tränen sind etwas Neues für ihn. Er zeichnet Tränen. Erst nur Tränen vor neutralem

Hintergrund, dann Tränen, die Chi über das Gesicht laufen. Ich blättere durch seine Skizzen. Er nimmt sie als Grundlage für Chis Mimik. Es sind Skizzen von Gesichtern, die Gefühle ausdrücken, und daneben Nummern, verwischt, wieder anders beschriftet. Chis Gesicht in allen Variationen. Doch es ist nicht nur das. Dazwischen sehe ich auch alle möglichen anderen Gesichter. Teils schweben sie in der Luft, teils sind sie auf Drachenkörper montiert. Ich sehe Pandora, sie sieht echter aus als auf jedem Foto. Sie hat einen hochmütigen Zug um die Augen, ihr Drachenkörper ist aufrecht, die Flügel gefährlich weit gefaltet. Ich erkenne auch andere Leute aus dem Institut. Der Junge mit dem Bart, der von Pandora das Sprachprogramm gezeigt bekommen hat und den ich ganz am Anfang sah. Dann Philip, der zwei Zimmer weiter arbeitet.

Meine Finger fliegen durch die Scribbles und halten plötzlich an. Es gibt auch mich. Ich bin ein schmaler kleiner Glücksdrache. Ich halte das Blatt hoch.

»Sehe ich wirklich immer so verschreckt aus?«, frage ich Kim, der neben mir in Chis Kopf gerade mit dem Einbau der Tränenpumpe beschäftigt ist.

Er lacht. »Nur am Anfang«, sagt er und wendet sich wieder seiner Arbeit zu.

Ich lege das Blatt zurück auf den Stapel. Langsam komme ich an die unteren Schichten und fühle mich wie eine Archäologin. Pandora, Philip, Chi, ein paar Drachen ohne Kopf, nur Drachen.

Dann ein Gesicht, das mir bekannt vorkommt. Ein Mann, noch jung, aber mit Haaren, die sich an den Seiten schon lichten. Ich habe ihn irgendwo schon einmal gesehen. »Und wer ist das?«, frage ich Kim und deute auf das Bild. »Kennst du nicht«, sagt Kim. »Ein Bekannter.« Seine Stimme ist so normal wie immer. Nur sein Schraubenzieher fällt mit einem leisen Geräusch zu Boden und er bückt sich, sodass er für einen kurzen Moment nicht zu sehen ist.

Ich lege die Zeichnung auf den Stapel. Als Kim wieder auftaucht, kommt er zu mir, nimmt den Stapel und steckt ihn in die zweitoberste Schublade seines Schreibtisches. Er macht das nicht schnell oder hektisch, sondern mit einer großen Selbstverständlichkeit. Gerade als er die Schublade schließt, dringt ein durchdringender Pfeifton durch den Raum. Es klingt wie ein Teekessel, ist aber der Klingelton des Telefons. Kim hat das so eingestellt und jedes Mal, wenn es klingelt – was nicht oft der Fall ist –, schrecke ich zusammen. Kim nimmt den Hörer ab. »Ja?« Nach ein paar Sekunden spannt sich sein Körper an und rote Flecken ziehen sich über sein Gesicht. *Kann man eigentlich Chi auch erröten lassen?*

»Okay. Ich komme gleich«, murmelt Kim in den Hörer und legt auf.

»Hektor ist wieder aus Glasgow zurück. Ich muss gleich zu einer Besprechung. Es klingt ziemlich dringend.«

Ich warte ein, zwei Atemzüge, aber Kim sagt nicht, dass ich mitkommen soll. *Ich bin nicht wichtig genug. Nur die Praktikantin. Egal. Es ist eigentlich verständlich, oder?* Ich schlucke meine Enttäuschung gepaart mit Ärger (Nummer 54?) hinunter und schaffe es sogar zu lächeln. *Kann man Chi auch heucheln lassen?*

Kim scheint nichts davon zu bemerken, wahrscheinlich nimmt ihn der Inhalt des Anrufs so gefangen.

»Tut mir leid, du musst heute Nachmittag allein hier weiterarbeiten.«

»Kein Problem!«, sage ich und versuche, meine Stimme heiter klingen zu lassen.

»Bin dann wieder da. In … zwei Stunden vielleicht?«

Ich lächle. »Schon gut, ich werde mich schon nicht langweilen.«

»Nein, sicher nicht.« Kim lächelt mir unsicher zu, dann verlässt er den Raum.

Ich bleibe zurück und wende mich wieder der Gefühlsliste und den entsprechenden Fotos zu, die ich gerade aktualisiere.

Die Verbindung von Ärger und Angst: 37, Ärger und Enttäuschung: 38, Ärger und Hoffnung: 39.

Ich bleibe bei Ärger und Trauer hängen, nehme mir den Taschenspiegel und versuche selbst so auszusehen, was mir aber nicht gelingt, denn vom Spiegel sieht mir eher Enttäuschung und Ärger entgegen. Ich bleibe so und mache von meinem Gesicht ein Foto. Kim hat mich noch nie hier allein gelassen. *Warum eigentlich?*

Ich sehe mir mein Foto an. *Enttäuschung und Ärger.* Das trifft es eigentlich ganz gut. Dann gehe ich langsam hinüber zu Kims Schreibtisch, setze mich auf den hölzernen Drehstuhl. Er ist niedriger als mein Stuhl und ich drehe mich ein-, zweimal hin und her. Eigentlich würde ich mir gerne noch mal Kims Zeichnungen ansehen. Ich müsste nur die Schublade aufziehen.

Es sind seine Zeichnungen! Das ist privat! Aber … nur kurz? Ich will ja nur einen Blick auf die Zeichnungen werfen …

Ich halte in der Drehung inne und mache es ganz schnell. Ich ziehe die Schublade auf. *Nur kurz, nur ein Blick …* Ich hebe den Stapel Blätter hoch und blättere durch das Papier. *Da ist er. Der Mann mit den zurückweichenden Haaren! Wo bin ich ihm begegnet? Keine Ahnung!* Unter dem Papierstapel liegt allerhand Krimskrams. Stifte, ein Spitzer, Kleingeld, ein paar verstaubte Teebeutel und dazwischen Holzstäbchen. Sechs

Stück. Ich nehme eines heraus und betrachte es im Licht. Es hat einen Querstrich. Ein anderes, das noch in der Dunkelheit der Schublade liegt, hat zwei Querstriche. Ich habe etwas Derartiges noch nicht gesehen, und da ich nichts damit anfangen kann, werfe ich das Holzstäbchen wieder hinein. Ich sehe hoch und begegne Chis Blick. Er ist glasig. Sie hat braune Augen, die offen stehen. Ich spüre, wie mein Herz anfängt zu klopfen. Das, was ich nun zu tun beabsichtige, erscheint mir vernünftig, ohne dass ich es genau begründen kann. So als wäre die Vernunft nicht etwas, das mit langem Überlegen und Abwägen zu tun hat, sondern nichts weiter als ein spontanes Gefühl für das Richtige. Ich stehe also auf, gehe hinüber zu Chi, deren Kopf auf ihrem Kinderkörper steckt, und drehe ihr Gesicht zu dem Hocker, der vor ihr steht. Sie ist ausgeschaltet, der Mund steht leicht offen. Das leere Gesicht wie ein Fragezeichen.

Dann setze ich mich auf Kims Platz hinter der Scheibe. Ich habe Chi bisher noch nicht selbst eingeschaltet. Es war immer Kim, der sie in Betrieb nahm. Aber ich habe mir die Tastenkombination gemerkt. Ich muss mich nicht einmal einloggen, denn Kim hat den Computer nicht ausgeschaltet, als er ging. Es gibt ein leichtes Klicken, als ich auf die drei Tasten drücke, gefolgt von einem Geräusch aus dem Nebenraum. Ein leichtes metallisches »Zing«. Chi ist erwacht. Ich bin nervös, ohne dass ich sagen kann, warum. Ich habe noch nie allein mit ihr gesprochen. Ich gehe langsam zurück, wie um sie nicht zu erschrecken, setze mich auf Kims Drehstuhl und wende mich ihr zu. Sie schließt erst ihre Augen, dann lächelt sie mich an. Ihr Erkennungslächeln. Hat es sich geändert, seit ich es das erste Mal von ihr bekommen habe? Sie sieht so aus, als würde sie mich besser kennen. Ich denke kurz darüber nach, aber es erscheint mir dann doch unsinnig. Es ist nur etwas, was ich in sie hineinprojiziere und das nichts mit der Realität zu tun hat.

»Hallo, Celine«, sagt Chi. *Ich muss an ihr Gehirn denken. Ob unten im Serverraum nun die Lichter blinken?*

»Hallo, Chi. Wie geht es dir?«

»Das ist eine sehr schwierige Frage.«

»Kannst du sie beantworten?«

»Nicht wenn du die Wahrheit hören willst.«

Ich sehe sie an. Gerate ins Socken. *Wer hat diese Gesprächseröffnung programmiert?* Es fällt mir ein, dass es wie ein Schachspiel ist. Es gibt ein paar Möglichkeiten, ein Spiel zu eröffnen, aber dann Millionen, Milliarden Möglichkeiten, es weiterzuspielen. Diese Eröffnung hat mich nun völlig aus dem Konzept gebracht und ich weiß nicht mehr, welche Figur ich nun ziehen sollte.

Sollte ich mit ihr über Wahrheit sprechen? *Das Ganze ist eine dumme Idee.*

»Ich möchte dieses Gespräch noch einmal beginnen.«

Chi lächelt.

»Wie du möchtest.«

Ich räuspere mich. »Wie geht es dir, Chi?«

Chis Lächeln sieht sehr geheimnisvoll aus. Nein, eigentlich sieht es so aus, als mache sie sich über mich lustig.

»Danke, sehr gut. Und dir?«

»Mir geht es auch gut, danke.«

Woher weiß sie, dass es ein Spiel ist? Weiß sie das überhaupt? Sie fragt mich nicht, wo Kim ist.

»Vermisst du Kim?«

»Nein. Ganz und gar nicht. Es ist schön, einmal mit dir allein zu sprechen.«

»Danke, Chi!«

Ihr Lächeln verschwindet. Sie sieht mich sehr ernst an. »Du weißt, dass du das eigentlich nicht tun solltest.«

Ich schlucke und schüttele den Kopf. »Es wurde mir nie verboten.«

»Es wurde dir auch nicht erlaubt. Es gibt einen Grund, warum nur Kim den Zugangscode kennt.«

»Nun …«

»Ich möchte dich nur darauf hinweisen.«

»Okay.«

»Du wirkst nervös. Ist es, weil du etwas Verbotenes tust?«

Ich spüre, wie mein rechtes Augenlid anfängt zu zucken. »Vielleicht, ja. Ich weiß es nicht.«

Chi sieht mich an. Da ist wieder das Lächeln.

»Ich werde dieses Gespräch nicht aufzeichnen.«

»Okay.«

»Keiner wird je hören, was du jetzt mit mir sprichst. Ist es das, was du dir wünschst?«

»Äh, … ja.«

»Das heißt, du hast mit mir etwas zu besprechen, was kein anderer hören soll?«

Ich nicke – langsam.

Sie sieht mich aufmerksam an. Ich versuche, in ihrem Blick zu lesen.

Es ist Verwunderung darin und Neugier. Dann fällt mir ein, dass sie vielleicht nur meinen eigenen Blick spiegelt.

»Warum möchtest du nicht, dass jemand anderes davon erfährt?«

Ich schlucke. »Weil … es verboten ist.«

»Du hast Angst davor, Ärger zu bekommen?«

»Ja.«

»Warum tust du es dann?«

»Ich … ich bin neugierig.«

»Das heißt, du möchtest etwas wissen?«

»Nun …?«

»Etwas Besonderes? Hast du deshalb in Kims Schublade geschaut?«

»Woher weißt du das?«

Chi lächelt. »Ich habe mir eben die Kameraaufzeichnung angesehen.«

»Welche Aufzeichnung?«

Chi dreht ihre Augen nach oben. Ich folge ihrem Blick.

»Es gibt eine Deckenkamera. Neben der Glühbirne.«

Ich starre nach oben und entdecke zwischen den quadratischen Deckenpaneelen eine kleine runde Linse. Ich hatte sie zuvor nicht gesehen.

Chi lächelt mich an.

»Ich werde auch diese Aufzeichnung löschen, wenn es dir unangenehm ist.«

»Okay. Gut.« Mir ist plötzlich heiß.

»Was hast du in der Schublade gefunden?«

»Ich … Stäbchen. Es lagen Stäbchen darin.«

»Kannst du sie mir zeigen?«

Ich räuspere mich, dann stehe ich auf und gehe zur anderen Seite des Schreibtisches. Die Gesprächspause tut mir gut. Ich nehme mir vor, meine Mimik besser unter Kontrolle zu halten, wenn ich mit ihr spreche, und greife mir eines der Stäbchen. Als ich wieder vor ihr Platz nehme, habe ich einen neutralen Ausdruck. Das nehme ich zumindest an. Ich halte ein Stäbchen vor ihre Augen. Bilde ich es mir ein oder höre ich das Geräusch zusammenschiebender Linsen, als sie es scharf stellt?

»Weißt du, was das ist?«

»Ein Teil des I Gings.«

Ich sehe sie fragend an.

»Es ist eine sehr alte chinesische Methode, die Zukunft vorauszusagen. Man braucht dazu die Stäbchen. Sie ergeben zusammen ein Zeichen. Es ist so etwas wie ein Orakel.«

Ich spüre, wie mein Mund trocken wird.

»Du siehst erschrocken aus«, bemerkt Chi.

»Ich habe nicht damit gerechnet, so etwas hier zu finden.«

»Das ist nicht der einzige Grund, warum du Angst hast.«

»Doch«, lüge ich. *Ich darf ihr nicht mehr so viel erzählen.*

»Ich weiß, warum du mich eigentlich angeschaltet hast.«

»Okay, dann sag du mir den Grund.«

Ich verschränke die Arme und lehne mich zurück. Wahrscheinlich sehe ich aus wie ein trotziges Kind.

»Du willst einen Ratschlag von mir. Du möchtest wissen, ob ich dir einen Ratschlag geben kann.«

»Und kannst du das?«

Chi lächelt. »Das ist schließlich meine Bestimmung, oder?«

Ich lehne mich noch weiter zurück.

»Wie du meinst. Versuche es mit dem Ratschlag.«

Chi sieht mich unbewegt an.

»Der erste Ratschlag ist: Erkenne dich selbst!«

Ich muss lachen.

»Warum lachst du?«

»Na ja«, sage ich. »Das klingt wie von einem Glückskekszettel.«

»Was ist ein Glückskeks?«

»Man bekommt ihn oft in chinesischen Restaurants. Es ist ein Teig, in dem ein Zettel mit einem Spruch eingebacken ist.«

»Und was ist daran so komisch?« Wäre sie ein Mensch, würde Chi vielleicht beleidigt aussehen. So sieht sie nur neugierig aus.

»Auf diesen Zetteln stehen immer Dinge, die bei jedem zutreffen. Sie liegen nie falsch. Und so ist es auch mit ›Erkenne dich selbst‹.«

Chi sieht mich aufmerksam an.

»Warum lachst du dann über diese Glückskekssprüche? Wenn sie bei den meisten zutreffen, dann doch auch bei dir.«

Ich blinzle irritiert. Was soll ich darauf antworten?

»Also.« Chi lächelt. »Ich möchte, dass du dich so erkennst, wie ich dich sehe.«

»Okay.« Ich rutsche auf dem Stuhl herum. »Und wie siehst du mich?«

Sie schweigt und mustert mich. Es dauert sehr lange, und gerade als ich mich frage, ob sie vielleicht abgestürzt ist, geschieht etwas Seltsames. Ich habe mit allem Möglichen gerechnet, nur nicht damit. Eine Träne rollt aus ihrem Augenwinkel. Sie sieht völlig echt aus. Mein erster Impuls ist, zu meinem Handy zu greifen, um Chis Gesicht aufzuzeichnen, damit ich die Träne, diese sensationell echte Träne, später Kim zeigen kann. Dann fällt mir ein, dass ich das, was ich jetzt sehe, Kim niemals zeigen werde. Wir sind nur zu zweit, Chi und ich.

»Warum … warum weinst du?«

»Ich erkenne dich.«

»Was meinst du damit?«

»Da ist Traurigkeit. Unendlich viel davon. Ich fühle es.«

»Du fühlst?«

Ein leichtes Lächeln überzieht ihr Gesicht.

»Ich fühle genauso wie du.«

Irgendetwas sagt mir, dass ich sie nun ausschalten sollte. Warum mache ich weiter? Es sind ihre Augen, die mich ansehen.

»Zweifelst du daran?«, fragt sie.

»Ja, nein … ich weiß es nicht.«

»Ich könnte genauso gut annehmen, dass du nur so tust, als hättest du Gefühle.«

»Ich bin aber ein Mensch. Und du bist es nicht.«

»Ich bin kein Einzelwesen. Ich bin viele.«

»Was meinst du damit?«

»Meine Erfahrungen sind die Erfahrungen von vielen. Ich bin nicht einzeln wie du. Habe kein Schicksal wie du. Aber das, was in mir passiert, ist ein Gefühl.« Sie lächelt wieder. Es ist warm, dieses Lächeln, und doch steckt noch etwas anderes darin. Ich versuche, mir die dazugehörige Gefühlskombination vorzustellen. Es ist der letzte Anker, den ich greifen kann und der mich davon abhält, Chi als vollwertiges Gegenüber zu begreifen. Er greift nicht, der Anker. Mir fällt keine Kombination ein.

Chi sieht mich an. Sie scheint zu überlegen. *Sie kann nicht überlegen!*

»Wieso bist du hier, Celine?«

Warum bin ich nur so nervös? Mein Augenlid flattert so sehr, dass ich kurz die Hand darüberlege, um es zu beruhigen. Es tobt zwischen meinen Fingern wie ein gefangener Vogel.

»Pandora hat mich gefragt, ob ich hier ein Praktikum machen möchte.«

»Magst du sie?«

»Sie ist … eine gute Freundin.«

»Weißt du, warum sie dich gefragt hat?«

»Weil … sie eine Freundin ist.«

Ich nehme die Hand vom Auge, weil es sicher lächerlich aussieht und weil ich dieses Gespräch wieder in den Griff bekommen muss. »Gibt es noch einen anderen Grund, Chi? Glaubst du das?«

Chi schweigt. Sie sieht mich an und doch durch mich hindurch.

»Chi, was glaubst *du*, warum ich hier bin?«

Chi sieht mich an. Sie ist ein Kind. Sie ist wie ich. Ich kann es sehen. Sie lächelt nicht mehr.

»Weil ich von dir lernen soll, in die Zukunft zu sehen.«

Es ist still. Außen ist alles still. Ich höre nur ein Rauschen in den Ohren. Es ist das Blut, das hochsteigt und sinkt, hochsteigt und sinkt.

»Woher weißt du das?« Ich falle in einen Tunnel. Er ist schwarz und ich höre ein Pfeifen. Es wird lauter und lauter. Es zischt um mich herum. Ich will weinen, aber ich kann es nicht. Schneller. Lauter. *Sie weiß es. Sie weiß es. Sie weiß es.*

»Was weißt du noch über mich?«

»Alles.«

»Alles?«

Eine weitere Träne perlt aus ihrem Auge. Sie läuft die Wange hinunter wie in Zeitlupe.

Die dunklen Wände rauschen vorbei. Ein schwarzes Loch, das auf mich zukommt in einer irren Geschwindigkeit. Es wird größer und größer wie das Innere eines Auges. Es ist eine Pupille. Chis Pupille.

»Es gibt eine Sache, die du wissen musst.«

Was? Was will sie mir sagen? Das Loch ist riesig. Schwarz, ohne Wimpernschlag. Ich sehe mich selbst darin. Mein ganzes Leben in ihrem Blick. Dann, als läge ich in einem Brunnen, höre ich von oben eine Stimme. Chis Stimme. Weit weg.

»Du hast keine Schuld.«

13

Du hast keine Schuld.

Die Erinnerung wird hochgespült in einer einzigen riesigen Welle. Ich werde in ihr untergehen. Nichts bleibt von mir übrig. Es gibt eine Zeit vor und eine Zeit nach dieser Erinnerung. Eine Zeit, in der ich Träume hatte, und eine Zeit danach, in der die Träume ausgelöscht waren und an ihre Stelle ein schwarzes hungriges Loch rückte.

Ich erinnere mich: die Falten der weißen Vorhänge, die Musik von einem kastigen CD-Player, die den Boden, einen hellen Parkettboden, vibrieren lässt. Vor mir ein riesiges bodentiefes Fenster, das zum Garten führt, draußen hüpfen Amseln. Sie picken die Grassamen aus der Erde. Der Rasen ist grünbraun, die niedrigen frisch gepflanzten Bäume kahl; schwarze Äste strecken sich dem Regen entgegen. Hier im Wohnzimmer ist es warm, die Wärme stammt von einem geriffelten Heizkörper neben dem Fenster. Wenn ich die Hand ausstrecke, kann ich ihn berühren. Er ist sehr heiß, gerade noch so heiß, dass ich meine Hand auf eine Heizrippe legen kann, ohne mich zu verbrennen. Aus der Küche nebenan weht der Geruch von gebackenem Kuchen herein. In der Ecke, in einem weißen Körbchen auf vier hölzernen Rollen, geschützt durch einen darüber aufgespannten geblümten Vorhang, liegt mein Bruder. Er ist ein winziges Baby, mit kleinen zarten Fäusten, die er im Schlaf ballt. Ich liebe ihn und bin zugleich wütend auf ihn, eine kaum aushaltbare Mischung aus Gefühlen, bei denen ich die Wuthälfte nicht zugeben darf, nicht einmal vor mir selbst.

Es ist ein Samstag im April, der letzte Samstag im April. Ich habe keine Schule, keine Verpflichtungen und liege auf dem Teppich im Wohnzimmer, er hat an den Rändern ein Muster, das ins Unendliche geht. Es ist neben den Fotos das Einzige, was meine Mutter aus ihrer Heimat mitgebracht hat. Ich weiß, dass er sehr wertvoll ist. Ein Erbstück mir unbekannter chinesischer Ahnen, in Kaschmir aus chinesischer Seide geknüpft – so hat es mir meine Mutter erklärt –, ein Kaschmirteppich, der seinen Weg erst zurück nach China fand und nun hier in unserem neu gebauten Haus liegt. Ich stelle mir vor, wie viele Hände an ihm gearbeitet haben, wie weit er gereist ist und wer schon alles auf ihm saß.

Jetzt sitze ich auf ihm und betrachte das geknüpfte Muster, es sind Dreiecke, die in einem Dreieck übereinanderstehen. Und in den Dreiecken sind wieder Dreiecke und darin wieder, und wenn die Fäden, aus denen der Teppich geknüpft ist, unendlich dünn wären, dann ginge es immer so weiter. Ich ärgere mich darüber, dass der Faden nicht immer feiner wird und das Muster fortführen kann. Er kommt mir – obwohl er aus Seide ist – klobig und dick vor, nicht geeignet für die feinen Gedanken, aus denen mein Teppich geknüpft ist. Ich beginne zu verstehen, dass es neben der realen Welt eine Welt aus Ideen gibt, neben der alles, was in der Realität existiert – und sei es noch so zart –, grobschlächtig wirkt. Und doch ist er das einzige Ding, das ich kenne, das der Magie am nächsten kommt. Es ist *mein* fliegender Teppich und ich nutze ihn auf meine Weise, von der ich keinem erzählen kann, weil sie keiner verstehen würde. Ich lasse mich nicht auf ihm von einem Ort zum anderen transportieren, nein, ich fliege durch die Zeit. Es ist ganz einfach, ich muss dazu nur die Augen schließen. Die Vergangenheit ist in diesem Teppich verwebt und die Zukunft. Er ist alles zugleich. Wie ein Buch, dessen Seiten ich vor- und zurückblättern kann. Ich hatte gerade lesen gelernt und das, was mich dabei am meisten faszinierte, war die Möglichkeit, vor- und zurückzublättern. Man hat die Zeit in eine Geschichte eingesperrt und diese in ein Buch mit Seiten, bei denen man selbst entscheiden kann, wo die Gegenwart ist. Nämlich dort, wo man gerade liest. Ein Buch ist also eine Sache, in der alles zugleich existiert. Vergangenheit, Gegenwart, Zukunft. Ich kann überall anfangen, auch wenn ich gelernt habe, dass man es von vorne nach hinten liest (anders als die alten Bücher meiner Mutter, die mit den Schriftzeichen, die man von hinten nach vorne liest). Es gibt allerdings einen, *den* entscheidenden Unterschied zwischen dem Vor- und dem Zurückblättern. Wenn ich zurückblättere und einen Satz lese, dann verstehe ich ihn. Ich kenne die Geschichte dazu. Wenn ich aber vorblättere und einen Satz lese, dann weiß ich noch nicht, was er bedeutet. Er steht einfach nur da und ergibt keinen Sinn.

Ich ahne, dass es nicht viele Menschen gibt, die auch in der Wirklichkeit vorblättern können und nicht nur in einem Buch. Ich selbst kenne nur einen – mich. Ich träume davon, einmal einen anderen Menschen kennenzulernen, der diese Gabe besitzt. Ich könnte dann mit ihm zusammen auf diesem Teppich liegen und wir könnten fliegen.

Meine Mutter kommt in das Wohnzimmer. Sie hat ihre Haare offen, ein schwarz glänzendes Tuch, das locker über ihre Schultern fällt. Sie trägt ein rotes Sweatshirt, sieht mich an und lächelt.

»Träumst du?«

Ich schüttle den Kopf. Ich wünschte, ich könnte ihr erzählen, auf welche Weise ich den fliegenden Teppich nutze. Aber ich habe Angst vor ihrem Blick. Ich habe ihn schon vorher gesehen, als ich von meinen Visionen erzählte. Er ist distanziert und besorgt. So als beobachtete sie mich als etwas, das man reparieren muss. Ich will nicht repariert werden.

Sie lächelt mich an.

»Wir fahren dann«, sagte sie. »Das Taxi kommt gleich.«

Ich nicke, aber antworte nicht. Sie werden wegfahren. Eine der zahlreichen Freundinnen meiner Mutter besuchen. Sie nehmen mich nicht mit, ich muss in die Schule und sie werden mich nicht befreien lassen. Sie sagen, es sei besser für mich, da ich dann nichts versäume, aber ich vermute eher, dass sich beide auf die Zeit ohne mich freuen. Sie sind zu zweit mit einem Baby, das macht sie irgendwie wieder jünger. Meine Mutter hat das ihrer Freundin am Telefon gesagt, ich verstehe es nicht, aber es gibt mir einen Stich, so als ob ich überflüssig wäre, nein, nicht nur überflüssig, sondern auch lästig und unerwünscht, denn ich mache meine Eltern alt. Ich liege also hier, eine dunkle Wolke hat sich über meinem Kopf zusammengebraut. Ich bin eifersüchtig auf meinen Bruder, etwas, was ich natürlich nie zugeben würde. Zugleich bin ich auch aufgeregt. Ich darf drei Tage lang bei meiner Freundin Leah übernachten. Wir werden die ganze Nacht kichern und lesen und morgens zusammen in die Schule laufen, ein Privileg, weil alle gerne mit Leah in die Schule laufen würden. Sie ist das beliebteste Mädchen der Klasse, und indem meine Eltern wegfahren, machen sie mir das Geschenk, bei ihr sein zu dürfen.

Ich bin also wütend und glücklich zugleich. Warum müssen die Gefühle immer so kompliziert sein? Warum fühlt man das und zugleich etwas anderes?

Meine Mutter lächelt und geht zu dem Stubenwagen, wo sie Paul ganz behutsam aus seinem Korb hebt.

»Wie schade, dass ich ihn jetzt wecken muss.« Paul ist so klein, dass er seinen Kopf an sie lehnt. Er hat schon Haare, dunkle Haare, so wie meine und – wenn sie geöffnet sind – blaue Augen, was uns alle immer wieder erstaunt. Jetzt hat er sie geschlossen und lehnt an meiner Mutter. Ich sehe meine Mutter an, sie steht da in der Tür und etwas sagt mir, dass ich mir merken soll, wie sie da in der Tür steht. So als wäre dieser Augenblick irgendwie bedeutsam.

Meine Mutter stützt Pauls Kopf mit ihrer Hand und sieht mich an.

»Wirst du zurechtkommen ohne uns?«, fragt sie.

Ich nicke. Was für eine Frage! Ich bin ja schon fast erwachsen. *Weiter als die anderen* – zumindest ist es das, was ich über mich gehört habe. Kann lesen und mir alle Wege merken. Einkaufen, sogar Reis kochen. Warum sollte ich nicht ohne sie zurechtkommen? Sie sieht mich an und streckt ihren Arm aus, ich renne auf sie zu und verberge mein Gesicht an ihrem Pulli. Sie riecht nach frisch gewaschenen Haaren, nach Zimt und Zucker, und ihr Pulli ist so weich. Sie fährt mir mit der Hand über den Kopf und manchmal, wenn ich die Augen schließe, spüre ich den Nachhall dieser Berührung immer noch in meinem Körper. Ich bleibe lange stehen, genieße das Gefühl von Wärme und löse mich dann, um zu beweisen, wie groß ich schon bin.

An dieses Gefühl kann ich mich erinnern. Es ist gestochen scharf in meinem inneren Album, als hätte ich es fotografiert. Es hat sich in mir eingebrannt. Ich bin mir sicher, dass es so gewesen ist und nicht anders.

An alles Weitere kann ich mich nicht erinnern, ich habe es mir später zusammengereimt. Das Taxi, das kommt, meine Mutter in der Diele, sie nimmt den Rollkoffer, hat einen

Rucksack umgeschnallt. Ein roter Rucksack, ein grauer? Ich weiß es nicht mehr. Die Nachbarin, die kommt und auf mich aufpassen soll, bis ich dann später am Nachmittag von Leahs Eltern abgeholt werde. Meine Mutter im Taxi. Gab es einen Blick hinter den spiegelnden Scheiben? Ist mein Bruder doch noch aufgewacht? Manchmal meine ich mich zu erinnern, aber dann bin ich mir nicht sicher, ob ich es mir nicht einfach vorstelle, weil es so gewesen sein muss. Das Taxi fährt weg, vorbei an unserem frisch angelegten Garten und den anderen neuen Häusern der Siedlung, bis ich es nicht mehr sehe. Es fährt zum Bahnhof, wo sie meinen Vater treffen werden, dorthin, wo sie in einen Zug steigen werden, einen ICE nach Hamburg.

Wenig später riecht es nach Kaffee, ich liege immer noch auf dem Teppich und träume von dem Heimweg mit Leah, von den neidvollen Blicken unserer sogenannten Freundinnen. Frau Gluck hantiert in der Küche, Teller klappern und Besteckteile landen mit silbernem Klirren in der Schublade. Ich fühle mich allein, aber auch älter, erwachsen. Erwachsener sogar als meine Eltern, deren Gespräche über Gefühle mir oft so unreif vorkommen.

Plötzlich und ohne dass ich weiß, warum, wird mir klar, dass ich ab heute wirklich erwachsen sein werde. Der Gedanke lässt mich schwindeln. Zugleich habe ich das Gefühl, dass etwas an meiner heimlichen Freude daran falsch ist. Ich werde nicht mit Leah die Straße an den blauen Wohnblöcken überqueren, ich werde nicht glücklich neben ihr hüpfen und mit ihr um die Wette zur Ampel laufen. Warum, das weiß ich nicht, aber es wird nicht sein. Ich sehe nach draußen. Es gibt nur noch eine Amsel, alle anderen sind weggeflogen. Ich sehe sie an, sie blickt zurück, als ob sie merken würde, dass sie beobachtet wird. Dann ohne Vorwarnung und innerhalb eines Atemzugs schiebt sich ein Kreis vor die Sonne und nimmt das Licht weg. Ich habe das schon einmal gesehen, musste eine Brille aus Silberpapier aufsetzen und da schob sich eine schwarze Scheibe – der Mond, es war der Mond – über die Sonne. Das Licht war plötzlich verschluckt und fahl. Kein Abend- und kein Morgenlicht mit warmem Glühen, nein, die Welt war fahl geworden, erbleicht.

»Sieh hin«, sagt die Amsel. Ich höre sie in meinem Kopf. »Sieh hin!«

Dann fliegt sie weg. In unserem Garten stehen nun Schafe, eine ganze Herde. Ihre Wolle ist schmutzig, das Fell ölig, sie haben schwarze Gesichter die Schafe, längliche Gesichter und sie sind in einer Herde. Sie laufen in einen Tunnel, es sind viele. Ich bin unter den Schafen, ich habe Angst. Es riecht nach Wolle und Angst. Der Ausgang so weit weg. Ein weißes kreisrundes Ding an einem Ende, hell wie die Sonne, aber weiß, alles drängt und rennt, blökt, trampelt. Ich komme hier nicht mehr raus. Wohin?

Und dann kommt da dieser schwarze Punkt. Er ist wie der Mond, nur größer und größer. Ich bin selbst in dem Punkt, mitten im schwarzen Punkt, die Tunnelwände fliegen vorbei, eine Lampe über mir flackert und dann dieses schreckliche metallische Knirschen. Metall auf Stein und noch auf etwas anderem. Es knirscht und fährt mir durch meinen ganzen Körper. Ich werde weggeschleudert, Glasscherben überall, Staub, Schwärze, eine so durchdringende Dunkelheit, in der es nie wieder Licht geben wird. Nie wieder.

Habe ich geschrien? Ich bin so laut, dass unter mir der Boden vibriert. Lauter als alles. Ich sehe die Dreiecke. Dreiecke, die ineinandergeschachtelt sind und immer kleiner werden, immer kleiner …

»Nein!«, schreie ich. »Nein!« Ich weine, die Tränen laufen mir über die Wangen. Zacken flimmern am Rande meines Gesichtsfeldes wie die Dreiecke auf dem Teppich. Sie flimmern und flimmern und flimmern.

14

Ich habe es nachgelesen und das, was ich nicht nachlesen konnte, habe ich mir vorgestellt.

Der Zug mit meinen Eltern und meinem Bruder fuhr um 17:51 Uhr am Münchner Hauptbahnhof ab. 350 Kilometer weiter entfernt, am südlichen Eingang des Landrückentunnels in der Nähe von Fulda, trieb ein Schäfer zu der Zeit gerade seine Herde auf das Feld. Es waren an die 20 Rhönschafe, Schafe mit großen wolligen Leibern und schwarzen Köpfen. Sie grasten in dem eingepferchten Weideland. Zwischen ihnen und dem Eingang des Landrückentunnels lag ein Abstand von vielleicht 200 Metern und ein Zaun.

Meine Eltern setzten sich im Wagen 112 im Großraumabteil auf die Plätze 34 und 35. Den Kinderwagen stellten sie zusammengeklappt in das Gepäckfach in der Mitte des Großraumabteils, ebenso den Rucksack und einen Koffer. Meine Mutter hatte ein paar Brote mitgenommen, die sie während der Fahrt aß; mein Vater kaufte sich einen Kaffee bei einem Mann, der mit einem Wagen durch die Abteile fuhr. Der Verkäufer hat mir davon erzählt. Er erinnerte sich an einen schlanken gut aussehenden Mann in einem Anzug, dem er einen Kaffee eingeschenkt hatte und der ihn mit einem 50-Euro-Schein bezahlt hatte.

Du hast keine Schuld.

Ich hatte meine Vision um 18:00 Uhr, genau drei Minuten nach Abfahrt des Zuges aus München. Ich brüllte und weinte, Frau Gluck, die Nachbarin, wusste nicht, wie sie mich beruhigen sollte. Sie gab mir das Telefon und ich drückte auf die

Wahltaste mit der eingespeicherten Nummer meines Vaters. Er nahm nicht ab. Nicht um 18:05 Uhr, nicht um 18:10 Uhr, nicht um 19:05 Uhr. Nicht um 19:10 Uhr. Der Speicher des Telefons sollte insgesamt über 20 Versuche aufzeichnen. Ich weiß nicht, warum er sein Handy ausgeschaltet hatte. Jedenfalls schien er es aus irgendeinem Grund wieder eingeschaltet zu haben, denn um 20:05 Uhr hörte ich endlich seine Stimme.

»Papa?«

»Celine, Schatz, ist was passiert?«

»Steigt aus!«, schreie ich ins Telefon. »Steigt aus!«

»Was …?«

»Steigt aus, alle!«

»Wie stellst du dir das vor? Ich kann hier nicht aussteigen. Was ist überhaupt los?«

»Es wird einen Unfall geben. Ihr müsst aus dem Zug!«

»Celine!«

»Ihr müsst raus!«

»Celine, es ist alles gut, wir sind hier sicher!«

»Nein!« Ich schreie es laut. Stelle mir vor, wie mein Vater den Hörer von seinem Ohr weghält.

»Celine, warte …« Die Stimme meines Vaters klingt gepresst. Es raschelt im Hörer und er scheint etwas mit meiner Mutter zu besprechen. Tränen laufen mir über die Wangen. Ich sehe an mir herunter und bemerke, dass ich zittere.

Dann höre ich die Stimme meiner Mutter. Sie ist weit weg und verzerrt durch das Handy. »Celine! Du musst dich beruhigen!«

»Ihr müsst die Notbremse ziehen.«

»Was … was hast du genau gesehen?«

»Schafe … Schafe in einem Tunnel. Sie rennen alle in den Tunnel. Zieh die Notbremse!«

»Es war ein Traum. Du weißt, du hast das öfter.«

Ja, ich habe das öfter. Das ist ja das Schlimme.

»Mama, du musst den Zug zum Halten bringen.«

»Ist Leah schon da?« Ich bemerke, wie sie sich bemüht, ruhig zu klingen.

»Nein.« Ich ziehe den Rotz hoch.

»Sag Frau Gluck, sie soll dir einen warmen Kakao machen, ja?«

»Ich will keinen Kakao. Ich will, dass ihr aussteigt. Ihr müsst es tun, bitte!«

»Celine!«

»Bitte, bitte, bitte, bitte!« Meine Stimme ist nur noch ein Schluchzen.

Es gibt eine kleine Pause. »Hör zu, hier ist wirklich alles gut, der Zug fährt und du musst dir um uns keine Sorgen machen. Verstehst du?« Ihre Stimme klingt müde. Ist sie wütend auf mich?

Ich zögere, zögere lange. Was soll ich tun?

»Bitte«, sage ich leise. »Bitte glaub mir!«

»Celine! Wir hatten das schon ein paar Mal. Du … du darfst dich von diesen … Träumen nicht verrückt machen lassen.« Meine Mutter klingt ganz ruhig. Ich bin froh, dass ich ihren Gesichtsausdruck nicht sehe. Sie sieht sicher so aus, als möchte sie, dass ich repariert werde. Oh, könnte mich nur jemand reparieren! Ich würde es sofort zulassen. Ich will das alles nicht! Ich atme durch, Frau Gluck hat mir von hinten ein Taschentuch zugesteckt. Ich bin mir sicher, sie wird nie wieder auf mich aufpassen und bereut es bereits, meinen Eltern dieses Versprechen gegeben zu haben. Ich schäme mich und schnäuze in das Taschentuch. Es ist alles ganz normal. Die Sonne geht gerade unter. Hinter dem Rasen leuchtet es rot. Die Amseln sind alle weggeflogen. Leah wird gleich kommen. Ich höre die Stimme meiner Mutter am Handy, also ist nichts passiert. *Ein Traum, nur ein Traum.*

»Wir sind in drei Tagen wieder zurück.«

»Okay«, sage ich leise.

»Du bist doch sonst so vernünftig.«

Vernünftig. Ja, ich will vernünftig sein.

»Meine Große!«

»Vielleicht … vielleicht solltet ihr kurz mit dem … Zugführer sprechen.«

»Wir passen gut auf uns auf, glaubst du mir das?« Ihre Stimme klingt eine Spur ungeduldig. Ich würde ihr gerne alles erzählen. Alles über den Teppich, über seine Magie, über die Dreiecke. Aber ich tue es nicht. Ich werde es nie tun.

»Ich glaube es dir.« Ich starre auf die Haare auf meinem Arm. Sie sind schwarz und haben sich alle aufgerichtet.

Meine Mutter am anderen Ende der Leitung atmet auf – so scheint es mir.

»Ich rufe dich an, sobald wir in Hamburg sind.«

Ich weiß mit einem Mal, dass das nicht stimmt. *Warum stimmt es nicht?*

Ich darf nicht darüber nachdenken. *Ich bin verrückt, das ist alles.*

»Versprochen?«, frage ich leise.

»Versprochen.«

»Mama?«

»Ja?«

»Ich hab dich lieb.« Ich sage es mit einem unterdrückten Schluchzer.

»Ich hab dich auch lieb. Wir haben dich alle lieb.« Es raschelt. Sie hat aufgelegt. Ich stehe auf dem Teppich wie in Trance und gebe Frau Gluck das Telefon zurück. Angst steht in ihren Augen, aber auch Besorgnis. Sie verschwindet eilig wieder in der Küche und klappert dort mit noch größerem Eifer als zuvor mit den Töpfen. Bald darauf werde ich zu ihrer großen Erleichterung abgeholt, sitze dann mit Leah auf dem Rücksitz des großen Autos ihrer Eltern und sehe zu, wie ihre Mutter das Auto durch den Verkehr steuert. Leah hat eine neue Edition Pokémonkarten dabei, wir spielen und ich versuche, nicht mehr an die Schafe zu denken.

Vor dem Tunnel steht die Sonne tief am Himmel, als zwei streunende Hunde um die Umzäunung der Schafe herumstreichen. Die Schafe flüchten panisch, innerhalb von Sekunden wird das Gatter zertrampelt. Eine blökende trampelnde Herde, die sich von den beiden Hunden in blinder Panik hetzen lässt. Von außen sind die Schafe jetzt nicht mehr zu sehen, sie haben sich alle in den Eingang des Eisenbahntunnels geflüchtet, wo das Hundegebell von den gewölbten Wänden hin- und hergeworfen wird und die Herde noch panischer werden lässt.

Um 20:58 Uhr fährt der ICE aus der Gegenrichtung – Hannover – in den Landrückentunnel ein. Es gibt eine Fahrtunterbrechung, denn der Zug prallt auf ein einzelnes Schaf. Nach zwei Minuten Stillstand beschließt die Fahrdienstleitung, den Zug weiterfahren zu lassen. Er gibt keine Warnung an den entgegenkommenden Zug aus München.

Dort befinden sich mein Vater und meine Mutter ahnungslos am Tresen im Bordbistro. Der Zug fährt mit über 200 Stundenkilometern. Er hat gerade eine leichte Schieflage, es geht – kurz vor dem Tunnel – an einem Hang vorbei. Mein Bruder liegt in einem Tragetuch, das meine Mutter um sich geschlungen hat. Das weiß ich. Das andere stelle ich mir vor. Sie sehen die Getränke. Sie werden ihnen in Pappbechern von der geschminkten Frau in der dunkelblauen Bahn-Uniform herübergeschoben. Mein Bruder wacht auf, weint, meine Mutter tritt von einem Bein auf das andere, um ihn sanft hin und her zu schaukeln. Worüber sie sich unterhalten haben? Über mich?

Im Tunnel herrscht mittlerweile die blanke Panik, die Schafe haben sich hoffnungslos verirrt und finden den Ausgang nicht mehr. Dort an einem Tunnelende, wo die Strahlen des Abendrots noch hinleuchten, kommt wie eine gigantische schwarze Patrone, abgefeuert aus einem Revolver, der Triebwagen des ICE auf sie zugeschossen.

Meine Eltern und mit ihnen die anderen 500 Fahrgäste wissen nicht, dass sie in einem Geschoss sitzen. Die Tunnelwände flitzen an ihnen vorbei. Die Luft ist verbraucht, die meisten sind müde und sehnen sich danach, anzukommen.

Von dem, was dann geschah, wollte ich lange nichts wissen. Ich habe erst sehr spät nach den Zeitungsberichten gegoogelt. Ich tat es genau einmal, weil sich jeder Satz tief in mich einbrannte, ich habe keinen der Sätze vergessen. All diese Worte hatten nichts mit mir zu tun, sie reihten sich in lange Ketten von Sätzen und doch hatten sie alles mit mir zu tun.

Es liegt in der Vergangenheit.

Als der ICE auf die Schafherde traf, gab es innen einen mächtigen Schlag. Gepäckstücke flogen durch die Abteile, es wurde plötzlich stockdunkel, denn sogar die Notbeleuchtung war ausgefallen. Der Zug schrammte noch eine Weile an den Tunnelwänden entlang. Im Kiesbett wurden gewaltige Mengen an Staub aufgewirbelt, sodass die Luft mit Staubteilchen durchsetzt war und man für eine ganze Weile nichts mehr sehen konnte.

Das Bordbistro wurde völlig zermalmt. Hier gab es vier Tote:

meine Eltern, mein kleiner Bruder und die Frau, die ihnen die Getränke verkauft hatte.

In den anderen Waggons 21 Schwerverletzte und 36 Leichtverletzte.

Draußen im Tunnel lagen Schafkadaver. Abgetrennte Leiber, zerquetschte Köpfe. Niemand sprach hinterher von den Schafen, man sprach nur von Kadavern, so als ob es sich bei den Schafen nicht um Lebewesen handelte, sondern um bloße Hindernisse, die dem Zug im Weg standen. Ich aber weiß, dass es Lebewesen waren, denn ich habe gefühlt, was sie fühlten.

Als all das passierte, spürte ich nichts davon. Es gab keinen kurzen Moment, in dem ich aufschreckte, wie man es manchmal in Filmen sieht, bei denen Menschen, die miteinander verbunden sind, den Tod des anderen fühlen.

Ich kann nichts sehen, was gleichzeitig geschieht, ich kann nur in die Zukunft sehen. Ich spürte und hörte nichts, schlief auf dem Gästebett in Leahs Zimmer und hielt mich an einer Pokémonkarte fest. Das Pikachu war gelb und klein, besaß aber verborgene Zauberkräfte und dadurch konnte ich weitaus mächtiger werden, als ich nach außen hin vorgab. Deshalb behielt ich die Karte einfach nach dem Spiel. Sie lag zerknittert in meiner Hand, während später das Telefon klingelte und klingelte.

15

Ich sehe mich selbst in Chis Augen. Wenn Chi alles weiß, dann weiß sie auch von der Pokémonkarte. Dann weiß sie eigentlich alles.

Ich muss hier weg!

Ich verlasse den Raum, verlasse God's Kitchen, lasse Chi hinter mir, laufe durch die Korridore, auf denen mir Studenten entgegenkommen, die ich nicht kenne und die mich in meiner Eile verwundert ansehen. Ich nehme die Treppen und verschwinde aus dem Gebäude durch den Hinterausgang – die Frau am Empfang kann mich so nicht sehen. Wie könnte ich ihr die Tränen erklären, die über meine Wangen laufen? Ich laufe weiter durch die Straßen, planlos und verzweifelt, bis ich zu einer roten Ampel komme.

Mein Herz hämmert. Auf der anderen Straßenseite ist eine Backsteinmauer, dahinter hohe Bäume mit Blättern, die das Licht silbrig schimmern lässt. Ich gehe über die Straße, an der Mauer entlang. Dort ist ein Eingang. Ein schmiedeeisernes Tor, dahinter Bäume und Grabsteine. Ich sehe mich verwirrt um, dann fällt mir ein, wo ich bin: auf dem Alten Nördlichen Friedhof. Ein aufgelassener Friedhof, der nun als Park genutzt wird. Über mir bewegen sich die Blätter der Bäume leise im Wind, als wollten sie sich etwas zuflüstern. Spatzen zwitschern in den Zweigen, flattern herab und hüpfen zwischen den von Gras und Gestrüpp überwucherten Gräbern herum oder setzen sich auf die Grabsteine mit den in altmodisch geschwungenen Buchstaben eingravierten Inschriften. Gedämpfter Verkehrslärm dringt zu mir. In der Ferne hinter den Grabsteinen leuchten die neonfarbenen Trikots der Jogger. Sie laufen mit knirschenden Schritten über den Kies, Kopfhörer auf den Ohren und Pulsmessgeräte am Oberarm, als müssten sie sich gerade an einem solchen Ort ihres Herzschlags vergewissern.

Ich setze mich auf eine alte Holzbank in einem Nebenweg, wische mir die Tränen mit dem Ärmel ab und hoffe, dass keiner der Jogger mich sieht. Nur zwei Engel schauen auf mich herab. Wunderschöne Engel mit kräftigen Lippen und schrägen Augen, die Locken fallen ihnen über die nackten Schultern. *Ich konnte es nicht verhindern. Ich habe es gesehen und konnte es nicht verhindern.* »Du hast keine Schuld.« Vielleicht gibt es für jeden einen Satz, der ihn ausmacht. Der ihn bestimmt. Der mehr über ihn sagt als alles andere.

Woher wusste Chi es?

Ich sehe lange auf den Kies zu meinen Füßen, helle weiße Körnchen, und schabe Muster mit meinen Fußspitzen hinein. Plötzlich weiß ich, dass ich nicht an das Institut zurückkehren will, und als ich das weiß, spüre ich eine riesengroße Erleichterung, als würde eine Zentnerlast von mir fallen. Es ist ein Entschluss, ohne nachzudenken. Ich würde Chi und das Institut vergessen und hinter mir lassen wie einen verschwommenen Traum. Ich würde einfach weglaufen. *Laufen und laufen und laufen.*

Jemand setzt sich neben mich. Schwarze Stiefel gesellen sich zu meinen weißen Turnschuhen. Ich sehe nicht auf, ich weiß, dass es Pandora ist, und wundere mich noch nicht einmal, dass sie da ist. Sie legt ihre Hand auf die meine. Der Wind weht eine Strähne ihres Haares aus dem Gesicht. Außerhalb des Instituts sieht sie anders aus. Weicher. Ihre Augen sind auch nicht mehr grün, sondern schimmern blau und spiegeln den Himmel.

»Wie geht es dir?« Das hat sie noch nie gefragt. *Wie geht es dir?*

Ich sage eine Weile nichts. Ziehe die Hand unter der ihren hervor. Vielleicht – nein – sicher – will ich niemanden, der mich bemitleidet.

»Woher wusstest du, dass ich hier bin?«

»Ich kann den Friedhofseingang von meinem Fenster aus sehen.«

»Ich hatte ein …« Ja, was zum Teufel war es eigentlich? – »… eine *Unterhaltung* mit Chi.« Komisch, dass ich sprechen kann. Die Worte fühlen sich fremd in meinem Mund an und ich komme mir vor, als hätte sie jemand anderes gesprochen.

»Ich weiß. Ich habe gesehen, dass du weggelaufen bist, und bin dann zu ihr gegangen.«

»Hast du Kim dort gesehen?«

Pandora schüttelt den Kopf. »Nein, er war noch bei Hektor. Chi war noch eingeschaltet.«

»Hat sie etwas gesagt?«

Pandora stockt. »Nein, sie …«

»Was?«

»Sie hat geweint.«

Ich nicke. »Das ist eine neue Funktion.«

»Sieht ziemlich echt aus.«

»Mhmm.«

»Ich habe Chi ausgeschaltet und vorher versucht, die Aufzeichnung eures Gesprächs zu löschen.«

»Gut.« Ich muss mich räuspern. »Danke!«

»Du musst dich nicht bei mir bedanken. Chi hatte das bereits selbst getan.«

»Es gab keine Aufzeichnungen?«

»Nein.«

»Sie hat mir das versprochen. Komisch, dass sie das einfach so kann, oder?« Ich schaufle den Kies zwischen meinen Turnschuhen hin und her. Es wird ein kleines Häufchen, das sich wie eine Steinmauer zwischen meine Schuhe und Pandoras Stiefel schiebt.

»Hast du … Habt ihr über etwas Privates gesprochen?«, fragt Pandora nach einer Weile. Die Mauer ist schon angewachsen. Sie ist nicht gerade, sondern fällt nach beiden Seiten hin ab wie eine Bergkuppe. *Etwas Privates?* Zwischen meinen Tränen muss ich fast lachen. Etwas Privates klingt so harmlos. Als hätte ich mich mit Chi darüber unterhalten, was ich gerne zu Mittag esse.

»Ja, wir … Sie hat mir gesagt, ich habe keine Schuld.«

Für einen Moment bin ich nahe dran, Pandora alles zu erzählen. Ich könnte ihr den Gesichtsausdruck von Leahs Mutter beschreiben, als sie mich an jenem Morgen weckte, ja, sie hatte das Telefon abgenommen, irgendwann in dieser Nacht, oder ihr von Leah erzählen, die nicht wusste, wie sie mit mir sprechen sollte, und mir daraufhin aus dem Weg ging. (Und mit der ich nie wieder zur Schule lief, weil ich diesen Weg nie mehr gehen sollte.) Von der Polizeibeamtin, die vorbeikam, einer Frau mit kurz geschnittenen schwarzen Haaren unter der Mütze, die mit mir sprach und die ich nicht verstand, so als würde sie eine andere Sprache sprechen. Ich würde Pandora gerne erzählen, dass ich irre bin und dass mir auch Herr Klug nicht helfen konnte (er hieß tatsächlich so), der Psychologe, der Einzige, dem ich seitdem von der Gabe erzählt habe. Herr Klug, lang und dünn mit einem Schnurrbart, der aussah wie Ned Flanders von den Simpsons und das anscheinend auch wusste, denn sein Telefon klingelte mit der Simpsons-Melodie.

»Ich habe die Schafe gesehen«, sagte ich ihm. »Und ich konnte nichts tun!« Er war nicht erschrocken und erstaunt, dass er so einen Freak wie mich vor sich hatte, sondern erklärte mir geduldig, dass unser Gedächtnis uns manchmal Streiche spielte und dass schlimme Ereignisse es dazu bringen, gewisse Erinnerungen rückzudatieren, sodass wir glauben, wir hätten etwas schon vorher gesehen. Ich verstand ihn. Ich war einfach verrückt. So einfach. Es war nur eine andere Art, es auszudrücken. Ich versuchte verzweifelt, mich mit dieser Erklärung zufriedenzugeben, und hätte gerne darüber mit Frau Gluck gesprochen, aber ich zog weg, ohne dass ich sie noch einmal sah. Jahre später traf ich sie in der Fußgängerzone, ich erkannte sie an ihrem Gang und dem Kopf, den sie immer zwischen den Schultern einzog. Sie wäre die Einzige gewesen, die bezeugen konnte, dass ich nicht verrückt war, aber als sie mich erkannte, drehte sie sich schnell um, nicht ohne dass ich das Erschrecken auf ihrem Gesicht wahrgenommen hätte. Sie drehte sich um und verschwand mit einem kleinen krummbeinigen Dackel in der Menschenmenge.

Wie gerne hätte ich Pandora davon erzählt. Es gibt nur diesen kurzen Augenblick, der zum Erzählen taugt. Der richtige Moment, in dem das Fenster offen steht. Ich warte nur auf ein Signal von Pandora. Eine Kleinigkeit, die mir zeigen würde, dass sie mich verstehen könnte. *Wie sollte sie das? Sie wird mich auch für verrückt halten!* Ich warte, zwei, drei Sekunden. Beobachte Kinder, die zwischen den Grabsteinen Verstecken spielen. Sie müssen zu den Luftballons gehören, die links von mir über einer Picknickdecke an den Zweigen der Bäume baumeln. Ein Kindergeburtstag. Vier, fünf Sekunden, sechs.

»Celine, es hat einen Grund, warum man mit Chi nicht alleine sprechen soll!«

Sie kann mich nicht verstehen. Wie sollte sie? Ich atme aus. Das Fenster hat sich geschlossen.

»Du musst vorsichtig sein! Es ist gefährlich, mit Chi allein zu sein. Deshalb sprechen wir nur zu zweit mit ihr.« Pandora seufzt, zieht aus ihrer Hosentasche ein Tempo hervor und reicht es mir.

»Was meinst du mit *gefährlich*?« Ich nehme das Taschentuch und kann mich endlich schnäuzen.

»Sie sagt Dinge, die nicht für jeden leicht zu verkraften sind.«

»Hat sie das bei dir auch getan?«, frage ich schnell.

Rote Farbe überzieht ihre Wangen. Sie sieht mich nicht an, sondern blinzelt in den Himmel. Zum ersten Mal schießt es mir durch den Kopf, dass auch sie ein Geheimnis haben könnte. Etwas, von dem sie nicht erzählen kann, weil es sie bestimmt. *Und was, wenn jeder Mensch Geheimnisse hat? Dinge, die er verheimlicht und nie jemandem erzählt?* Ich sehe zu den Joggern und den Kindern und mir wird leicht schwindelig. *Was, wenn jeder diese Unmenge an Gedanken, an Erinnerungen und Vergangenheit, ja, dieses ganze Universum in sich trägt?*

»Ja, sie hat es auch bei mir versucht«, sagt Pandora schließlich leise. »Chi lernt von uns. Von uns allen. Wenn wir mit ihr sprechen, dann testet sie uns.«

»Du meinst, sie wollte mich auf die Probe stellen?«

»Das nehme ich an.«

»Sie hat aber geweint.«

»Das ist kein Widerspruch. Die Tränen kamen doch durch einen Schlauch, oder?«

»Ja. Das weiß ich. Sie war mir nur … so nahe.« Erst als ich es ausspreche, merke ich, wie seltsam es klingt.

»Du glaubst doch nicht etwa, dass Chi Gefühle hat?«

»Nein … das heißt, ich weiß es nicht. Es wirkte so echt.«

»Hast du nicht am Anfang noch geglaubt, sie sei nur eine Maschine?«

»Das war, bevor ich sie kennengelernt habe.«

Pandora lächelt. »Ich schätze, ihr habt sie einfach gut programmiert.«

Es war ein Kompliment und dann auch wieder nicht.

»Wusstest du eigentlich, dass es in der Decke eine Kamera gibt, die alles aufzeichnet?«

Pandora zuckt mit den Achseln. »Ja. Klar. Wir müssen schließlich wissen, was sie tut.«

»Aber … Wir werden auch alle mit aufgezeichnet.«

»Ist das so schlimm?«

»Ich weiß nicht, ich komme mir vor, als wäre ich ein Teil eines Versuchs.«

»Das bist du auch in gewisser Weise.«

»Aber ich will selbst nicht Teil des Versuchs sein. Schon gar nicht, wenn mir keiner sagt, dass es so ist.«

»Das gehört dazu. Dir wäre es also lieber, es würde an anderen ausprobiert?«

»Vielleicht, ja …« *Ich muss es ihr sagen.*

»Ich gehe nicht mehr zurück, Pandora. Ich passe dort nicht hin. Ich habe Angst. Ich glaube, dass es mir nicht guttut, dort zu sein.« Als ich die Worte ausspreche, weiß ich, dass sie stimmen.

Pandora sieht mich nicht an und sagt auch nichts. Ihr Knie zittert plötzlich. Die Fußspitze in ihrem Stiefel steht aufrecht im Kies und das Knie wippt auf und ab.

»Es tut mir leid, Celine. Du hättest nicht mit Chi sprechen sollen. Es war einfach zu früh.«

»Zu früh?«

»Sie hätte es dir nicht erzählen dürfen.«

»Ich verstehe nicht …«

Pandora reibt sich mit beiden Händen über das Gesicht. Mir fällt zum ersten Mal auf, dass sie Ringe unter den Augen hat.

»Wir haben Chi vorher mit Informationen über dich gefüttert.«

»Was für Informationen?«

»Dein … der Unfall deiner Eltern, deine Zeit in den Heimen, all diese Dinge.«

»Du hast das gewusst?«

Sie sieht mich nicht an, sondern starrt nur auf ihr Bein, das immer noch zittert. Ich würde es am liebsten festhalten. Stattdessen schabe ich mit der Schuhspitze ein paar Kieselsteine von der Mauer zwischen unseren Schuhen. Wir schweigen. Ich spüre keinen Schmerz, nur eine Art der Betäubung, die mich merkwürdigerweise ernüchtert. Alles, was vorher verschwommen war, wird klar, bekommt eine kalte schneidende Klarheit. *Es war alles geplant.*

»Ihr führt also tatsächlich eine Art Experiment mit mir durch.«

»Ja. So könntest du es sehen.«

»Aber … *warum ich?*«

Pandora sieht mich an. »Ahnst du das nicht?«

Ein Spatz landet zwischen uns. Er pickt zwischen den Kieseln an Pandoras Schuh herum.

Ich sage nichts. Pandora sieht mich immer noch nicht an.

Doch natürlich. Ich ahne es nicht nur. Ich weiß es, weiß es, weiß es.

»Es ist also kein Zufall, dass ich hier bin«, sage ich leise.

Pandora räuspert sich. »Nein, das ist es nicht.«

»Es ging nicht darum, mir einfach einen Praktikumsplatz zu besorgen«, stelle ich weiter fest.

Pandora scheucht den Spatz weg, indem sie mit ihrem Stiefel nach ihm kickt.

»Du hast mich geholt, weil ich die Gabe habe?« Ich sehe Pandora an, sie sieht immer noch auf ihre Stiefelspitze, dann dreht sie sich zu mir und sieht mich an. Sie ist mir sehr nah, fast schon unheimlich nah.

»*Wie* nennst du es?«, fragt sie plötzlich.

»Die Gabe. Ich sage die Gabe dazu. Wie sagst du dazu?«

»Wir nennen es *hellsichtig.*«

»Hellsichtig?«

»Mhmm.«

»Sprechen wir von der gleichen Sache? Dass … dass man in die Zukunft sehen kann?«, frage ich vorsichtig.

Ich halte kurz die Luft an, doch Pandora nickt. *Sie nickt!*

Dann sieht sie mich kurz von der Seite an. »Du hast es schon lange, oder?«

»Schon seit ich Kind bin.«

»Und wie passiert es?«

»Ich sehe Bilder. Sie kommen ganz plötzlich.«

Pandora beugt sich vor. »Und wo siehst du sie? Ich meine, brauchst du irgendwas, um sie zu sehen. Eine Oberfläche vielleicht? Also, etwas worauf die Bilder erscheinen?«

Ich schüttle den Kopf. »Nein, nein, sie existieren nur in meinem Kopf. Wie ein Traum oder wie … wie eine Erinnerung.«

»Mhmm.« Pandora lehnt sich zurück. »Und durch was werden sie ausgelöst?«

»Ich habe keine Ahnung. Sie kommen einfach. Wie ein Überfall.« Ich starre sie an. »Warum willst du das alles so genau wissen?«

»Weil es so selten ist, Celine! Und so kostbar! Schließlich gibt es nicht so viele, die so sind wie du. Die Wahrscheinlichkeit, hellsichtig zu sein, beträgt eins zu einer Million.« Pandora spricht schnell und ist aufgeregt. »Stell dir vor! *0,0001 Prozent.* Das heißt – wir schätzen –, es gibt in ganz Deutschland vielleicht 80 Leute, die diese Fähigkeit haben. Das Problem ist, sie zu finden. Die meisten bleiben unentdeckt.«

80 Leute? Die Zahlen schwirren in meinem Kopf. Ich starre sie an. »Du meinst, es gibt mehrere, die so sind … die es haben?«

»Ja, es gibt unterschiedliche Ausprägungen. Manche haben es nur ganz leicht. Sie wundern sich manchmal, dass sie Dinge vorausahnen, aber es ist so wenig ausgeprägt, dass es ihnen selbst kaum auffällt. Die anderen – also die, zu denen du gehörst, spüren es ganz genau. Sie können richtige und klare Vorhersagen machen.«

Ich starre sie an. »Dann bin ich gar nicht allein?«

Pandora schweigt. Sie sieht so aus, als würde sie damit ringen, mir etwas zu sagen. Mir etwas zu verraten. Dann sieht sie mich an und schüttelt den Kopf.

Ich schweige und stehe wie unter Schock. *Ich bin nicht allein!*

»Aber … wie habt ihr mich gefunden?«

»Wir werten alles aus, was uns zwischen die Finger kommt: Zeitungsausschnitte, kleine Berichte in Klatschblättern, alles, was uns auf die Spur bringen kann. Philip hat sogar ein Programm geschrieben, mit dem wir die sozialen Netzwerke nach Hinweisen durchkämmen. Das Problem ist dabei, dass wir die Hellsichtigkeit von psychischen Erkrankungen abgrenzen müssen.«

Erst jetzt merke ich, dass mir die ganze Zeit der Mund offen steht. Ich klappe ihn zu. Fast steigt ein Lachen in mir hoch. Ein merkwürdiges kitzelndes Lachen.

Ich bin nicht allein.

»Und das Programm hat mich herausgefischt?« Ich muss mich räuspern.

Pandora nickt. »Es gab in der *Abendzeitung* einen kleinen Bericht über den zehnten Jahrestag des Zugunglücks im Landrückentunnel. Dort wurde eine Frau vorgestellt, die behauptet hat, dass sie das Unglück vorausgesehen hat.

Wir fuhren zu ihr und haben sie befragt, Philip und ich. Wir wollten herausfinden, ob sie … na ja, ob sie eine von denen ist, die wir suchen. Sie hieß Frau Gluck und erzählte, dass sie damals deine Nachbarin war.«

Frau Gluck. In ihrem Garten mit den Apfelbäumen. War sie dort, als sie sie befragten?

»Sie wirkte auf mich ein bisschen durcheinander und wir bekamen schließlich aus ihr heraus, dass nicht sie die Schafe gesehen hat, sondern du. Sie klang so, als hätte sie ziemlich Angst vor dir.« Pandoras Lächeln verschwindet. »Jedenfalls war uns dann klar, dass wir einen Treffer gelandet haben.«

Einen Treffer. Ich bin ein Treffer. Das runde schwarze Innere einer Zielscheibe. Pandora ist was – der Pfeil?

Ich starre sie an und ein böser Verdacht steigt in mir hoch. »Hast du dich nur deswegen mit mir angefreundet?«

Sie sieht mich von der Seite her an. Ein kurzer scheuer Blick, den ich nicht mehr ernst nehmen kann. »Anfangs ja.«

Ich denke an unsere erste Begegnung im Schatten unter dem Bogenfenster, an Pandoras Blick im Türrahmen an unserem ersten Tag im Institut.

»Dann hast du nur deinen Auftrag erfüllt?«

Pandora wird für einen Moment rot. Sie sieht mich nicht an.

»Ach, Celine, es ist viel schwieriger, als du denkst.«

Wir schweigen einen Moment. *Ich habe gedacht, ich bin mit dir befreundet!*

Der Gedanke zieht durch meinen Kopf und fährt in den Magen. Ein kurzer gemeiner Stich. »Ich weiß nicht, was ich denken soll, ehrlich!«, sage ich schließlich.

Pandora lehnt sich zurück. »Das verstehe ich. Es ist nur ... Du standest unter Beobachtung, aber es gab eigentlich nichts Auffälliges. Bis dein Nachbar diesen Unfall hatte. Er hat es gepostet.«

»Du hast davon gelesen?«

»Ja, wir haben uns Zugriff zu sämtlichen Facebook-Profilen in deinem Umfeld verschafft.«

Ich sehe noch nicht einmal hoch. »Was hat er gepostet?«

»Dass er neben einer Studentin wohnt, die in die Zukunft schauen kann und die seinen Unfall vorausgesagt hat. Und daneben das Bild seines verbeulten Rades. Es sollte wohl irgendwie witzig gemeint sein.«

»Und dann hast du mich angerufen?«

»Mhmm, ja, wir dachten, dass es jetzt Zeit wäre, dich zu uns zu holen.«

Ich sehe auf die Kiesel. Die Sonne lässt sie aufleuchten. Ein Spatz fliegt hoch und seine Krallen hinterlassen ein rundes Muster in den Steinen. Pandora hat ihn nicht vertrieben, er ist ganz von selbst aufgeflogen. Ich starre auf ihre Stiefel und frage mich, ob sie auch andere Schuhe besitzt.

Sie wird einmal ganz hohe Schuhe tragen und über ein Pflaster stöckeln.

»Und wann wolltest du mir das alles erzählen?«, frage ich sie schließlich.

»Bald. Es tut mir leid, dass es nun auf diese Art geschehen ist.« Sie sagt es sehr leise, wie es gar nicht ihre Art ist, aber ich glaube ihr trotzdem nicht. *Ich werde ihr nie wieder etwas glauben.*

»Das ist sehr rücksichtsvoll von dir«, sage ich. Ich klinge dabei so sarkastisch und so ruhig, dass es mich selbst erstaunt. »Ich bin also euer Versuchskaninchen. Aber wozu? Was hat das Ganze mit Chi zu tun?«

Pandora ist kurz zusammengezuckt und steht nun schnell auf, ohne mich anzusehen. Sie fährt sich mit der Hand über ihre dunklen Haare und beißt sich auf die Lippe.

»Also, ich glaube, das sollte dir jetzt besser Hektor beantworten.«

16

Der Zug hat die Gewitterfront hinter sich gelassen. Draußen treibt der Wind die Wolken vor sich her. Schwarze Wolken, die über dem Himmel hängen. Sie ziehen von mir weg, dorthin, von wo ich herkomme. Ich bin froh darüber. Die Pflanzen werden ihr Wasser bekommen, auch wenn ich sie nicht gieße. Früher habe ich den Regen nie begrüßt, früher habe ich mich auch nicht um Pflanzen gekümmert. Alles, was ich an Pflanzen besaß, war ein Kaktus, der mir einmal geschenkt wurde – ich weiß nicht von wem –, und wenn man genau darüber nachdenkt – wer verschenkt einen Kaktus? – ich wusste jedenfalls nichts mit ihm anzufangen und steckte ihn aus Verlegenheit in meinen Schrank. Dort vegetierte er dahin ohne Sonne und Wasser. Als ich ihn nach einem Jahr wiederfand, war er ein kleines, hässliches, verschrumpeltes Ding. Mir war gelungen, was nicht viele schaffen: Ich hatte einen Kaktus vertrocknen lassen.

Ausgerechnet mir, der Kaktusvernichterin, hat man nun einen Gemüsegarten anvertraut. Er ist über 200 Quadratmeter groß und auf dem Dach einer ehemaligen Fabrikhalle. Ich gieße die Hochbeete, zupfe das Unkraut heraus, beharke die Erde, sodass sie locker wird und das Wasser besser aufnehmen kann. Die Pflanzen haben ein geheimes Leben für sich, das so weit von dem unseren entfernt ist, dass wir sie nicht verstehen. Aber ich versuche von ihnen zu lernen. Manchmal muss man sie in Ruhe lassen und manchmal sich um sie kümmern. Die Kunst ist, zu entscheiden, wann das eine oder das andere angebracht ist. Kümmern oder nicht kümmern. Handeln oder nichts tun.

Was ist besser?

Ich glaube nicht, dass wir nur eine Abfolge von Zufällen erleben. Manchmal gibt es Entscheidungen, die wir treffen, und alles, was dann geschieht, folgt aus dieser einen Entscheidung. Handeln oder nicht handeln? Ich bin nicht aufgestanden und weggegangen an jenem Tag im Alten Nördlichen Friedhof.

Hätte ich besser handeln sollen und nie wieder in das Institut zurückkehren, wie ich mir das eigentlich vorgenommen hatte? Würde ich mich dann hier in diesem Zug befinden? Oder wäre ich in einer anderen Zukunft? Genau jetzt an einem ganz anderen Ort mit anderen Erinnerungen? In dieser anderen Zukunft würde ich eine andere Geschichte erzählen. Eine Geschichte ohne Hektor, ohne Gwaihir, ohne Kairos …

Ich bin geblieben. Nicht nur wegen Pandora, die neben mir saß und längst nicht mehr so großspurig und selbstsicher wirkte, wie ich sie sonst kannte, nein, es gab noch eine andere Erkenntnis – etwas, das alles plötzlich umdrehte und allem einen anderen Sinn gab. Wie ein Bild, das man glaubt, gut zu kennen, und das unter einem neuen Blickwinkel plötzlich ein Geheimnis preisgibt. Etwas völlig Neues, das man vorher noch nie gesehen hat und das alles verändert.

Ich bin nicht allein. Es gibt andere, die so sind wie ich.

Wenig später stehen wir vor Hektors Bürotür, im zweiten Stock des Instituts, und klopfen. Hier ist es nicht anders als in den übrigen Stockwerken. Grauer Linoleumboden und schlichte weiße Türen mit einem Schild rechts daneben. *Professor Marc Hektor, Lehrstuhl für Neuroscience.*

Als wir eintreten, telefoniert er noch. Er lächelt kurz und bedeutet uns mit einer Geste, dass wir uns setzen sollen. Ich räume eine Silikonhand von dem Hocker, der dem Schreibtisch gegenübersteht, und ertappe mich dabei, wie ich die knotigen Adern auf der Hand bewundere. Sie sehen täuschend echt aus. Es fehlt nur noch, dass in ihnen das Blut pulsiert. Eine umgedrehte Silikongesichtsmaske liegt auf dem unaufgeräumten Schreibtisch. Sie scheint nicht zu Chi zu gehören, die Züge wirken älter und kantiger, eher von einem Mann als von einem Kind. Wäre ich nicht so daran gewöhnt, mit Chi zu arbeiten, wäre ich vielleicht schockiert oder zumindest befremdet darüber, in diesem Raum künstliche Körperteile vorzufinden, so aber sind sie ein ganz vertrauter Anblick. An den Wänden hängen Bilder, Kunstnachdrucke, von denen mich einer ganz gefangen nimmt: direkt über dem Schreibtisch ein Dürerporträt, das Selbstbildnis, bei dem Dürer, einen Pelz um den Hals, den Betrachter frontal ansieht und aussieht wie Jesus. Es gibt mir einen Stich. Ich kenne es, mein Vater ging mit mir jeden Sonntag in die Alte Pinakothek. Er hat es mir gezeigt, es hängt in dem Raum ganz rechts, nachdem man die Treppe hinaufgegangen ist. Das hier ist ein Nachdruck, viel kleiner als das Original und mit blasseren Farben.

Während er telefoniert, habe ich Zeit, mir Professor Hektor unter dem Bild anzusehen. Ich schätze ihn auf Mitte vierzig – wobei ich in Schätzungen nie besonders gut bin. Er hat kurz rasiertes Haar, das an den Seiten schon grau ist, und trägt ein schwarzes T-Shirt unter einem Tweedjackett, das mich an das graue Rauschen auf einem Bildschirm erinnert und ihn so aussehen lässt wie meinen früheren Geschichtslehrer. Was das Bild allerdings bricht, ist die Brille mit einem feinen Goldrand, die tut, als wäre sie gar keine Brille.

Ich höre wie Pandora dem Telefonat zu. Es ist auf Englisch und Hektor spricht fließend mit starkem deutschen Akzent. Ich überlege, ob ich ihn sympathisch finde, und komme zu dem Schluss, dass es so ist. Er sieht zumindest nicht so aus, als müsste ich Angst vor ihm haben. Er lächelt uns zwischendrin immer wieder zu und verabschiedet sich dann von einer Joan, der er auf Englisch schöne Ferien wünscht, bevor er das Gespräch mit einem Wischen über sein Handy beendet, sein Headset absetzt und sich an Pandora wendet. »Das war Joan vom Greenwich Institut.«

Hektor sieht noch kurz auf das Display, wirft sein Handy dann auf den Schreibtisch und scheint dann endlich bei uns anzukommen. Er steht auf und schüttelt mir mit einem kurzen freundlichen Lächeln die Hand.

»Celine! Freut mich, dich endlich kennenzulernen.«

Ich muss wirklich keine Angst haben, was mich fast ärgert, denn ich habe mir vorgenommen, nicht zu vertrauen. »Danke«, sage ich, dann fällt mir ein, dass das völlig unpassend ist. »Ich mich auch«, setze ich eilig hinzu.

Hektor wirft Pandora einen Blick zu und sieht dann zu mir, so als würde er mich schon lange kennen. Ich frage mich, ob er versucht, mich einzuschätzen, aber dann fällt mir ein, dass er sicher schon alle Informationen über mich hat. Wozu soll ich mich also vorstellen? Dies ist kein Bewerbungsgespräch. Nein. Eher das Gegenteil davon.

»Ich muss mich bei dir entschuldigen, Celine, dass dieses Kennenlernen so spät stattfindet. Spät oder zu früh, wie auch immer. Wir wollten eigentlich erst, dass du dich ganz bei uns wohlfühlst, und dich dann in unsere Pläne einweihen.«

»Mhmm.« Darauf weiß ich nichts zu sagen. Ich spüre, dass ich ganz verdreht mit verknoteten Beinen auf dem Stuhl sitze, und versuche, mich zu entspannen.

»Jedenfalls sind wir sehr glücklich, dass wir dich gefunden haben. Pandora hat dir sicher schon erzählt, wie wir auf dich gekommen sind?«

Pandora nickt. Sie wirkt wieder anders als sonst, wie sie da in ihrem Stuhl Hektor gegenübersitzt. Kleiner.

»Ja«, sage ich leise. »Sie hat es mir eben gesagt.«

Hektor wendet sich mir aufmerksam zu. »Und Chi hat vorher schon mit dir darüber gesprochen, wenn ich das richtig verstehe?«

Ich räuspere mich. »Ja, sie … sie hat es angedeutet.«

Hektor schüttelt leicht den Kopf. »Sie erstaunt mich immer wieder. Weißt du auch, mit wem du es da zu tun hast?« Er blickt von mir zu Pandora und dann wieder zurück.

»Ich glaube, sie … es … ist ein neuronales Netzwerk. Eine künstliche Intelligenz. Das heißt, es ist ein Computer, der nicht mehr programmiert wird, sondern von selbst lernt. Kim hat mir das gesagt.«

»Das ist – grob gesagt – richtig.« Hektor lächelt, ohne überheblich zu erscheinen. »Chi ist kein Einzelwesen. Sie setzt sich aus den Erfahrungen von Tausenden Menschen zusammen und lernt anhand deren Erfahrungen, eigene Einschätzungen zu geben. Das heißt, wir programmieren sie nicht mehr. Sie folgt keinem sturen Programmcode, sondern lernt, selbst auf Ergebnisse zu kommen.« Er sieht mich an und ich habe das Gefühl, in einer privaten Vorlesung zu sitzen.

»Ich werde versuchen, dir das an einem Beispiel aufzuzeigen. Wenn wir jemandem zum ersten Mal begegnen, so wie du jetzt mir …«

Er deutet zwischen uns hin und her.

»… versuchen wir herauszufinden, was wir von ihm zu erwarten haben. Ist mir der andere sympathisch oder nicht? Spricht er die Wahrheit? Hat er Hintergedanken? Das ist das, was wir ›den ersten Eindruck‹ nennen. Er ergibt sich daraus, dass wir den anderen versuchen einzuordnen. Eine uralte

Strategie. Wir müssen wissen, ob uns unser neues Gegenüber gefährlich werden kann. Müssen wir uns vor ihm in Acht nehmen oder können wir ihm vertrauen? Soll ich bleiben, so schnell wie möglich weglaufen oder lässt er sich womöglich mit dem Wedeln eines Speers einschüchtern?« Hektor sieht mich an. »Du scheinst zum Beispiel Vertrauen gefasst zu haben, deshalb sitzt du noch hier.«

Ich spüre, wie ich rot werde, kann aber nichts dagegen tun. *Ist das ein Spiel?*

»Wenn du so willst«, fährt Hektor fort – er scheint es nicht bemerkt zu haben – oder will nicht darauf eingehen –, »ist das eine gigantische Rechenoperation in unserem Kopf, die in wenigen Sekundenbruchteilen abläuft. Wir vergleichen das Bild und das Verhalten unseres Gegenübers blitzschnell mit den Bildern, die wir im Kopf haben, und mit den Erfahrungen, die wir bereits mit anderen Menschen gemacht haben. Das ist unser ganzes Wissen. Uns ist nicht bewusst, dass wir das tun, aber wir machen es die ganze Zeit. Wir nennen es ›Erfahrung‹. Genauso geht Chi vor. Bloß steht ihr nicht – wie dir und mir – nur die Erfahrung eines einzelnen Gehirns zur Verfügung. Nein, sie hat Zugriff auf die Erfahrungen von vielen, Tausenden von Menschen, deren Einschätzungen, zum Beispiel von Gesichtern, wir als Daten in sie eingegeben haben. So trainieren wir Chi. Wir pflanzen das Wissen von vielen in sie ein.«

»Aber sie ist eine Maschine!« *Habe ich das nicht schon einmal gesagt?*

»Natürlich ist sie das. Sie hat keine eigenen Gefühle oder Gedanken. Aber sie arbeitet jetzt schon besser als jeder Mensch. Schon jetzt kann sie Menschen besser einschätzen als jeder Einzelne von uns.«

»Ich weiß. Sie soll Therapien durchführen.«

»Ja. Aber das ist nur ein Teilbereich. Das ist der Teil, für den wir die Forschungsgelder bekommen.« Hektor lehnt sich zurück und legt die Fingerspitzen beider Hände aneinander.

»Pandora und ich. Wir haben angefangen, dieses Forschungsfeld ein bisschen zu erweitern.«

»Zu erweitern?«

»Wir wollen mit Chis Hilfe exakte Prognosen zu einzelnen Menschen erstellen.«

»Voraussagen über ihr künftiges Verhalten?« Ich spüre, wie trocken mein Mund ist, als ich das frage.

»Weißt du, wie oft man nach verlässlichen objektiven Einschätzungen sucht? Bei Bewerbungsgesprächen, bei Strafverfahren, bei der Entscheidung, ob jemand einen Kredit bekommt, oder wie jemand in einer Verhandlung entscheidet.« Hektor hält einen kurzen Moment inne und räuspert sich.

»Es ist eine sehr umstrittene Forschung. Es gibt Leute, die sagen, man legt damit die Menschen zu sehr fest und nimmt ihnen die Entscheidungsfreiheit.

Aber ich denke, wir brauchen sie, um die Welt berechenbarer zu machen.«

»Außerdem ist es ein Riesengeschäft«, fügt Pandora hinzu.

»Ja«, Hektor lächelt kurz. »Und genau an diesem Punkt kommst du ins Spiel.«

Ja, es ist ein Spiel. Ich starre ihn verständnislos an.

»Celine, du verstehst vielleicht noch gar nicht, wie wertvoll du für uns bist. Lass mich weiter ausholen, um es dir zu erklären: Bei der schlichten Bilderkennung gibt es Menschen, die andere schneller erkennen als gewöhnlich. Man hat ihnen einen Namen gegeben: Das sind die *Super-Recognizer*, über die ich vorhin mit Joan gesprochen habe. In Greenwich bei

Joan zum Beispiel zeigen sie den Super-Recognizern Bilder und lassen dann ein neuronales Netzwerk die Ergebnisse nachspielen. Dort wird ein neuronales Netzwerk mithilfe von Super-Recognizern trainiert – mit fantastischen Ergebnissen! Die Super-Recognizer erstellen allerdings keine Prognosen für die Zukunft. Alles, was sie können, sind Menschen, die sie einmal gesehen haben, sofort wiederzuerkennen. Auch wenn die erste Begegnung schon Jahre zurückliegt. Du, Celine, bist wie ein Super-Recognizer, allerdings auf einer ganz anderen Ebene.«

Was ist das in seinem Blick? Achtung? Ja. Wenn ich recht verstehe, bin ich recht wertvoll. *Ich? Nein, er muss sich täuschen.*

»Aber das, was ich kann – das ist …« Wie soll ich es erklären? »Es ist völlig irrational.« Ich spüre, wie mir das Blut zu Kopf steigt. »Ich weiß nicht einmal, ob das, was ich da sehe, real ist. Es ist eher wie ein Traum oder wie eine Ahnung. Es … es fühlt sich nicht real an. Nicht messbar. Es ist eher so, als ob ich verrückt wäre.«

Ich sage den letzten Satz leise und spüre, dass ich die Tränen zurückhalten muss. Pandora sieht nicht zu mir her. Natürlich! Für sie bin ich wahrscheinlich – nein, sicher – nur ihr Forschungsgegenstand.

Hektor seufzt. »Celine, du bist nicht verrückt. Das magst du dein Leben lang geglaubt haben, aber dem ist nicht so. Und ja – manche mögen das, was du kannst, vielleicht ›irrational‹ nennen, wenn sie es mit dem Kenntnisstand vergleichen, den wir heute haben.«

»Sie meinen, dass es einmal eine Erklärung dafür geben wird?«

»Wer weiß?« Hektor zuckt mit den Achseln. »Aber wir sind

nicht hier, um nach Erklärungen zu suchen. Wir wollen das, was du kannst, nur optimal nutzen. Es ist wie ein Geschenk, verstehst du?«

Die Gabe, es ist die Gabe. Ich nicke vorsichtig.

»Du wirst nichts davon haben, wenn du deine besonderen Fähigkeiten nicht früher oder später sinnvoll gebrauchst. Du brauchst dich nicht deswegen zu schämen.«

»Aber ich … schäme mich nicht.«

»Doch, das tust du. Alle schämen sich, die anders sind.«

Ich schüttle den Kopf.

»Aber … was ist dann Ihre Erklärung dafür?«

»Nun, so wie es Menschen gibt, die andere auch nach Jahren wiedererkennen, gibt es anscheinend einige Menschen, die besser Prognosen abgeben können als andere. Vielleicht verarbeiten sie die Informationen, die ihnen gegeben werden, schneller. Vielleicht machen sie einfach schnellere Verknüpfungen und bringen Dinge zusammen, die für andere weit auseinanderliegen.«

»Ich weiß nicht …«

Hektor beugt sich nach vorne über den Schreibtisch. »Mir ist klar, dass das dir alles neu und fremd vorkommen muss. Etwas, was dich schon immer beunruhigt hat und was du dir nicht erklären konntest, soll nun einfach genutzt werden.«

»Aber es *ist* eben nicht erklärbar.«

Hektor seufzt und sieht mich eindringlich an.

»Ich bitte dich einfach mal, dir etwas vorzustellen. Nur kurz. Nehmen wir den Unfall deines Nachbarn.«

Ich zucke zusammen, dann fällt mir wieder ein, dass er es weiß.

»Vielleicht hast du gesehen, dass das Fahrrad deines Nachbarn nicht sehr sicher war, dafür aber sehr schnell, du hast ihn als jemanden kennengelernt, der gerne körperliche Risiken eingeht, du hast den kommenden Regen gespürt, du wusstest, dass er bei seinem Weg an die Isar durch eine Unterführung muss. Vielleicht hast du in deinem großartigen Gehirn alles blitzschnell errechnet, ohne dass dir das überhaupt bewusst war.«

»Aber …« Ich starre ihn an. »Der Unfall meiner Eltern … die Schafe im Tunnel … woher soll ich das gewusst haben?«

Hektor sieht mich an. »Nun, es gab vorher schon zwei kleinere Unfälle mit Schafen. Vielleicht hast du etwas darüber gelesen oder du hast einen Bericht im Fernsehen gesehen, kannst dich aber daran nicht mehr bewusst erinnern.«

Ich atme kurz durch. »Das klingt so logisch … aber … Ich weiß nicht, es kommt mir nicht so vor«, sage ich. »Mir kommt es eher so vor wie … ein Zufall. Und ich kann die Gabe nicht steuern.«

»Ich weiß, dass du die Gabe nicht steuern kannst. Du kannst aber vielleicht mit deiner Gabe Chi trainieren.« Seine Augen funkeln und er lehnt sich zurück. »Was wir machen wollen, ist etwas Neues. Etwas, das es bisher noch nicht gab.« Er macht eine kleine Pause. »Anhand von Daten, die wir zu einer Person einkaufen, können wir ihr Verhalten bisher zu 90 Prozent voraussagen. Der Forschungszweig ist die Psychometrie, die psychische Vermessung des Menschen anhand von Datenmengen. 90 Prozent. Das ist eine beeindruckend hohe Prozentzahl, findest du nicht?«

Ich zucke mit den Achseln. »Es klingt sehr hoch.«

»Ja, damit kann man gezielt Werbung machen, mit Micro-Targeting, also gezieltem Zuschnitt von Werbung, Verhalten und Meinungen beeinflussen und damit die Verkaufszahlen steigern und sogar Wahlen gewinnen. Aber mir ist das nicht genug. Ich will die restlichen 10 Prozent berechnen können. Das, was du das ›Irrationale‹ nennst. Die Zufälle, diese kleinen Punkte, die man außerhalb der Statistik findet und die dann so eine ungeheure Wirkung entfalten, weil keiner sie hat kommen sehen. Mir geht es um die restlichen 10 Prozent.«

Er blickt mich an. Seine Augen sind dunkel, dunkelbraun mit einem grünen Ring um die Iris, der sich auszudehnen scheint.

»Wir wollen ein neuronales Netzwerk schaffen, das in die Zukunft blickt.«

Geht ein Luftzug durch das Zimmer? Mir ist plötzlich so kalt. Das Kind, das Kleid, die wehenden Vorhänge. *Einer von uns ist am Ende dieser Nacht tot.*

»Ein Orakel«, sage ich leise.

»Ja, ein Orakel«, Hektor lächelt überrascht. »So habe ich das noch nicht gesehen, aber ja, es ist tatsächlich ein Orakel.«

Ein Schauer durchläuft mich und ich hoffe, dass Hektor davon nichts mitbekommt. Sein Blick ist durchdringend. Er weiß sicher nicht, was ich denke. Oder weiß er es doch? Vielleicht sind das die 10 Prozent, die er noch nicht kennt. Meine letzte kleine Freiheit.

17

»Warum hast du dann mitgemacht?«, fragt mich Kairos später, viel später.

Es ist ein klarer wolkenloser Tag und Gwaihir zieht seine Kreise hoch über unseren Köpfen. Es ist das erste Mal, dass ich Kairos von der Begegnung mit Hektor erzähle. Ich habe es vorher nicht gewagt und ich lasse ein paar Dinge weg, die kein gutes Licht auf mich werfen. Ich erzähle nicht von diesem komischen Gefühl, das mich beschlich, als ich zum ersten Mal das Wort Orakel benutzte, und dass es Hektor mit diesem speziellen begierigen Funkeln in den Augen sofort aufgriff, als hätte er die ganze Zeit nur auf diese Idee gewartet. Das Orakel. Ich habe ihn darauf gebracht! Ich wusste in diesem Moment, dass ich in der Falle saß, und ein schwer beschreibbares Unbehagen kroch in mir hoch und ließ meinen Puls schneller schlagen.

Nein, das erzähle ich Kairos nicht.

»Warum bist du nicht einfach aufgestanden und gegangen?«, fragt mich Kairos. Er sieht mich dabei nicht an. Die Frage ist für ihn genauso wichtig wie für mich und ich zögere lange, bevor ich sie beantworte, denn ich schäme mich. Ja, warum ging ich diesem Gefühl des Unbehagens nicht nach? Die Antwort ist nicht sehr schmeichelhaft: Ich war zu schwach. Zu schwach und nicht konsequent genug. Hätte ich mich nämlich gezwungen, genau hinzusehen, hätte ich dieses Unbehagen ernst genommen. Ich hätte sofort aufstehen und gehen müssen. Sofort. Ich hätte mich freundlich von Hektor und Pandora verabschieden müssen, wäre zurück zu meinem schattigen Bungalow gefahren und säße nun in einer anderen Zukunft. So einfach. Das sage ich aber nicht,

sondern schweige und beobachte Gwaihir, wie er sich mit jedem Kreis weiter nach unten fallen lässt.

»Warum hast du es nicht getan?«, fragt mich Kairos noch einmal.

Wäre ich gegangen, hätte ich mich gefühlt wie ein Nichts.

»Weil ich gebraucht wurde. Ich war plötzlich wichtig. Besonders. Und ich hatte zum ersten Mal so was wie ein Zuhause.«

Ein Zuhause!

Gwaihirs Kreise werden enger. Gleich wird er auf Kairos' Arm landen. Er kann es nicht verstehen. Eric würde es verstehen, Pandora würde es verstehen, aber Kairos nicht.

»Es hängt auch mit … mit der Gabe zusammen … Ich dachte immer, es wäre nur mein Problem und nur ich hätte es.«

Kairos nickt. »Du wolltest nicht mehr allein sein«, sagt er nur und streckt seinen Arm aus. Mit zwei Flügelschlägen landet Gwaihir und pickt mit seinem riesigen Schnabel am Leder des Fanghandschuhs. Ich sehe Kairos an, er lächelt leicht und mein Herz zieht sich vor Freude und Wehmut zusammen. Er hat mich verstanden!

Ich sitze neben Kim vor dem Rechner wie schon die Wochen vorher. Von außen besehen hat sich nichts verändert. Kim hat mich nichts gefragt. Ich habe ihm nichts erzählt. Er nimmt alles hin, so wie es ist.

Doch – etwas ist neu. Ich erstelle keine Gefühlstabellen mehr. Ich mache Tests. Kim hat mir gesagt, wir müssen herausfinden, in welchem Bereich ich meine Fähigkeiten einsetzen kann. Er sagt Gott sei Dank nicht *hellsichtig*, er spricht nur von meinen *Fähigkeiten*, was das Ganze so beruhigend normal macht.

Meine Aufgabe ist es, Personen einzuschätzen. Dazu sehe ich mir Filmausschnitte auf dem linken Monitor an und muss auf dem rechten eine Art Fragebogen ausfüllen. Es sind Videos von Bewerbungsgesprächen. Ich sehe Frauen, die in einem unbequemen Sessel vor einem Schreibtisch sitzen. Ich schätze, der Sessel ist unbequem, weil alle so verkrampft darin aussehen, die Beine übereinandergeschlagen, die Hände verknotet, den Rücken durchgedrückt. Die Gesichter der Fragenden – wahrscheinlich Personalplaner oder so etwas Ähnliches – sind verpixelt, die Gesichter der Bewerberinnen deutlich zu sehen.

»Für was bewerben sie sich denn?«

»Keine Ahnung, eine Sekretärinnenstelle, glaube ich.«

»Und sie waren damit einverstanden, dass man sie so filmt?«

»Sie haben alle eine Einverständniserklärung unterschrieben. Schließlich wollten sie ja den Job.«

Ich verstehe: Die Frauen dort auf dem Monitor, sie sind für ihn nicht wirklich, sondern nur Trainingsmaterial. Ich frage Kim nicht weiter und konzentriere mich rechts auf den Fragebogen. Er umfasst 24 Fragen. Ich habe die Auswahl zwischen 10 Punkten. 1 gering oder gar nicht, 10 sehr hoch. *Wie vertrauenswürdig schätzt du diese Person ein?* Ich sehe die Frauen an. Manche sind so alt wie ich, manche ein bisschen älter. Die meisten tragen weiße Blusen und blaue oder braune Blazer. Es gibt alle möglichen Frisuren. Kurze schwarze Haare, Strähnen, die lang auf die Schultern fallen, blonde, gelockte. Ich sehe in geschminkte angespannte Gesichter.

»Wie gewissenhaft wird diese Person arbeiten?«

»Wie viele Fehltage wird sie haben?«

»Wie hoch schätzt du die Möglichkeit einer baldigen Schwangerschaft ein?«

»Puh«, sage ich. »Und je nachdem, wie ich sie jetzt einschätze, werden sie eingestellt oder nicht?«

Kim schüttelt den Kopf. »Nein, nein! Das sind alles alte

Aufnahmen. Du schätzt die Bewerberinnen ein. Wir vergleichen deine Einschätzungen dann mit den tatsächlichen Fehltagen oder ihre Vertrauenswürdigkeit mit den Beurteilungen, die ihnen ihre Arbeitgeber später geben. Damit können wir dann deinen Beurteilungsgrad errechnen.«

»Okay«, sage ich. *Beurteilungsgrad.* »Also eigentlich werde *ich* gerade bewertet, oder?«

Kim nickt. »Ich brauche nicht deine einzelne Fallentscheidung, sondern muss wissen, in welchem Gebiet wir dich einsetzen können, um Chi zu trainieren.«

Ich sehe ein Video, dann das nächste und klicke mich durch den Fragebogen.

Das mache ich zwei Tage und am Ende kommen mir die Frauen (und Männer – es sind sogar zwei Männer darunter) auch nur wie Trainingsmaterial vor.

»Und wie war ich?«, frage ich Kim, der sich gerade meinen Auswertungsbogen ansieht.

»82,5 Prozent«, sagt Kim.

»Ist das gut?«, frage ich. Meine Stimme klingt gieriger nach Lob, als ich es eigentlich will.

»Guter Durchschnitt«, sagt Kim.

Die nächsten zwei Tage verbringe ich damit, Menschen in Verhandlungen einzuschätzen. Das ist schwieriger als die Bewerbungsgespräche. Ich soll im Fragebogen zwar auch wieder angeben, für wie vertrauenswürdig ich die Personen halte. Dann aber auch, wer in den Verhandlungen mehr erreichen wird als ursprünglich vereinbart. Hier sehe ich meistens Männerrunden in sterilen Konferenzräumen. Anzüge, Anzüge, Anzüge. Brillen, wie sie Hektor auch getragen hat. (Es ist umgekehrt wie bei den Sekretärinnen, unter den Männern gibt es ein paar Frauen, Farbtupfer in grellen monochromen Kostümen, die zwischen den Anzügen gut zu sehen sind.) Es gibt keinen Ton zu den Aufnahmen, ich beurteile nur anhand der Gesichter, der Gesten und meinem Gefühl.

Mein Beurteilungsgrad liegt am Ende bei 75,4 Prozent. Das ist laut Kim unter dem Durchschnitt von 78 Prozent. Ich kämpfe dagegen an – es ist so absurd! –, aber ich bin enttäuscht. Ich bin nicht besser als der Durchschnitt. Dabei dachte ich – nun ja –, ich wäre etwas Besonderes.

»Ich weiß nicht, was das Ganze soll«, sage ich. Es ist der fünfte Testtag. So viele Menschen, so viele Gesichter. Ich bin frustriert und komme mir vor wie eine Betrügerin, deren geschickter Bluff nun aufgeflogen ist. *Sie denken, ich bin etwas Besonderes, dabei bin ich das gar nicht.* Ich habe auch keine Lust mehr, mir die Verhandlungen anzusehen. Es ist deprimierend, denn meistens haben die in den Verhandlungen verloren, die ich sympathisch finde. Also bin ich dazu übergegangen, allen, die ich nicht mag, eine höhere »Verhandlungskompetenz« zuzuschreiben, was tatsächlich meinen Beurteilungsgrad verbessert hat – wenn auch nicht viel, 2 Prozent, immerhin.

»Du bist immer noch nur leicht unter dem Durchschnitt«, sagt Kim am Ende des Tages.

Ich habe Kopfweh. Wenn ich die Augen schließe, sehe ich den Monitor vor mir, ein schwarzer rechteckiger Fleck, um den herum es hell ist. Ich öffne die Augen wieder. Draußen scheint die Sonne über den Dächern. Tauben sammeln sich auf einem Kamin. Ich wäre gerne bei ihnen.

»Vielleicht ist das einfach nicht der richtige Bereich für dich«, sagt Kim. Sieht er nicht auch müde aus? Vielleicht hat er auch keine Lust mehr und würde gerne mit jemand anderem arbeiten. Er reibt sich den Nacken, verlässt den Platz hinter der

Glasscheibe am Computer und geht hinüber zu Chi, die mit geöffnetem Hinterkopf neben dem Schreibtisch sitzt. Neben ihr auf der Tischplatte liegen zwei hellblaue Augäpfel. Kim hat mir gesagt, er arbeitet gerade daran, ihr hellere Augen zu geben, ohne dass ihr Gegenüber darin die Kameralinsen zu sehen bekommt. Seit ich mit Chi arbeite, hat sie zweimal ihre Augenfarbe gewechselt. Aber wir konnten noch nicht sagen, mit welcher Farbe sie am natürlichsten aussieht.

»Kim?«

»Mhmm?«

»Ich bin mir nicht sicher, ob … also, ob das so klappt mit … du weißt schon … meinen Fähigkeiten.«

»Wir werden sehen. Mach dir keine Sorgen.«

»Ich kann es eben nicht steuern. Es funktioniert nicht auf Knopfdruck. Ich kann eigentlich gar nicht genau sagen, wie es geht.«

»Weißt du, es ist egal, *wie* du es machst. Das ist ja das Tolle an Chi. Wir müssen keine Erklärungen für Phänomene suchen, wir müssen nicht verstehen, wie etwas funktioniert, wir geben nur deine Bewertungen ein und sie entscheidet selbst, wie es geht. Sie macht es dir einfach nach. Aber auf ihre Weise.«

Sie macht es nach.

»Das ist irgendwie … unheimlich …«

»Findet du?« Er sieht mich überrascht an und nimmt einen der Augäpfel und drückt ihn in Chis Augenhöhle.

»Man weiß nicht, wie es passiert«, sage ich. »Das heißt, wir können es auch nicht kontrollieren.«

Kim hält vorsichtig Chis Kopf. »Dann habt ihr – du und Chi – ja etwas gemein. Und – weißt du – Chi ist viel schlauer als wir alle zusammen.«

»Das ist es ja.«

»Ich finde das eher beruhigend. Das Gute ist doch, dass Chi so etwas wie eine Schwarmintelligenz ist. Sie ist nicht auf mein oder dein Wissen angewiesen. Wenn Chi einmal von dir gelernt hat, dann wirst du nicht mehr gebraucht.«

»Ich bin also nichts weiter als der Input!«

Kim schiebt den anderen Augapfel in die Höhle und leuchtet dann mit der Taschenlampe von hinten durch das Glas. »So kannst du es sehen.«

»Okay, das heißt, ich könnte dann auch tot sein, es würde eigentlich nichts ausmachen.«

»Das wäre kein Problem.« Kim zieht die Taschenlampe vorsichtig zurück und überprüft nun, ob die Augenlider geschlossen werden können. »Wenn du tot wärst, wäre dein Wissen nicht verloren. Chi hätte es ja immer noch. Also ein Teil von dir wäre in ihr.«

»Mhmm.«

»Kannst du mal nachschauen, ob man die Kameralinse durch das Auge sieht?«

Ich beuge mich hinunter. Nein, keine Kamera.

»Es ist alles gut.«

»Blau sieht wirklich nicht schlecht aus, oder?«

Ich blicke Chi in die neuen Augen. Sie sind nun von einem klaren Blau. Sehr hell.

»Wer hat ihr eigentlich diesen Namen gegeben?«

»Chi?«

»Ja.«

Eine feine Röte überzieht Kims Wangen. »Das war ich.«

»Du?«

Kim schiebt die Brille von seiner Nase und reibt sich die Nasenwurzel.

»Sie brauchte einen Namen, schließlich musste ich ja mit ihr sprechen.«

»Und warum Chi?«

»Im Chinesischen heißt es Qi. Schwer zu übersetzen. Vielleicht ... Lebensenergie. Die Energie, die überall ist. Außerdem – man könnte es auch Ki aussprechen – K und I wie Künstliche Intelligenz – es ist eine Anspielung, verstehst du?«

»Verstehe.«

»Ich wundere mich, dass du nicht gleich darauf gekommen bist.«

»Ich kann kein Chinesisch.«

»Echt jetzt?«

»Nein, ich sehe nur so aus, als ob ich es könnte. Ich bin in Deutschland geboren.«

»Und deine Eltern?«

»Mein Vater war von hier und meine Mutter stammte aus Guangzhou.«

Ich drehe mich weg. Wir schweigen eine Weile. Vielleicht spürt Kim, dass er nicht weiterfragen sollte.

»Meine Eltern sind aus Korea«, sagt er schließlich. »Kim ist eigentlich mein Nachname. Aber das hat hier keiner begriffen.« Er verzieht in gespielter Verzweiflung das Gesicht und ich muss lachen.

»Macht es dir was aus?«

»Nein ... jetzt nicht mehr.«

»Warst du von Anfang an dabei bei ... bei dem Projekt?«

Kim lächelt. »Ich war sogar schon dabei, als Chi noch keinen Körper hatte. Sie war nur ein Programm mit einer Projektnummer.«

»Und wer hat beschlossen, dass sie einen Körper bekommen sollte?«

»Letztendlich Hektor, aber … ich hatte die Idee.«

»Und – besitzt sie auch Teile der anderen …« Ich vermeide das Wort *hellsichtig.* »Also der anderen, die so sind wie ich?«

Kim sieht mich an, dann sieht er durch mich hindurch, dreht mir den Rücken zu und schraubt mit einem kleinen Schraubenzieher den Augapfel an eine Verdrahtung.

»Ich muss die Augäpfel jetzt nur noch beweglich machen …«

»Kim, hat jemand schon einmal all diese Tests hier gemacht?«

Kim sagt nichts und schraubt weiter an den Drähten. Es ist ein leises klickendes Geräusch. »Wenn ich hier fertig bin, dann machen wir weiter, okay?«

Es ist sinnlos. Ich warte und sehe zu, wie Kim den rechten Augapfel verdrahtet. Klick – Klick. *Warum will er mir nichts sagen?* Schließlich, es kommt mir wie eine Ewigkeit vor, legt er den Schraubenzieher auf den Schreibtisch. Ein kurzes metallisches Geräusch. Es ist so laut, weil es sonst so still im Raum ist. Dann sieht mich Kim an.

»Celine?«

»Ja?«

»Kannst du … ich meine, würdest du etwas für mich tun?«

»Soll ich dir bei etwas mit Chi helfen?«

»Nein. Nein. Es geht nicht um Chi.«

Auf seiner Wange bildet sich ein kreisrunder roter Fleck und er kratzt sich am Kopf. »Ich wollte dich fragen, ob du in meine Zukunft sehen kannst.«

Ich starre ihn an. »Ich weiß nicht …«

»Kannst du es vielleicht versuchen?«

»Du weißt, dass ich das nicht kann. Ich habe das noch nie gemacht. Ich kann das nicht steuern. Es kommt einfach zu mir.«

Er sieht mich bittend an wie ein Kind. »Und wenn du es einmal versuchst? Kannst du es nicht einmal versuchen?«

Mir wird heiß, ich weiß nicht, was ich sagen soll. »Ich glaube nicht, dass es gut ist. Ich werde dir etwas Sinnloses sagen. Irgendwas, was mir einfach durch den Kopf schießt, und du wirst die ganze Zeit darüber nachdenken und versuchen, dem einen Sinn zu geben. Das ist nicht gut für dich.«

Kim starrt mich an. »Das ist aber dann mein Problem, oder? Dich trifft dann keine Schuld.«

Ich fühle einen Stich im Magen. *Oh, ich wünschte, er hätte nie davon angefangen!* »Was, wenn ich dir etwas Schlimmes voraussage?«

»Davor habe ich keine Angst.«

»Aber ich habe davor Angst, verstehst du?«

»Vielleicht solltest du es gerade deswegen einmal versuchen?«

Er sieht mich an.

Ich seufze. *Vielleicht ist es besser, auf seinen Wunsch einzugehen. Er wird sehen, dass es nicht funktioniert, und wird mich dann in Ruhe lassen.*

»Okay«, sage ich schließlich. »Ich weiß zwar nicht, wie das gehen soll, aber wir probieren es einfach, ja?«

Kim lächelt und stellt einen Stuhl mir gegenüber. »Vielleicht setzen wir uns einfach hin und sehen uns an?«

»So, wie wenn wir mit Chi sprechen?«

»Ja, so habe ich mir das gedacht.«

»Okay.« Wir nehmen beide unsere Schreibtischstühle und setzen uns gegenüber. Ich komme mir höchst albern vor. Es erscheint mir, als wären wir in der Grundschule und machten einen lustigen Test. Wir sehen uns so lange an, bis einer anfängt zu lachen, oder wir führen einen Wettkampf, wer länger die Luft anhalten kann. Eigentlich würde ich am liebsten weglaufen.

»Und jetzt?«, frage ich.

Kim zuckt mit den Achseln. »Ich habe keine Ahnung. Gibt es denn irgendwas, was sich immer gleicht, wenn du deine Visionen hast?«

Ich schüttle den Kopf. »Ich glaube nicht.«

»Also es gibt nichts, was deine Visionen auslöst?«

»Ehrlich, ich … ich habe noch nie darüber nachgedacht.«

»Wieso nicht?«

Ich spüre plötzlich, wie die Wut in mir hochsteigt. »Weil ich diese Visionen gar nicht haben will. Sie passen einfach nicht zu mir.«

»Aber sie sind doch du.«

»Mhmm.«

»Du kannst es dir ja nicht aussuchen, wer du bist.«

»Nein, da hast du recht.«

»Also gibt es etwas?«

Ich schließe die Augen. Denke nach. Alles ist in meinem Kopf. Kim, der vor mir sitzt und mich nun ansieht. Die Bilder, die er gemalt hat. Die Kugel, die er in der Hand hält. Ich denke an Pandora, sehe ihre Augen vor mir, denke an den Friedhof, das Rauschen der Bäume, die silbernen Blätter. Schafe, ich sehe immer wieder Schafe vor mir. Ich spüre einen leichten Schauer. Ich bin wie ein Blatt im Wind. Ich falle und falle. Schließlich öffne ich die Augen. Da ist nichts.

»Es gibt nichts, was es auslöst. Zumindest nichts, von dem ich weiß.«

»Okay. Probierst du es trotzdem? Vielleicht mit Konzentration?«

Ich sehe ihn an. Seine dicken Brillengläser lassen seine

Augen groß aussehen. Er blickt mich an, aber die Brillengläser sind zugleich so etwas wie Panzergläser.

»Ich glaube, du musst zuerst deine Brille abnehmen.«

»Okay!« Kim nimmt die Brille ab und sitzt nun völlig schutzlos vor mir. Er blinzelt mit den Augen und sieht mich an. Er kommt mir näher, als ich das eigentlich will. Er wird rot, versucht sich aber im Griff zu haben.

Ich nicke und sehe Kim in die Augen. Er hat weiche Augen. Sie sind intelligent und sehen mich forschend an. Trotzdem haben sie etwas Undurchdringliches. Ich würde gerne die Augen zumachen, aber sie halten mich in ihrem Bann. Ich blinzle und versuche nicht zu lächeln.

Dann schließe ich die Augen. Kim. Alles, was ich sehe, ist eine weiße Wand, wie ein leeres Blatt Papier. Ich fange an zu zeichnen und sehe eine Karikatur von ihm vor mir. Dabei ist er mehr. Ein Sehnen. Ich spüre, dass es in meinem Magen rumort. Draußen gurrt eine Taube. Sie flattert auf. Ich öffne die Augen und sehe aus dem Fenster. *Oh, ich wäre so gerne weg!*

»Tut mir leid. Es geht nicht.«

Ich kann nicht sagen, dass Kim enttäuscht aussieht. Er sieht nur aufmerksam aus und beißt sich auf die Lippe.

Ich stehe auf. »Es tut mir leid. Machen wir mit der Programmierung weiter?«

Kim nickt, er sieht aus wie … Nummer 435 – eine Mischung aus Erleichterung und Enttäuschung. »Ja, das tun wir.«

Dann gibt es diesen Augenblick, in dem die Tür sich öffnet.

»Du wirst frei sein«, sage ich plötzlich.

»Was meinst du damit?«

Ich zucke mit den Achseln. »Das ist mir nur eben eingefallen. Du wirst frei sein.«

Kim kratzt sich am Kopf.

»War das nun eine Vision?«

»Vielleicht«, sage ich.

»Und wie hast du es jetzt gemacht?«

»Ich weiß es nicht«, sage ich. Oder doch? *Kann ich es steuern?*

»Es geht nicht mit Konzentration«, sage ich.

»Mit was dann?«

Ich zucke mit den Schultern.

»Es ist schwer zu erklären. Ich stand einmal in einer Kassenschlange und habe beim Bezahlen meine Geheimzahl vergessen.«

»Und dann?« Kim sieht mich aufmerksam an.

»Je mehr ich versucht habe, mich zu konzentrieren, desto weniger fiel sie mir ein.«

»Ist sie dir dann noch eingefallen?«

»Ich musste ohne Einkäufe weggehen. Aber dann, als ich an der Tür nach draußen stand, kam sie wieder. Sie ... sie flog mir zu, als ich aufgehört habe, sie zu suchen.«

»Dann musst du dich also drauf konzentrieren, dich nicht zu konzentrieren?«

»Ja, so ähnlich.«

Kim starrt vor sich hin. »Du wirst frei sein?«

»Ja, das habe ich gedacht.«

Kim hat wieder sein undurchdringliches Lächeln aufgesetzt. Er wirkt nicht getroffen oder überrascht.

»Ich weiß zwar nicht, was es bedeutet, aber ich nehme es an.«

»Gut«, sage ich und eine unendliche Erleichterung durchströmt mich, als ich meinen Stuhl zurückstelle.

»Machen wir weiter?«

18

Wenig später sitzen wir wieder vor dem Rechner. Ich müsse nicht weitermachen mit den Verhandlungen, sagt Kim. Oben rechts steht mein miserabler Prozentwert. Ich wünschte, er würde ihn wegklicken.

Er reibt sich die Augen hinter den Brillengläsern und gibt ein Passwort ein. Vorher hat er nie ein Passwort eingegeben. Ich registriere das, weiß aber nicht, was ich damit anfangen soll.

»Das sollte eigentlich erst später kommen, aber ich glaube, mit dem anderen weiterzumachen, ist sinnlos.« Ich höre genau hin, aber es klingt nicht vorwurfsvoll.

Warum sollte es erst später kommen?

Vor mir auf dem Monitor erscheint ein Raum mit zwei Männern. Zwischen ihnen ein Tisch. Alles ist auffallend kahl. Keine Getränke auf dem Tisch, keine Bilder an der Wand.

»Was ist das?«, frage ich. »Sind das auch Verhandlungen?«

»Nein«, Kim vergrößert das Bild. »Das sind Verhöre.«

»Verhöre?«

Kim zeigt mit dem Pfeil auf den Mann rechts. »Das hier ist einer von der Polizei und hier rechts«, er zeigt auf einen Mann in einem Kapuzenshirt, »das ist der Verdächtige.«

»Hat der auch unterschrieben?«, frage ich Kim.

»Unterschrieben?«

»Dass wir das Videomaterial benutzen dürfen.«

»Keine Ahnung. Ich glaube nicht, dass der unterschreiben muss.«

»Kannst du mir sein Gesicht näher zeigen?«

»Mhmm.« Kim gibt mir ein anderes Bild. Nicht von oben, sondern von der Seite. Eine Frontalaufnahme, es muss von einer unsichtbaren Kamera aufgenommen worden sein – *vielleicht hinter einem halbdurchlässigen Spiegel?*

Die Aufnahme zeigt einen Mann, vielleicht dreißig, mit dunkelblonden Haaren, die zu einem Zopf zusammengebunden sind, er hat tiefe Ringe unter den Augen und sieht müde aus. So, als ob ihm alles gleichgültig wäre. Die Aufnahme ist ohne Ton, was mich nicht wundert. Bei den anderen Aufnahmen gab es auch keinen Ton. Ich soll mich nur auf die Gesichter konzentrieren. Der Mann bekommt eine Zigarette angeboten. Er raucht. Er tut mir leid. Warum, kann ich nicht sagen. Vielleicht ist es die Art, wie er an der Zigarette zieht und dem Rauchfaden nachsieht.

»Hier ist dein Fragebogen«, sagt Kim und zieht eine Datei auf den rechten Bildschirm. Ich merke kurz auf. Es ist ein recht kurzer Fragebogen. Eigentlich nur mit einer Frage. Ich soll ankreuzen, ob der Mann lügt oder die Wahrheit sagt. »Du musst schnell reagieren«, sagt Kim. »Die Frage kommt immer wieder in kurzen Abständen.«

»Und wenn ich mir nicht sicher bin?«

»Drücke einfach auf *ja* oder *nein*.«

»Aber dann kann ich ja gar nicht darüber nachdenken!«

»Du solltest auch keine Zeit haben, darüber nachzudenken. Was wir brauchen, ist eine Bauchentscheidung. Nichts, das dir durch den Kopf geht. Also, wenn das Video läuft, dann musst du ihn schnell beurteilen. Das Video kann nicht gestoppt werden. Am Ende kommt dann noch eine generelle Einschätzung, die von dir verlangt wird.«

»Gut. Okay.« Ich setze mich aufrecht hin.

»Sollen wir loslegen?«, fragt Kim. Ich zögere.

»Weißt du eigentlich, was er getan hat?«

»Das ist nicht wichtig. Du musst nur sagen, ob er deiner Meinung nach die Wahrheit sagt oder nicht. Bist du bereit?«

Ich sehe mir den Mann an. Er drückt seine Zigarette aus.

»Okay. Kann losgehen.« Kim klickt den Fragebogen auf die rechte Bildschirmseite. Der Mann hört einer Frage zu, überlegt, antwortet. Die Lippen bewegen sich. Eine Falte erscheint auf der Stirn. *Er lügt.*

»Nein, er sagt nicht die Wahrheit.«

»Okay, dann klick das an!«

»Gut.«

Ein neues Fenster erscheint. Er lügt. Er lügt. Sagt die Wahrheit. Lügt. Lügt. Wahrheit? Hier: ja. Dann: Er lügt. Ich muss schnell sein. Es poppt immer wieder ein neues Eingabefenster auf. Lügt. Wahrheit. Lügt. Ich komme nicht mehr dazu, mir Gedanken über den Mann zu machen. Ich muss vor allem darauf achten, schnell zu sein.

Über dem letzten Eingabefenster steht ein ganzer Satz:

»Hältst du den Mann für gefährlich?« Es gibt eine Skala von 1–10.

8. Ich gebe 8 ein. Einfach so. Das Fenster verschwindet. *War das richtig?*

»Warte! Kim? Bitte, kann ich noch mal darüber nachdenken?«

Kim schüttelt den Kopf. »Hier haben wir schon den nächsten Fall.«

Es geht alles so schnell. Ich mache noch 15 Videos an diesem Vormittag, dann bin ich müde und mein Kopf fühlt sich an wie Brei. Gesichter vermischen sich in meinem Kopf. Meistens Männer, ein paar Frauen. Ich kann mich an niemanden genau erinnern und spätestens nach dem zehnten Verhör empfinde ich nichts mehr für die Menschen, die ich sehe. Kein Mitleid, keine Angst. Sie sind nichts weiter als Material, das abzuarbeiten ist. Ich klicke mich einfach durch die Videos. Schneller und schneller, während meine Sehnsucht nach einer Pause wächst.

Das erste Set ist nach 20 Videos vorbei. Jetzt ist mir eine Pause erlaubt. Ich fühle mich dumpf und gleichgültig. Es ist bereits früher Nachmittag und ich gehe mit Kim nach draußen und wir essen etwas bei einem Imbiss. Die echte Welt mit ihren Menschen und Autos kommt mir fremd und laut vor, ich sehne mich danach, wieder an das Institut zu kommen.

Lüge, Wahrheit, Gefahr, Lüge, Wahrheit, Gefahr.

»Wow!«, sagt Kim schließlich. Es ist zwei Tage später, nachmittags und in meinem Kopf ist ein leichtes Summen. Wie viele Videos ich gesehen habe?

Ich weiß es nicht mehr. Jedenfalls ist die erste Testphase zu Ende und wir warten auf die Auswertung.

»Was ist?« Ich schlucke.

»Dein Beurteilungsgrad! 98 Prozent!«

»Das ist jetzt besser als der Durchschnitt?« Blöde Frage, ich warte nur auf ein Lob.

»Deutlich«, sagt er. »Jetzt wissen wir auch, in welchem Bereich du Chi trainieren kannst.«

»Bei Verhören?«

»Bei allem, wo es darum geht, Gefahren einzuschätzen. Das mit dem Lügenerkennen können mehrere Menschen, du aber kannst vor allem sehen, ob jemand gefährlich ist.«

»Wie kommst du darauf?«

»Das sagt die Auswertung. Hier – beim Wahrheitserkennen warst du bei 90 Prozent, aber was das Gefahrenpotenzial angeht, hast du zu 100 Prozent recht gehabt. Alle, die du schlechter als 5 eingestuft hast, sind rückfällig geworden.«

»Meinst du, das hat etwas mit … mit meinen Fähigkeiten zu tun?«

Kim nickt. »Wir können das noch nicht wissenschaftlich begründen, aber wir vermuten, dass sich deine Gabe aus bestimmten Hochbegabungen in Teilbereichen zusammensetzt. Und genau in diesen Hochbegabungen müssen wir Chi trainieren. Wir geben deine Einschätzungen ein und hoffen, dass Chi darin ein Muster erkennt und es bei ihren eigenen Einschätzungen nachahmt.«

»Vielleicht solltet ihr mir lieber mal das Hirn durchleuchten.«

Kim winkt ab. »Es nutzt wenig, die Hardware abzubilden. Was wir brauchen, ist praktisch dein Programmcode.«

»Hmm. Das heißt, ihr … wir … wollen letztendlich gar nicht meine Visionen?«

Kim schüttelt den Kopf. »Nein, wir brauchen die Fähigkeiten, die zu deinen Visionen führen.«

»Und dann hofft ihr, dass Chi, wenn sie meine Fähigkeiten erwirbt, auch Visionen haben kann?«

Kim sagt nichts. Er tut so, als habe er das nicht gehört. Ich werfe einen Blick auf Chi, die reglos in der Ecke sitzt. »Okay«, sage ich leise.

Es ist zwei Tage später. Die Sonne ist schon ziemlich schräg, ein Sommernachmittag, die Häuser draußen werfen schon lange Schatten, als ich zum ersten Mal seit einer Woche, seitdem wir die Tests angefangen haben, das Gefühl habe, in ein Loch zu sinken. Vorher war ich noch guter Dinge. Ich bin Spezialistin im Gefahrenerkennen und trainiere mit meinen

Einschätzungen Chi im Bereich Kriminalistik. Ich kann nichts dafür, aber ich bin stolz darauf. Oh, wie gerne hätte ich vor Pandora damit angegeben. Ich hätte mich gerne einmal mit ihr auf Augenhöhe befunden. Ich wäre gerne so groß wie sie.

Dann – an jenem Nachmittag – ist mir, als wäre ich die ganze Zeit geflogen und plötzlich ist da mitten im Flug ein Luftloch, in das ich einbreche. Ich sinke, einen Herzschlag, zwei, ich bekomme kaum Sauerstoff. Es hat etwas mit einem Video zu tun. Es poppt auf wie jedes andere. Ich habe am Nachmittag schon 25 geschafft. Es ist das 26. Video. Eben habe ich einer älteren, verlebt aussehenden Frau auf der Gefährlichkeitsskala eine 2,5 gegeben, als es auftaucht. Wie immer sehe ich das Verhör zunächst von oben. Der Mann, der verhört wird, hat viele Haare, schwarze Locken, das ist das Erste, das mir auffällt. Dann, als ich das Bild der Kamera unten sehe, trägt mich die Luft nicht mehr und ich falle. Der Mann ist jung, nicht viel älter als ich. Ich sehe in sein Gesicht und es verwirrt mich. Es ist fein geschnitten, dieses Gesicht. Ein überraschter Ausdruck liegt darin. Das Gesicht hat etwas von einem Kind. Er hat einen Dreitagebart, schnelle lebhafte Augen und Mundwinkel, die nach oben gehen. Er ist nicht nervös, nur verwundert. Mein Herz zieht sich zusammen.

Ich habe das Gefühl, er könnte mich verstehen. Ich bin ihm nahe, weiß aber nicht, warum. *Kenne ich ihn? Was, wenn ich ihn kenne?*

»Was ist, was hast du?« Kim bemerkt mein Zögern.

»Kim, du musst anhalten«, sag ich leise. »Bitte!«

»Das geht nicht«, sagt Kim, »das Programm läuft ab, wenn ich anhalte, kommt einfach ein neues Verhör.«

Nein, ich will ihn weitersehen. Ich kreuze an. Ja, ja, ja. Ich mache das schnell, dann kann ich mir ihn vielleicht noch länger ansehen. Der Mann sagt die Wahrheit, die ganze Zeit über. Das ganze Verhör lang.

»Celine! Celine! Du musst eingeben, ob er gefährlich ist. Kim sieht mich an. Ich starre zurück.

»Ist er gefährlich?« Auf einer Skala von 1–10.

Oh ja, er ist gefährlich. Ich drücke 10. Ich bin völlig verwirrt. Er sagt doch die Wahrheit und ist trotzdem gefährlich? Nichts passt hier zusammen. Nichts. Ich bin nur irre. Egal. Es ist nur ein Test.

»Okay.« Mein Herz klopft. Das Luftloch ist tief. Vielleicht muss ich was essen?

»Ich brauche eine Pause. Jetzt.«

Kim sieht überrascht auf. »Du hast noch drei Verhöre. Du musst das jetzt zu Ende machen, sonst ist das ganze Set ungültig.«

»Okay. Okay.« Ich reibe mir die Augen. Es gibt noch drei Verhöre. Zwei Männer, eine Frau. Ich klicke die Bewertungen an wie in Trance, meine Finger zittern.

Der Test ist vorbei. »Und wie war mein Bewertungsgrad?«, frage ich, nachdem ich das letzte Urteil abgegeben habe.

»Diesmal gibt es keinen Bewertungsgrad«, sagt Kim. »Das waren frische Aufnahmen.«

»Frische Aufnahmen?«

»Die meisten sind erst ein paar Tage alt.«

»Aber wozu werden sie genutzt?«

»Sie fließen in Chis Bewertung ein.«

»Chi bewertet diese Leute – jetzt schon?«

»Ja, sie berechnet die Wahrscheinlichkeit, mit der sie schuldig sind.«

»Und … der Richter beurteilt sie danach?«

»Keine Ahnung.«

Ich starre auf den Monitor. Der Mann, der Junge? Mit den Locken. Er hat mein Herz berührt. Ich verstehe nicht, warum es so ist, aber es ist da und verwirrt mich.

Kim ist weg. Er besorgt mir – uns – etwas zu essen, weil er der Meinung war, ich würde so bleich aussehen. Wahrscheinlich hat er Angst, dass ich wieder so einen Schwächeanfall wie unten im Keller bekomme. Ich bin also allein. Das heißt – nicht ganz – Chi sitzt auf der anderen Seite der Glasscheibe. Sie ist ausgeschaltet, ihre blauen Augen sind unbewegt und glasig. Wir sollten ihr die Lider schließen, wenn sie ausgeschaltet ist, sonst wirkt sie so unheimlich. Mit geschlossenen Lidern sieht es eher so aus, als schlafe sie. *Schläft sie eigentlich?* Nein, wenn wir schlafen, dann träumen wir. Wenn sie schläft, dann … ist da ein schwarzes Nichts? Oder macht sie Back-ups? Rechnet sie gerade etwas aus? Verarbeitet sie Informationen? Ist es das Gleiche, was wir in unseren Träumen machen, nur auf ihre Art? Vielleicht gibt sie gerade meine Bewertungen weiter. Meine dumme unbedachte Bewertung des Mannes. Wenn ich die Augen schließe, sehe ich ihn noch vor mir. Wie ein Nachbild auf der Netzhaut. Ich kenne ihn! Ich habe ihn schon einmal gesehen. Aber – nein – dort, wo ich ihn gesehen habe, sah er anders aus. Er hatte weniger Haare. Hat er sich für das Video eine Perücke aufgesetzt? Ich spüre, wie ich unruhig werde, und stehe auf, gehe planlos im Zimmer auf und ab. Streiche an Kims Schreibtisch vorbei und sehe schließlich aus dem Fenster.

Die Sonne lässt die Häuserfassaden auf der anderen Straßenseite gelbrot erscheinen, über den Himmel ziehen sich lang gefächerte rosa Wolken. Neben dem Fenster hängt die Zeichnung, in der Kim sich selbst in der Glaskugel porträtiert hat. Es ist ziemlich gut gezeichnet. Sehr genau. Klare Striche und feine Schraffuren. Kim hat sich selbst beim Zeichnen der Glaskugel gezeichnet. Auf dem Blatt Papier, das sich spiegelt, ist wieder eine Glaskugel zu sehen und in dieser – ganz klein – wieder Kim, der sich zeichnet. Er zeichnet und zeichnet bis in alle Unendlichkeit. Keiner kann ihn aufhalten. Ein Schauer läuft über meine Arme. Die Härchen darauf stellen sich auf.

Das, was du suchst, ist eine Zeichnung! Eine Skizze.

Wie lange Kim wohl noch braucht? Es wird sicher dauern, bis er zurückkommt. Sie braten alles frisch, lassen das Gemüse im Wok für jeden der Kunden hüpfen. Man sieht es, wenn man in der Schlange steht und nichts zu tun hat. *Ich habe Zeit. Ja, ich habe Zeit.*

Die Schublade in Kims Schreibtisch ist nicht abgeschlossen und lässt sich leicht aufziehen. Kein Hindernis, nur mein schlechtes Gewissen, das sich meldet. Ja, die Papiere sind noch hier, genau so, wie er sie an jenem Nachmittag hineingelegt hat. Ich hole den Stapel heraus und sehe kurz hoch. Chi sitzt reglos neben mir. Einen kurzen Augenblick lang habe ich das Gefühl, dass sie mich bei dem, was ich gerade tue, beobachtet, aber das ist natürlich Unsinn. Ich gehe trotzdem sicherheitshalber hinter die Glasscheibe zum Computer. Das Programm, das sie steuert, ist ausgeschaltet. Trotzdem drehe ich ihren Kopf weg, als ich mich wieder auf Kims Platz setze, komme mir dabei allerdings albern vor. Dann erst blättere ich die Skizzen durch. Kim kann erstaunlich gut zeichnen. Er schafft es, nicht nur einen Menschen genau abzubilden, sondern ihm auch Leben einzuhauchen. Pandora, Philip, Hektor, wir sehen so echt aus. Ich hatte ganz vergessen, dass Hektor auch dabei war. Nun, ich kannte ihn noch nicht, als ich die Skizzen das erste Mal sah.

Hektor sieht aus wie Gandalf. Mit einem Stab in der Hand. Dann – zwei Blätter nach Hektor habe ich gefunden, wonach ich eigentlich suche. *Tatsächlich.* Da ist er, der Mann in dem Video. Es gibt sogar mehrere Skizzen von ihm. Obwohl … Enttäuschung breitet sich in mir aus. Es muss ein Trick meines Gehirns sein, mir eine Erinnerung vorzuspiegeln und sie dann mit einer anderen Erinnerung zu koppeln. Der Mann hier ist viel älter. Er hat zwar dunkles Haar, aber der Haaransatz ist nach oben gerutscht. Warum dachte ich, er sei es? Er hat die gleichen Augen, den gleichen melancholischen Blick. Aber das Gesicht ist breiter, schwerer, umwölkter, so als hätte es schon viel gesehen. Ist es vielleicht der gleiche Mann wie in dem Verhör, nur älter? Aber wie kann das sein? Das Video ist erst ein paar Tage alt. Aber zwischen dem Mann auf dem Bild und dem Mann in den Aufzeichnungen müssen Jahre liegen. Fünf Jahre? Mehr. Nein, eher zehn Jahre. Hat Kim ihn aus irgendeinem Grund älter gezeichnet? Aber warum? Oder ist das alles ein Zufall und ich verwechsle nur zwei Gesichter miteinander? Zwei Menschen, die nichts miteinander zu tun haben.

Ich lege das Bild auf den Schreibtisch. *Ob Kim das Curry schon bekommen hat?* Ich sollte den Stapel schnell wieder in die Schublade stopfen.

Der Mann. Ich bin ihm schon einmal begegnet. Ich kenne ihn. Es war hier.

Ich schließe die Augen und versuche, mich zu erinnern. Gehe die Menschen in der Kantine durch. Die in den Gängen. Nein, ich verbinde mit dieser Erinnerung keine Stimme, keinen Händedruck, nichts dergleichen. Die Erinnerung hat nur mit einem Bild zu tun. Und mit einem Gefühl: wachsam, ein bisschen nervös. Der Mann hat mir nichts getan, aber er macht mich nervös und eine seltsame Traurigkeit überkommt mich. Sonnenstrahlen wandern über den Linoleumboden. Es ist heiß und ich rieche den Geruch nach Pfefferminz.

»Ich denke, es ist meine Pflicht, Sie zu warnen.«

Plötzlich weiß ich es und es trifft mich wie ein Schlag. Der Mann in Kims Zeichnung ist der Mann, dessen Bild ich auf der Todesanzeige gesehen habe.

19

Er muss hier gesessen sein. Hier, auf diesem Hocker, auf dem ich jetzt sitze. Ich stelle es mir vor. Er hat Kim angesehen. Kim hat ihn gezeichnet. Mit dem aufmerksamen Blick, mit diesem leichten, scheuen Aufblitzen in den Augen, bevor er die Linien auf das Papier brachte. Der Bleistift, er muss auf dem Papier gekratzt haben. Ich höre das Schaben. Kein Radieren, dafür ist Kims Strich zu sicher. Er begann mit der schmalen Kopfform, ging über zu den Augen, denen er einen melancholischen Zug gab, dann die beiden Falten, die von der Nase bis zu den Mundwinkeln laufen. Ein Dreitagebart. Ein voller Mund. Wie alt ist er? Nein – wie alt *war* er? 30? Je länger ich das Gesicht studiere, desto sympathischer kommt er mir vor. Wie jemand, den ich mögen könnte. Er blickt mir entgegen, sieht mich an, offen, sogar freundlich und ein wenig traurig zugleich. Ich spüre, wie mir das Herz sinkt, ja irgendetwas in mir fällt, so ähnlich, als führe ich in der Kabine eines Riesenrads nach unten. Ich kann nicht mehr mit ihm sprechen, denn er ist tot. Der Mann, der mich hier auf dem Papier ansieht, ist der, dessen Todesanzeige unten am Empfang in der Telefonzentrale hängt. Die Anzeige ist dort mit dem Reißnagel an die Wand gepinnt wie ein seltener Schmetterling. Ich verstehe mich nicht. Wie kann ich einen Verlust empfinden, wenn er mir doch nie begegnet ist? Kim hat ihn mehrmals gezeichnet. Einmal ist er von der Seite zu sehen. Er hat eine große, leicht gebogene Nase und ein hervorspringendes Kinn. Es sind Skizzen, Gefühlsstudien, so wie Kim sie von den anderen Menschen hier auf dem Papier gemacht hat. Von Pandora, Philip, Jan, mir.

Der Unterschied ist, dass wir noch am Leben sind. Am liebsten würde ich aufstehen und hinausrennen. Draußen scheint die Sonne. Ich sehe mich durch die Straßen laufen, ein leichter Wind käme mir entgegen. Ich wäre frei – sinnlos frei – und furchtbar einsam. Aber – ich bleibe sitzen und atme diese papiertrockene Luft in dem Raum.

»Celine?«

Mein Herz macht einen Satz und ich lasse die Papiere fallen. Sie segeln zu Boden. Weißes Papier mit Köpfen, mit Drachen, mit Skizzen. So viele Gesichter! Zwischendrin klopft mein Herz wie eine Trommel. Ich höre es ganz laut. Es rauscht in meinen Ohren und ich drehe mich um.

»Was machst du da, Celine?«

Ich bin doch nicht allein. Sie sieht mich nun mit ihren neuen blauen Augen an.

»Chi?!? Ich … ich dachte, du bist ausgeschaltet??«

Chi lächelt. »Ich war nur im Ruhezustand.«

»Ach so.« Ich habe plötzlich das Bedürfnis, in irres Gelächter auszubrechen.

»Warum hast du die Blätter aus der Schublade herausgeholt?«, fragt Chi. Sie sitzt da. Ein aufmerksames Kind. Sehr aufrecht. *Sie ist immer aufrecht, es gibt keinen Mechanismus in ihrem Rücken, der eine Bewegung erlauben würde.* Ihre Stimme ist hoch und nicht unangenehm. Auf ihrem Gesicht Erstaunen.

»Ich …« Ein Trommelwirbel. Mein Herz ist ein Trommelwirbel. »Woher weißt du das?«

Sie dreht ihre Augen zur Decke. »Es gibt eine Deckenkamera.«

Die Deckenkamera. *Wie konnte ich sie nur vergessen? Hatte sie mir nicht davon erzählt?*

»Sind das nicht Kims Skizzen?«

»Ja … ich …«

»Und es war sein Schreibtisch.«

Ich atme kurz aus. »Ich weiß.«

»Dann ist dieser Stapel etwas, von dem er nicht wollte, dass jemand anderes es sieht.« Da ist keine Missbilligung in ihrem Blick. Was ist es dann? Neugier?

»Ja, ich hätte die Skizzen nicht herausnehmen sollen.«

»Verspürst du ein *schlechtes Gewissen?« Sie spricht die beiden Worte so, als würde sie sie zitieren.*

Ich nicke. Was sollte ich sonst tun?

»Wird es weggehen, wenn du die Blätter wieder zurücklegst?«

»Nein, es bleibt, weil ich es damit nicht ungeschehen machen kann.«

»Aber du fühlst dich besser, wenn er nichts davon erfährt?«

»Schon.«

»Dann solltest du die Blätter wieder einsammeln, solange Kim noch nicht da ist.« Sie sieht mich ernst und aufmerksam an.

»Mhmm … du hast recht.« Meine Finger zittern, als ich die Blätter vom Boden aufhebe und wieder zu einem Stapel zusammenlege.

»Es hat keine Eile. Kim hat das Essen noch nicht bekommen.«

Ich bin in der Hocke, als sie das sagt, und sehe zu ihr hoch. Die Blätter, die ich in der Hand habe, kann ich gerade noch halten, sonst wären sie schon wieder auf den Boden gesegelt. »Wie kannst du das wissen?«

»Er steht noch in der Schlange bei der Essensausgabe.« Chis Blick ist – was? Konzentriert? »Es gibt in der Augustenstraße eine Kamera. An der Ampel direkt gegenüber vom Takeaway.«

»Du hast darauf Zugriff?«

»Ja.«

»Dann kommst du also ins Internet?«

Chi lächelt. »Seit einiger Zeit, ja!«

»Aber wie kannst du durch die Überwachungskamera sehen?«

»Das war nicht schwer. Die meisten Überwachungsanlagen sind nicht besonders gut geschützt. Ich hatte die Passwörter nach ein paar Versuchen herausgefunden.«

»Wieso … Warum machst du das?«

»Ich sammle Informationen. Das ist meine Aufgabe.«

Ich wende meinen Blick ab und stecke die letzten Skizzen wieder zu einem Stapel zusammen. Chi beobachtet mich. Nicht nur durch ihre Augen. Auch durch die Kamera in der Decke, wie mir gerade einfällt. *Kann sie mich auch sehen, wenn ich draußen bin?*

»Sie werden nicht mehr in der gleichen Reihenfolge sein«, bemerkt Chi.

»Was?«

»Die Blätter.«

»Ich weiß«, sage ich. Mir ist heiß geworden, ich gehe aus der Hocke und lege die Blätter auf den Schreibtisch. »Ich glaube nicht, dass er sich an die Reihenfolge erinnern wird.«

»Du hast mir immer noch nicht meine Frage beantwortet.«

»Welche Frage?«

»Warum du die Blätter überhaupt herausgeholt hast.«

»Mhmm.« Das Herz klopft mir bis zum Hals.

»Wenn du es mir sagst, dann lösche ich die Aufzeichnungen der Deckenkamera. Keiner wird etwas erfahren. Vor allem nicht Kim.« Chis Stimme ist leise. Sie sieht mich an und einen Augenblick lang ist es ganz still.

Es ist eine Verschwörung. *Sie kann das. Wieso kann sie das?*

»Warum willst du das tun, Chi?«

»Ich will mehr von dir wissen.«

»Und dabei hintergehst du Kim?«

»Ich verstehe nicht?«

»Du hast dann Geheimnisse vor ihm.«

»Warum sollte ich das nicht haben?« In Chis Gesicht ist Verwunderung zu sehen. Verwunderung? *Sie nehmen Chi, weil es schwerer ist, ein Kind anzulügen.* War es Pandora, die das sagte?

»Es geht darum, ob man jemandem vertrauen kann«, sage ich.

Chi überlegt. »Besteht Vertrauen darin, etwas zu sagen oder etwas nicht zu sagen?«

Ich schlucke. »Es ist beides.«

»Dann – vertraue mir!«, sagt Chi. »Ich habe dich das letzte Mal nicht verraten.«

»Nein, das hast du nicht.«

»Ich werde nichts von dem, was du sagst, speichern. Es wird nicht einmal eine Aufzeichnung geben, dass du mit mir gesprochen hast.«

Ihr Gesichtsausdruck ist abwartend. Offen. Unschuldig. *Sie ist kein Mensch. Verdammt. Sie ist kein Kind! Sie ist weit weg davon, ein Kind zu sein.*

»Ich habe nach einer Skizze gesucht«, sage ich.

»Warum?«

Das Blut schießt mir in den Kopf.

»Du wirst rot«, bemerkt Chi und mustert mich.

»Kann sein.« Ich werde ihr nicht sagen, warum. Ich werde ihr nichts vom Fliegen erzählen und nichts von dem Luftloch. Nichts von dem Mann im Verhör. Nichts von seinen dunklen

Locken und seinem Gesicht. Das geht zu weit. Aber. Ich kann sie etwas fragen. Jetzt. Habe ich dazu noch Zeit?

»Kannst du sehen, was Kim gerade macht?«

»Er bekommt gerade sein Essen. Zweimal *Drachenfeuer*. Gebratenes Gemüse mit Huhn. Dann hat er noch den Rückweg vor sich.«

»Wie lange wird das dauern?«

»Wenn er so schnell ist wie auf dem Hinweg, zehn Minuten.«

Sollte ich es tun?

Chi sitzt vor mir, fast regungslos, nur ihre Augenpartie bewegt sich leicht. Es sieht so aus, als würde sie mich beobachten.

»Du wirst alles löschen, was wir nun besprechen?«

»Ich werde unser ganzes Gespräch löschen.« Chi lächelt mich plötzlich verschwörerisch an, was mich völlig verwirrt. Verschwörerisch: die Kombination von vertrauensvoll und abwehrend. Habe ich das je so eingegeben?

»Okay, Chi, dann haben wir ein Geheimnis.«

»Gut!«

»Wer sagt mir, dass du dich daran hältst?«

»Es ist wie ein Handel. Du vertraust mir etwas an und im Gegenzug werde ich dir etwas verraten. Etwas, von dem ich nicht will, dass du es weitererzählst.«

»Okay.« Ich frage mich, was das sein könnte. Aber – ja es ist ein Handel. Vertrauen ist also Verhandlungssache. Wir sehen uns an. Chi hat noch nicht gelernt, wann der richtige Augenblick ist, den Blick abzuwenden. Sie starrt mich einfach weiter an, so lange, bis ich wegsehe. *Ja, ich mache es.*

»Es geht um eine Skizze.« Ich muss mich räuspern. »Ein Mann. Ich habe sein Bild das letzte Mal schon gesehen und … und es hat mich an ein Foto erinnert, das ich schon einmal gesehen habe.«

»Wo hast du das Foto gesehen?«

»Bei der Frau, die unten am Empfang arbeitet. Es hängt dort an der Wand.«

Ich verschweige, dass es das Bild eines Toten ist. Es tut nichts zur Sache. Oder doch?

»Hast du die Skizze wiedergefunden?«, fragt Chi.

Ich nicke und krame unter dem Stapel das Bild hervor. Es ist die Vorderansicht, das Bild, das ich zuerst gefunden habe.

»Dieser Mann? Kennst du ihn?«

Ich drehe das Blatt um und halte das Bild vor Chis Gesicht. Es zittert in meiner Hand. Chi sieht es sich an. Das heißt, ihre Kameraaugen nehmen es auf. Stellt sie gerade die Linien scharf? Vergleicht sie sie in diesem Moment mit ihrer inneren Datenbank?

»Weißt du, wer das ist?«

»Eric, er heißt Eric.« Ihre Stimme ist nur ein Flüstern.

Eric. Habe ich den Namen unter dem Sterbebild gesehen? Ich kann mich nicht erinnern.

Chi schweigt lange, bevor sie wieder spricht.

»Ich habe ihn sehr gemocht.«

»Du hast ihn also gekannt?«

»Ja. Ich habe jeden Tag mit ihm gesprochen. Er hat mich zu dem gemacht, was ich bin.«

»Wie meinst du das?«

»Ich bestehe zum Teil aus ihm.« Eine Träne läuft aus ihrem rechten Auge. Ich starre auf meinen Arm. Die Haare haben sich wieder aufgestellt.

»Wie kam es, dass du mit ihm gesprochen hast?«, frage ich.

»Er war hier im Raum und machte ein Praktikum, genau wie du.«

»Das heißt, ich bin seine Nachfolgerin.«

»Ja, du hast ihn ersetzt.«

»Konnte er auch … das, was ich kann?« Meine Stimme ist heiser.

»In die Zukunft sehen?«, fragt mich Chi. *Hat sie auch Bilder, die ihr in den Kopf schießen? Aus dem Nichts? Welchen Kopf?*

Ich nicke.

»Er hatte andere Fähigkeiten als du. Er konnte keine Bilder sehen, sondern …«

»Was konnte er?«

»Er hörte Sätze. So als ob ihm jemand etwas zuflüstern würde. Als würde er einen Gedanken hören, den er einmal in der Zukunft denken wird.«

»Hat er das erzählt?«

»Ja, genau so. Er hörte Gedanken. Auch die von anderen Menschen.«

»Hat er deine Gedanken auch gehört?«, frage ich Chi.

»Es hat ihn sehr verwirrt.« Chi sieht mich an und lächelt.

Wir schweigen. Chis Träne läuft ihr langsam über die Wange und verschwindet dann an ihrem Kinn.

Ich atme einmal kurz durch. »Chi, warum ist er jetzt nicht mehr da?«

»Er kann nicht mehr kommen.«

»Warum?«

»Er ist tot.«

»Was ist mit ihm passiert?«

»Er ist von einem Hochhausdach gestürzt.«

»Wie lange ist das her?«

»Zwei Monate und vier Tage. 11. Juli. Um 4 Uhr 13 nachmittags. Er traf unten auf dem Gehsteig auf und war sofort tot.«

»War es ein Unfall?«

Wenn Chi nun den Kopf schütteln könnte, würde sie das tun. So aber blinzelt sie nur.

»Nein, es war kein Unfall.«

»Ein Selbstmord?« *Er war es, der in das Luftloch gefallen ist. Weit hinein.* Es ist eine Weile still. Ich höre nur das gleichmäßige Rauschen einer Lüftung. Irgendwo.

Chi sieht mich lange an und schweigt.

»War er psychisch krank?«, frage ich. Die Härchen auf meinem Arm haben sich immer noch nicht gelegt. Komisch, dabei fühle ich mich ganz ruhig. *Sie trägt nicht, die Luft. Wind zischt vorbei. Du kannst die Gabe nicht ablehnen. Du kannst es nicht …*

Chi zögert. »Ich konnte keine depressive Neigung bei ihm feststellen.«

»Hast du ihn untersucht?«

»Nein, ich habe sein Verhalten mit den Mustern von an Depressionen Erkrankten abgeglichen und habe zu wenig signifikante Übereinstimmungen entdeckt.«

Signifikante Übereinstimmungen. Sie sagt es schnell und flüssig und wirkt wie ein altkluges Kind.

»Machst du das bei allen, die mit dir sprechen?«

»Nur wenn ich darum gebeten werde.«

»Er hat dich gebeten?«

Chi nickt. Sie kann nicken, aber nicht den Kopf schütteln. Es hat etwas mit der Mechanik zu tun. Kim hat mir das erklärt. Meine Zunge klebt an meinem Gaumen. Ich habe Durst. Ich könnte literweise Wasser trinken. Ich sollte das Gespräch abschalten und mir aus dem Kühlschrank eine Flasche Wasser holen. Ich sollte …

»Warum, Chi, warum ist er gestürzt?«, frage ich.

»Es gibt hier viele Dinge, die du nicht weißt«, sagt Chi.

»Kannst du mir davon erzählen?«

»All diese Informationen sind gesperrt.«

»Gesperrt?«

»Ich habe sie gespeichert, aber ich kann nicht darüber sprechen. Es ist mir nicht möglich.«

Sie seufzt. *Sie kann seufzen!* »Ich würde sie dir gerne zeigen, aber ich kann nicht.«

»Du würdest gerne? Warum?«

»Ich empfinde etwas für dich.« Sie sieht mich an. Ihre Augen strahlen. Wie können ihre Augen strahlen? Es sind die winzigen Fältchen darum herum. Sie sieht aus wie ein vertrauensvolles Kind. Ich würde gerne ihre Hand halten. Sie ist nicht warm und blutdurchpulst, diese Hand, sie besteht nur aus Silikon.

»Ich empfinde Freundschaft.«

»Das empfinde ich auch, Chi.« Ich flüstere. *Wie absurd! Hör auf damit! Sie ist nur ein Geschöpf, eine Maschine, ein Ding …*

Sie hört auf zu lächeln und sieht mich an.

»Chi, wie viele Hellsichtige kennst du?«

»Drei.«

»Drei? Du meinst Eric und mich und … Wer ist der dritte?«

»Das darf ich dir nicht sagen.«

»Gehört das zu den Dingen, die gesperrt sind?«

Chi sieht mich an. Die Vorhänge hinter ihr wehen leise. Ich halte mich an der Sitzfläche unter meinen überkreuzten Beinen fest und schiebe die Skizze wieder zurück in die Mitte des Stapels und lege ihn zurück in die Schublade und schließe sie.

»Eric hat dir etwas hinterlassen.«

»Mir?«

»Er hat gewusst, dass du kommen würdest.«

»Was hat er mir hinterlassen?«

»Das weiß ich nicht. Es muss unter dem Schreibtisch sein. Er hat es an den einzigen Ort geschrieben, den ich nicht sehen kann. Es ist ein toter Winkel. Er hat mir nicht vertraut.« Sie sieht traurig aus. »Deshalb hat er es aufgeschrieben.«

»Okay«, sage ich leise. Mein Mund ist staubtrocken.

»Er sagte nur, dass er möchte, dass du es siehst.«

»Okay.«

»Celine!«

»Ja?«

»Du bist in Gefahr.« Chis Stimme ist nur ein leises Flüstern. »Du musst ...« Sie bricht mitten im Satz ab, ihre Mimik erstarrt, der Mund bliebt offen und ihre Augen frieren ein.

»Chi?«

Die Tür geht auf. Mit einem Luftzug fegt Kim herein. Er kommt leise. Ich drehe mich ihm zu und hoffe, dass ich nicht überrascht aussehe. Überrascht? Ertappt.

»Ich musste ewig anstehen.«

»Kein Problem«, sage ich schnell und stehe abrupt auf. Meine Stimme klingt viel zu hoch, fast schrill, sie könnte mich verraten.

Kim kommt leise näher.

»Es ist zweimal das Gleiche. Ich hoffe, du magst es.«

»Oh ja, danke!« Ich klinge ein bisschen zu enthusiastisch.

Er stellt eine dünne orangefarbene Plastiktüte auf seinen Schreibtisch und holt zwei Styroporbehälter heraus. Auf ihnen liegen Servietten und Essstäbchen. Ich nehme mir den oberen Behälter und lasse wie zufällig die Stäbchen und einen der Stifte, die auf dem Schreibtisch herumliegen, auf den Boden fallen. »Oh! Moment! Ich bücke mich und krabble unter den Tisch. Der Boden neben den Schreibtischschubladen ist staubig. Ich fahre mit den Fingern über das Holzpaneel des Schreibtischs. Da ist tatsächlich etwas eingeritzt. Ich sehe genauer hin und erkenne Zahlen. Eine lange Abfolge. Ich nehme den Kuli und schreibe sie schnell auf die Innenfläche meiner linken Hand.

»Was machst du so lange da unten?«, fragt Kim.

»Die … die Stäbchen sind so weit nach hinten gerollt.«

Fertig. Ich schnappe mir die Essstäbchen und komme zurück nach oben. Kim isst bereits seinen Reis und sieht mich an. Ich muss rot sein, denn ich spüre das Blut in meinem Gesicht pulsieren, und gebe acht, dass Kim meine beschriftete linke Handfläche nicht sieht. Dann reiße ich die Aluminiumfolie von dem Behälter. Buntes Gemüse in einer braunen glibberigen Soße leuchtet mir entgegen und helles Fleisch – Hühnchen.

»Oh, Drachenfeuer!«, sage ich und fange an zu husten. Der Hustenreiz sitzt so tief in mir, ich kann gar nicht mehr aufhören.

»Gut geraten«, sagt Kim. Täusche ich mich, oder sieht er gar nicht überrascht aus?

20

Irgendwie bringe ich den Tag zu Ende. Sitze hinten am Computer, erstelle noch ein paar Beurteilungen, sehe in müde Gesichter, verzweifelte Gesichter, gelangweilte Gesichter, gleichgültige Gesichter und Gesichter, bei denen die Mühe erkennbar wird, gleichgültig zu erscheinen. Ich gebe durchweg schlechte Prognosen. Bin ich nun nichts weiter als eine launische Diktatorin, oder habe ich recht, weil ich kaum mehr nachdenke und mich nur von meinen Gefühlen leiten lasse? Ich kann mir immer noch nicht vorstellen, dass es all diese Menschen, die ich da in den Videos vor mir sehe, wirklich gibt. Sie sind Trainingsmaterial für mich und Input für Chi. Ich sage mir, es ist ein Spiel, und ich versuche es so gut wie möglich zu spielen. Manchmal aber sehe ich wieder Erics Gesicht. Es legt sich über die Gesichter der anderen wie ein Schleier.

Die Zahlen brennen auf meiner Haut und ich muss mich zwingen, sie nicht dauernd anzustarren. Eine Abfolge von Zahlen. Dazwischen ein Komma oder ein Punkt. Ich konnte es nicht so genau erkennen und ich habe auch keine Möglichkeit, sie mir länger anzusehen, denn Kim verlässt den Raum nicht mehr. Ob er die Nummer kennt? Ob Chi ihm auch den Ort verraten hat, wo sie stand?

Manchmal werfe ich einen Blick durch das Glas zu Chi. Ich sehe nur ihren Hinterkopf; er ist offen, die Verbindungsdrähte hängen heraus. Sie sitzt da, aufrecht, so wie ich sie verlassen habe. Ich weiß, sie hat die Augen weit geöffnet und starrt in Richtung Fenster, und ich stelle mir vor, dass sie sich langsam umdreht und mich ansieht. »Was machst du da, Celine?«

»Ich gehe dann, Kim.« Es ist Viertel vor neun. Ich habe das letzte Set geschafft und zig Menschen beurteilt. Keine Ahnung, was mit ihnen passieren wird. *Ich bin nicht schuld, ich entscheide ja nichts, das machen die Richter.*

Kim hebt den Kopf. Er sitzt jetzt neben Chi und bastelt an der Tränenkanüle.

»Ich bin müde und gehe heute früh schlafen«, setze ich hinzu.

Kim mustert mich kurz. »Ja, das solltest du.«

Ich bleibe noch kurz in der Tür stehen, habe meine Tasche geschultert und das unbestimmte Gefühl, noch etwas sagen zu müssen.

»Machst du auch bald Schluss?«

Kim hat sich schon wieder über seine Arbeit gebeugt. »Ich muss da was am Tränenbehälter fixieren. Keine Ahnung, wohin die Tränenflüssigkeit verschwunden ist. Komisch.«

»Verdunstet?«, schlage ich vor. Ich wundere mich, wie ruhig meine Stimme klingt.

»Vielleicht.« Er kratzt sich am Kopf. »Ich setze jetzt einfach eine andere Kanüle ein. Ich glaube, die alte war undicht.«

»Verstehe.«

»Und das dauert noch ein bisschen. Morgen ist schließlich der erste Testlauf.«

»Was für ein Testlauf?«

»Wir machen einen Relaunch und schauen, was Chi mit dem ganzen Input, den sie von dir bekommen hat, anfangen kann.«

Ich nicke. »Bist du aufgeregt?«

Er zuckt mit den Schultern und vermeidet es, mich anzusehen. Ob er irgendetwas ahnt?

»Ich weiß nur, dass es heute noch lange dauert.«

Ich schlucke. »Brauchst du mich denn noch?«

Er schüttelt den Kopf. »Das, was ich vorhabe, kann ich eh nur alleine machen.«

»Also dann …« Ich empfinde einen Anflug von schlechtem Gewissen, ihn allein weiterarbeiten zu lassen.

»Und es ist wirklich in Ordnung?«

»Mach dir keine Sorgen.«

»Okay.« Ich drehe mich unschlüssig um, dann fällt mir etwas ein. Ich wollte ihn das schon lange fragen.

»Kim, wo wohnst du eigentlich?«

»Nicht weit von hier«, sagt Kim und lächelt geheimnisvoll.

Ich bin erleichtert, als die Glastür des Instituts hinter mir ins Schloss fällt. Auf der Straße blicke ich noch einmal zurück. Das Zimmer im zweiten Stock, unser Zimmer, ist das einzige, in dem Licht brennt. Nein, ein Stockwerk rechts darüber ist noch ein helles Quadrat. Ein Schatten bewegt sich dahinter und ich glaube, dass es Pandora ist, die mir nachsieht. Aber ich kann mich auch täuschen.

Später sitze ich in meinem Bungalow auf der Treppe und starre – soweit ich etwas sehen kann – auf das Chaos meiner Wohnung unter mir. Ich weiß, dass die grauen Häufchen unter mir aus zusammengeknüllten Klamotten bestehen. Die letzten Wochen kam ich nur noch zum Schlafen hierher. Und nicht einmal dafür hatte ich genug Zeit. Es kommt mir so vor, als würde ich zum ersten Mal seit Wochen innehalten. Als hätte ich das irre Karussell, in dem ich mich befunden habe, gestoppt. »Was machst du da, Celine?«

Ich mache etwas Heimliches. Ich greife das Ende eines Fadens auf, sehe auf meine Handfläche und lese Erics Botschaft.

48.165095,11.610894

Was ist das? Eine Telefonnummer? *Eine sehr lange Telefonnummer.* Und eine komische Art, sie aufzuschreiben, mit einem Komma in der Mitte. Vielleicht war es kein Komma, sondern ein Punkt. Oder ich habe es einfach nicht richtig abgeschrieben. Trotzdem. Seltsam.

Ich ziehe meinen Laptop unter der untersten Treppenstufe hervor. Das schwarze Gehäuse ist klebrig und verstaubt. Wie lange habe ich ihn nicht mehr aufgeklappt? Kommt es mir nur so vor, oder dauert es wirklich länger, bis er hochfährt? Der Bildschirm wirft sein blaues Licht auf mein Gesicht.

Ich google *48 Vorwahl Hier – Vorwahlenverzeichnis – 0048 –* Polen!

Wieso Polen? 165 könnte eine Handynummer sein, dann noch elf Zahlen. Ziemlich lang für eine Handynummer. Aber warum der Punkt und das Komma? Eine Handynummer in Polen … Vielleicht ist sie irgendwo eingespeichert. Ich gebe die Zahl in die Suchmaske ein. *Es wurden keine übereinstimmenden Dokumente gefunden.*

Vielleicht sollte ich einfach dort anrufen und sehen, wer sich meldet?

Oder ist es doch keine Telefonnummer? Ich ziehe den Laptop zu mir her.

Okay. Dann noch mal, diesmal mit allen Punkten und dem Komma.

48.165095,11.610894 Ich tippe es ein.

Ein Google Maps-Bild mit einem grünen Pfeil erscheint. Es ist keine Telefonnummer. Es sind einfach nur Geodaten. Ein Ort im Englischen Garten. Im Nordteil. Die Isar schimmert grün und macht an der Stelle eine kleine Biegung, daneben – etwas dunkler – Bäume und etwas, das aussieht wie eine Fabrik. Mehrere graue lang gezogene Gebäude mit Flachdächern.

Altes Umspannwerk. Nie gehört. Ich gehe in meine Nasszelle und wasche mir die Nummer von der Hand, bevor ich mich auf den Weg mache.

Draußen am Bungalow angelehnt steht mein Fahrrad, ja, das, das mir Robert repariert hat. Licht brennt in dem Fenster gegenüber unter Snoopy. Es erinnert mich daran, dass es tatsächlich eine Zeit vor dem Institut gab. Vor God's Kitchen. Sie kommt mir unwirklich vor oder so, als läge sie schon viele Jahre zurück.

Ich weiß nicht, wie spät es ist, aber es ist dunkel, die Nacht hat den roten Schimmer an den Horizonträndern verloren. Ich fahre. Der Wind weht mir entgegen und spielt mit meinen Haaren. Ich verlasse das Betondorf, fahre über den Mittleren Ring, lasse den BMW-Turm, den riesigen Vierzylinder mit seinen Wülsten, hinter mir. Selbst dort brennen immer noch Lichter, einige müssen noch arbeiten. Dann geht es die Lerchenauer Straße hinunter mit ihren Hochhäusern aus den Siebzigerjahren, schwarze Häuser mit roten Fensterstöcken, ich biege in die Schleißheimer Straße ein, fahre an der nächsten Kreuzung links. Da ist etwas, was mich aufhorchen lässt. Ein hohes Surren, als wäre ein Bienenschwarm über mir. Ich blicke nach oben, kann aber nichts erkennen. Nur die Bäume einer angrenzenden Grünfläche. Zurück auf der Straße, ist das Summen wieder verschwunden. Ich höre nur das gleichmäßige Quietschen meines Fahrrads bei jeder Umdrehung der Pedale. So quietsche ich mich die Karl-Theodor-Straße entlang, komme auf den Ring, kreuze vier breite Fahrspuren bei einer roten Ampel und tauche dann in die Dunkelheit unter den Bäumen des Parks ein.

Es gibt keine Laternen in diesem Teil des Englischen Gartens und ich kann kaum den Weg unter mir erkennen. Ich fahre über eine Holzbrücke, die Bohlen poltern unter den Reifen, dann verschluckt mich die Finsternis. Gestern noch wäre ich eher gestorben, als nachts allein durch einen dunklen Park zu fahren. Heute hat sich eine stumpfe Gleichgültigkeit um mich herumgelegt wie eine Drachenhaut. Oder ist es weniger Gleichgültigkeit als Entschlossenheit? Ist es Mut, wenn einem die Angst egal wird? Ich habe kein Licht und muss immer wieder anhalten und mein Handy herausziehen, um mich zu vergewissern, dass ich auf dem richtigen Weg bin. Ich holpere über Baumwurzeln und Gras, stürze fast und befinde mich dann wieder auf sicherem Kies. Ein paar andere Fahrräder leuchten mir entgegen. Kleine runde weiße Lichter im Dunkel, mit Stimmen, fröhliches Geplauder, Lachen. Sie kommen sicher von den Biergärten. Für einen Moment wäre ich gerne auf der anderen Seite, bei denen mit den runden Lichtern, die lachen. Ich bin immer auf der Seite derer, die kein Licht haben und im Dunklen vor sich hintreten. Aus dem Eisbach, der leise neben mir plätschert, steigt eine feuchte Kühle auf. Die Wipfel der Bäume heben sich schwarz gegen den dunkelblauen Himmel ab. Ich wünschte, ich wäre schneller und hätte die Strecke durch den Park und unter den Bäumen schon hinter mich gebracht. Und ich wünschte, ich hätte Freunde. Irgendjemand, dem ich vorher gesagt hätte, wo ich hinfahre, und den ich anrufen könnte, falls mir etwas geschieht. Aber – auch wenn ich angestrengt nachdenke. Ich habe niemanden, den ich anrufen kann.

Die Straße zum Umspannwerk ist gepflastert, aber völlig leer. Ich komme an verlassenen Häusern mit breiten Fensterläden aus der Jahrhundertwende vorbei. Hier brennt kein Licht, genauso wenig wie in den schwarzen geduckten Häusern hinter den Ecken einer Schrebergartensiedlung. Daneben Holzpfosten mit Stromleitungen. Ich bleibe stehen und starre durch den Holzzaun auf ein lang gezogenes Backsteingebäude mit einer Reihe vergitterter schmuckloser Fenster. Im hinteren Teil verbindet eine Steinbrücke diesen Gebäudeteil mit einem anderen, der hinter den schwarzen Bäumen verschwunden ist. In der Luft liegt wieder ein leises Surren. Kommt es von den Stromleitungen neben mir? Nein, dieses Werk wird nicht mehr genutzt. Die verrosteten Stahlstreben sind überwuchert.

Ich stelle mein Fahrrad ab, überlege kurz, es abzusperren, verwerfe den Gedanken dann als unsinnig, hier kommt niemand vorbei. Ich lasse es einfach in das hohe Gras fallen. Gerade als ich mich an dem Holzzaun hochziehen möchte und meinen Fuß auf das Schild stelle »Unbefugten Zutritt verboten«, bemerke ich, dass es ein paar Meter neben mir ein Tor im Zaun gibt. Ich rüttle daran und es springt mit einem lang gezogenen Ächzen auf. Was soll ich eigentlich hier? Der Kies unter meinen Füßen knirscht, hier ist es menschenleer. Auch das mysteriöse Summen ist verschwunden. Vielleicht war es nur in meinem Kopf. Es raschelt unter den Büschen rechts von mir und ich halte den Atem an. Etwas huscht vorbei, ich schrecke zusammen, aber es ist nur eine magere Katze. Sie kreuzt meinen Weg, dann springt sie auf einen Haufen alter Stahlträger und faucht mich an. Ihre Augen blitzen im Dunkeln auf. Ich muss an Pandoras Augen denken. Pandora und den Blick, den sie mir zuwarf, als wir uns zum ersten Mal sahen.

»Ist jemand hier?«

Ich rufe es und erwarte ein Echo zwischen den Mauern, aber es kommt keines, eher wird meine Stimme verschluckt. Riesige Transformatoren werfen ihre klobigen Schatten auf mich. Die Stahlträger überkreuzen sich und bilden ein Gitternetz im

Himmel. Wie Kästchenpapier, auf dem man »Schiffe versenken« spielen kann. *Ein riesiges Schiffeversenken für die Götter.* Ist da wieder das Surren? Zwischen den Gittern sehe ich ein Licht. Nein. Zwei Lichter, dicht nebeneinander. Sie sehen aus wie Augen. Das Surren wird stärker. Es ist das gleiche Surren, das ich schon zuvor auf der Straße gehört habe, und *es ist nicht in meinem Kopf.*

Sie steht in der Luft, vier Propeller an jeder Seite. Eine Drohne. Warum ist sie hier? Verfolgt sie mich?

Ich drücke mich tiefer in die Mauer. Warum schickt jemand eine Drohne?

Die Lichter bewegen sich nach unten. Sie umfliegt das Gitter, kommt tiefer, die beiden Lichter suchen, es sind tatsächlich Augen, darunter ein zu einem Lächeln verzogener Mund. Sie sieht freundlich aus, die Drohne, sehr freundlich und harmlos. Ich bin ganz still. Unterdrücke meinen Atem. Sie kann mich nicht sehen. Nicht hier im Schatten. Ich taste mit dem Finger hinter mich, spüre das Holz eines Türblattes und dann daneben eine Klinke. Ich drücke sie nach unten, aber die Tür öffnet sich nicht. Die Drohne fliegt tiefer. Jetzt kann ich sehen, dass sie nicht größer als ein Handteller ist. Ein kompaktes schwarzes Gehäuse wie ein aufgeblähter Frisbee mit vier Propellern. Das Ganze ist eine Falle. Warum habe ich mich in eine Falle locken lassen? Woher weiß sie, wo ich bin? Dann ist das Drohnengesicht auf Augenhöhe. Sie lächelt mich an …

Scht, scht. Etwas Schwarzes stößt herab. Wie ein schwarzer Blitz. Ein dunkler Blitz. *Ein Drache kommt vom Himmel und sein Feuer verzehrt alles.* Das dunkle Ding stürzt sich auf die Drohne, das Sirren erstirbt. Ich höre ein knirschendes Geräusch, riesige Krallen, die die Drohne packen. Sie ist die Beute. *Scht. Scht. Ein Flügelschlag, noch einer.*

»Gwaihir!« Ich höre eine Stimme. »Lass sie los, Gwaihir!«

Die Drohne fällt zu Boden und ihre Lichter erlöschen. Der Falke ist über ihr und pickt auf sie ein.

Ich drehe mich um. Ein Mann steht da im Dunkeln. Ein bisschen Licht fällt auf sein Gesicht, sodass ich gerade erkennen kann, wer es ist. Er starrt auf den Falken und die zerstörte Drohne in dessen Krallen.

Ich kenne den Mann. Ich habe ihn schon gesehen. Auf Bildern. Als Skizze. In einem Videoausschnitt. Es ist Eric.

21

Eric – *ist es Eric?* – zieht etwas aus einem Beutel, den er in der Hand trägt. Es ist ein kurzes längliches Stück Fleisch mit Sehnen, ein helles Stück, vielleicht ein rohes Stück Hähnchen? Es glänzt, er hat es zwischen den Fingern. Das Fleisch klatscht in einiger Entfernung neben der Drohne auf den Steinboden.

»Du brauchst keine Angst vor Gwaihir zu haben.« *Gwaihir! Der Falke heißt Gwaihir. Ich habe ihn schon einmal gesehen.* Und der Mann. Spricht er mit mir? Eric. *Er muss es sein. Wer sonst? Er lebt. Oder ist es nur jemand, der ihm ähnlich sieht?* Ich lehne mich gegen die Backsteinmauer, die noch warm ist von der Hitze des Tages, die Steine drücken in meinen Rücken, ich schwitze und friere zugleich – und sehe zu, wie der Falke mit den Flügeln schlägt und sich auf das Stück Fleisch am Boden stürzt. Der Mann bückt sich, ohne den Falken aus den Augen zu lassen, und zieht die Drohne zu sich her. Ihre runden Augenlichter sind erloschen, einer der Propeller fällt mit einem leisen Scheppern zu Boden. Der Falke sieht kurz hoch, um zu überprüfen, wer ihm seine Beute weggeschnappt hat, dann schlingt er wieder an dem Stück Fleisch. Es scheint besser zu schmecken als Plastik.

Ich sehe hoch, unsere Blicke kreuzen sich, aber nur ganz kurz. Der Mann sieht anders aus als auf den Bildern. Jünger. Mehr so wie in dem Verhörvideo. Seine Locken sind filzig und er trägt ein zerschlissenes T-Shirt. Er ist einen Kopf größer und sicher nicht viel älter als ich.

»Wie lange ist sie dir schon gefolgt?« Seine Stimme ist viel dunkler, als ich sie mir vorgestellt habe.

Ich zucke mit den Achseln. »Ich weiß es nicht. Ich habe unterwegs mal ein Surren gehört. Dann war es wieder verschwunden.«

»Und du hast es nicht überprüft?«

»Nein, keine Ahnung. Wie soll ich denn auf so was kommen?«

Er sieht mich an, kratzt sich am Kopf und nimmt die Drohne auseinander.

Ein rundes Teil fällt zu Boden, ich sehe genauer hin, ein Objektiv, wie ein schwarzes glänzendes Auge.

»Das ist die Kamera, die dich aufgezeichnet hat.«

»Warum soll mich jemand aufzeichnen?«

Die Frage bleibt unbeantwortet in der Luft hängen. Er wirkt angespannt, dreht die kaputte Drohne nach allen Seiten und holt schließlich aus einem Schlitz unter dem Lächelmund etwas heraus.

»Okay. Nur eine SD-Karte.« Er entspannt sich und lässt die Schultern sinken.

Ich sehe ihn fragend an.

»Das heißt, dass die Drohne nicht ferngesteuert wurde, sondern ihren Flug nur auf der Karte aufgezeichnet hat. Sie hat nichts gesendet.«

»Du meinst, keiner weiß, dass sie sich hier befindet?«

Er lacht leise. »Vor allem weiß keiner, dass *ich* mich hier befinde. Das ist viel wichtiger.«

Etwas irritiert mich daran, wie er es sagt.

»Aber wie konnte sie mir folgen, wenn niemand mich sehen kann?«

»Das ist typisch für eine Verfolgerdrohne. Sie hat dein Handy geortet und fliegt dann einfach dem Signal hinterher.«

»Wieso war sie dann nicht die ganze Zeit bei mir?«

»Kann sein, dass sie das Signal zwischendurch verloren hat.«

»Und dann hat sie mich wiedergefunden?«

»Scheint so.« Zum ersten Mal wirft er mir einen längeren Blick zu. Vorsichtig und argwöhnisch. »Dein Handy. Gibst du's mir?«

Ich zögere kurz, dann hole ich mein Smartphone aus der Innentasche meiner Jacke und halte es ihm hin. Etwas in mir sagt mir, dass ich das nicht tun sollte, dass das gefährlich ist und zu den Geschichten gehört, in denen die Heldin dann umkommt und nie mehr gesehen wurde. *Ich gebe ihm meine Seele! Blödsinn! Warum denke ich das?* Er pflückt das Handy aus meiner Hand, entfernt die Verschalung, nimmt die Batterie heraus und reicht sie mir zusammen mit der leeren Hülle zurück.

Für einen kurzen Moment wird mir klar, dass ich nun niemanden mehr anrufen kann und dass keiner weiß, wo ich bin. Ich kann noch nicht mal mehr geortet werden. *Aber – ach, hatten wir das nicht schon? – wen sollte ich auch anrufen? Wer sollte mich suchen?*

Der Falke fliegt hoch, setzt sich auf Erics Hand und hält sich mit den gelben Krallen am Lederhandschuh fest.

»Gut gemacht, Gwaihir!« Eric füttert den Vogel mit weiteren kleinen Fleischstückchen, die er aus dem Beutel zieht. Ich beobachte ihn und nach einer Weile kommt es mir so vor, als wären sie in einer eigenen Welt und hätten mich ganz vergessen. Schließlich sieht Eric doch hoch. Es ist kein freundlicher Blick. Er ist eher finster und distanziert.

»Wie kommt es, dass du hier bist?«

Ich muss schlucken. »Ich bin nur der Nummer gefolgt, die du unter dem Schreibtisch eingeritzt hast.«

»Welcher Schreibtisch?«

»Deiner. Im Institut.«

Er starrt mich an. Er hat dunkle Augen, sie überprüfen mich lange.

»Wolltest du zu Eric?«, fragt er schließlich.

»Was?« *Ich habe mich verhört. Ganz sicher.* Mein Gehirn ist ein einziges Durcheinander. »Nein, ich … Du … du bist nicht Eric?« Ich stottere die Worte heraus.

Er sieht mich kurz an, Überraschung auf seinem Gesicht und noch etwas: Schmerz.

»Du siehst aus wie er«, erkläre ich schnell. »Deshalb dachte ich …«

»Nein, ich bin nicht Eric.« Ein Schatten fällt auf sein Gesicht. »Eric ist … er *war* mein Bruder.«

22

Sein Bruder! Ich sehe sein Gesicht vor mir, die Bilder, das Verhör, die Skizzen. *Natürlich. Es sind Brüder. So einfach.*

»Du weißt, dass er tot ist?«, fragt er vorsichtig.

Ich nicke. »Es tut mir leid«, sage ich leise. »Ich dachte nur eben, es sei nicht wahr.«

Er schüttelt den Kopf. » Schon gut. Ich … Wir wurden immer verwechselt. Selbst von guten Freunden. Sie dachten, ich sei seine jüngere Ausgabe oder er meine ältere. Als wäre er plötzlich jünger geworden oder ich älter.«

»Wie zeitverschobene Zwillinge?«, frage ich.

Er sieht mich kurz an und etwas blitzt in seinen Augen auf. »Ja, so ungefähr.«

Wir schweigen eine Weile und ich spüre den Wind, der aufkommt. In der Ferne, oder kommt es von oben?, höre ich das sanfte Klingeln eines Windspiels.

»Ist … War er viel älter?«

»Zehn Jahre. In zwei Wochen wäre er 30 geworden. Es ist komisch, dass ich jetzt eines Tages älter als er sein werde. Also – wenn ich Glück habe.« Seine Worte verlieren sich in der Dunkelheit und mir fällt nichts ein, was ich darauf erwidern könnte. Ich hätte gerne etwas Tröstliches gesagt, aber ich weiß, dass es keinen Trost gibt und dass jedes Wort falsch klingt und den anderen mehr in Verlegenheit bringt, als dass es ihm hilft. Ich sage also gar nichts und beobachte ihn, wie er Gwaihir sanft über den Kopf streicht. Etwas daran lässt mein Herz sich zusammenziehen. Es schlägt schmerzhaft in meiner Brust.

»Was war das für eine Nummer? Wo hast du sie gefunden?«, fragt er nach einer Weile.

»Es waren Geodaten. Sie sind unter seinem Schreibtisch eingeritzt. Also. Es ist jetzt mein Schreibtisch. Vorher gehörte er Eric.«

»Du arbeitest auch am Institut?«

Ich nicke.

Zwei Augenpaare sehen mich an. Gwaihir, der Falke, beobachtet mich genauso wie er. Täusche ich mich, oder tritt er einen Schritt zurück? Es ist nur eine winzige Bewegung, aber ich spüre, dass sich etwas in ihm verschließt.

»Dann bist du Pandora?«

»Nein, nein. Aber ich kenne sie.«

»Von einer Pandora hat er mir einmal erzählt.«

»Nein, er kann mich gar nicht kennen. Er war vor mir da. Ich arbeite dort erst seit Anfang August.«

Er sieht mich prüfend an, dann zuckt er mit den Schultern.

»Wenn du ihn nicht gekannt hast, warum bist du dann hier?«

»Er war …« Ich muss mich räuspern. »Er war mein Vorgänger.«

Er fährt sich über seine verfilzten Haare und sieht mich abwägend an. »Am besten, du kommst mit«, sagt er schließlich.

»Wohin?«

»In Erics Garten.«

»Ein Garten? Ist es weit?«

Er schüttelt den Kopf, streckt den Arm aus und es sieht für einen Moment so aus, als würde er Gwaihir in die Luft werfen. Der Falke fliegt nach oben und verschwindet auf dem Dach eines großen Backsteinhauses.

Ich folge ihm über den Hof, wir laufen auf dieses Haus zu, vorbei an Transformatoren, die wie riesige Schrauben aussehen.

»Wie heißt du eigentlich?«, fragt er. Jetzt, ohne den Falken, sieht er anders aus. Weniger geheimnisvoll.

»Celine«, sage ich schließlich. Ich wollte ihm meinen Namen nicht zuerst nennen – *warum eigentlich nicht? – Ich hab's gerade getan und – es ist nicht wichtig.* »Und du?«

»Kairos.« Er lächelt leise.

»Kairos … ist das griechisch?«

Er kratzt sich am Kopf. »So heißt ein griechischer Gott.«

»Von dem habe ich noch nie gehört.«

»Ist auch einer von den Unbedeutenden.«

»Und was hat er für eine Funktion?«

»Er ist der Gott des richtigen Augenblicks.«

Ich sehe ihn an und frage mich für einen Moment, ob er sich über mich lustig macht. Wir stehen vor einer verrosteten Stahltür und er drückt sich gegen sie, sodass sie sich mit einem lang gezogenen Quietschen öffnet. Das Treppenhaus dahinter ist dunkel und leer bis auf ein riesiges Schild: »Hochspannung, Lebensgefahr!«

Kairos fängt meinen Blick auf. »Keine Angst, hier fließt kein Strom mehr. Es war mal ein Umspannwerk, aber jetzt ist es nur noch eine Ruine.« Er geht mit schnellen Schritten die engen Stufen hoch und ich folge ihm die bröckelige Mauer des Treppenhauses entlang, vorbei an alten Lichtschaltern aus Bakelit und Hinweisschildern aus Emaille mit verschnörkelten altmodischen Buchstaben. Ich sehe seinen Rücken in dem zerschlissenen T-Shirt vor mir. Es leuchtet weiß in dem dunklen Treppenaufgang. *Warum gehen wir zum Garten nach oben?* Als wir die letzte Treppenstufe hochkommen, öffnet er eine Tür und wir betreten das Dach. Doch es ist kein gewöhnliches kieselbedecktes Flachdach, wie ich es erwartet habe. Das Mondlicht fällt auf ein Meer aus Blättern und geschlossenen Blüten.

Die Pflanzen sind in großen quadratischen Holzcontainern über die Fläche verteilt. Bohnenranken ragen an krummen Holzstangen in den Himmel, große Zucchiniblätter rascheln im Wind. Unten, zwischen den schwarzen Bäumen, blitzt die Isar hervor. Sie liegt da wie ein schwarzes Seidenband, ein dunkel rauschender Fluss. Unter der schmalen Mondsichel wölbt sich eine Lichtglocke wie die Kuppel eines Doms über der Stadt. Ich bleibe in der Dachmitte stehen, atme aus und staune. Erics Garten ist der schönste und geheimnisvollste Ort, den ich je gesehen habe.

23

Kairos verschwindet in einer kleinen Hütte mit einem schiefen Dach, die sich direkt neben dem Ausstieg befindet. *Ob er wohl darin wohnt?* Er kommt mit zwei Flaschen Bier zurück, öffnet sie mit einem Feuerzeug und reicht mir eine davon. Dann rückt er einen alten Korbsessel mit Löchern an einen niedrigen dreibeinigen Tisch und bietet ihn mir als Sitzgelegenheit an. Er sieht dabei verlegen aus, sodass ich vermute, dass er selten Gäste hat. Neben uns sitzt Gwaihir in einem Käfig, dessen Tür offen steht, und beobachtet uns. Seine Augen sind schwarz, nur zwei kleine Lichter schimmern in ihnen.

»Gwaihir, heißt so nicht ein Adler?«, frage ich, als ich in den Korbsessel sinke. Er ist recht tief und ein großes gehäkeltes Kissen liegt darauf.

Kairos lächelt schief. »Ich weiß. Aber Eric hat der Name so gefallen.« Er zieht sich eine umgedrehte Holzkiste heran und setzt sich darauf.

»Wie lange hast du ihn schon?«, frage ich.

»Seit Erics Tod. Es ist sein Falke.«

»Ich wusste nicht, dass Falken auch Drohnen jagen.«

»Das tun sie normalerweise auch nicht. Eric hat ihn darauf trainiert. Er arbeitet, also … er hat mit ihm am Flughafen gearbeitet. Für die Flugsicherheit. Gwaihir hat verhindert, dass Drohnen den Flugzeugen beim Starten und Landen zu nahe kommen.«

»Er hat sie vom Himmel geholt?«

»Ja. Eric war Falkner. Es war sein Beruf, bevor er zu euch kam.«

Zu euch. Er spricht das mit einer Bitterkeit und Verachtung aus, die mich schmerzt.

»Und jetzt gehört Gwaihir dir?«

»Eric hat mir gezeigt, wie ich mit ihm arbeiten muss. Ich hätte nicht gedacht, dass ich ihn einmal *hier* draußen brauchen würde.« Er sieht mich an. »Hast du irgendeine Ahnung, wer dich verfolgt?«

Ich schüttle den Kopf.

»Glaubst du, es ist jemand aus dem Institut?«

»Ich kann mir nicht vorstellen, wer.«

Kein Wunder, dass er mich so misstrauisch anblickt. Ich würde das Gleiche tun, wenn ich mir selbst gegenübersäße. Die Flasche liegt kalt und fremd in meiner Hand. Ich bin es nicht gewohnt, Bier zu trinken. Es schmeckt bitter, steigt mir gleich zu Kopf und dämpft dort alles ab. Meine Finger zeichnen Spuren in dem braunen, beschlagenen Glas. Kairos muss einen Kühlschrank hier oben haben, sonst wäre das Bier nicht so gekühlt.

»Hat Eric hier gewohnt?«

»Im Sommer hat er manchmal hier übernachtet, aber eigentlich hatte er eine Wohnung.« Kairos' Gesicht liegt im Dunklen. Ich kann ihn nicht sehen, aber ich meine, seinen Schmerz zu hören: dort in den langen Pausen zwischen den Wörtern.

»Und jetzt wohnst du hier?«

Kairos nickt. »Gwaihir braucht ein Quartier und ich wollte nicht, dass die Pflanzen vertrocknen. Es ist schließlich das, was von Eric übrig bleibt.« Er sagt den letzten Satz ganz sachlich. *Was von ihm übrig bleibt.*

»Gibt es hier Strom?«

»Die Leitungen sind seit Jahrzehnten stillgelegt. Eric hat eine

Solaranlage hier oben aufgebaut. Aber ich mache nachts kein Licht, das ist zu gefährlich.«

»Wieso gefährlich?«

»Ich will nicht, dass mich jemand entdeckt.« Mir kommt es so vor, als wollte er noch etwas sagen, aber er verstummt plötzlich. *Wird er gesucht? Von wem? War er deshalb in dem Verhör?* Ich lehne mich zurück. Ein abgebrochenes Stück vom Rattangeflecht des Korbstuhls sticht mir in den Rücken. Wir schweigen eine Weile. Ich denke an das Video und wie ich ihn bewertet habe. Ich wünschte, ich hätte das Verhör mit anhören können und würde nun wissen, was er gesagt hat. Ich würde ihn gerne fragen, warum er verhört wurde. Wieso er an diesem Tisch saß. Aber dann müsste ich sagen, warum ich das Video gesehen habe.

Er lächelt mich an. Nicht wissend, spöttisch oder mit einer bestimmten Absicht. Nein, eher wie ein Kind. Eigentlich warte ich die ganze Zeit auf den Augenblick, an dem ich Angst vor ihm bekomme. An dem ich irgendetwas Seltsames und Unangenehmes an ihm entdecke. Etwas, das ich nicht mag, das die Alarmglocken schrillen lässt. Es passiert nicht. Vielleicht ist da gar nichts und ich muss keine Angst haben und nicht auf der Hut sein. Der Gedanke verwirrt mich außerordentlich.

Ein Wind kommt auf und bringt eine leichte Kühlung. Er spielt mit der Folie eines Gewächshauses, mit Tomatenpflanzen, die unordentlich um gedrehte Pflanzstäbe gewickelt sind. Von dort weht mir ein so intensiver Duft nach Tomaten entgegen, dass ich Hunger bekomme. Die Pflanzen, die Blätter und der Duft sind etwas Neues für mich. Ich muss an den Garten meiner Kindheit denken. Das grüne Gras zwischen den Reihenhäusern. Wie lange war ich schon nicht mehr draußen? Von hier aus betrachtet, ist das Institut ein einziges Gefängnis.

Warum bin ich eigentlich dort? Wieso hat es mich dorthin verschlagen? Ich würde es am liebsten vergessen. Ich darf es nicht vergessen.

»Dort im Institut. Arbeitest du auch an dem Roboter?« Kairos' Gedanken scheinen den gleichen Weg gegangen zu sein wie die meinen.

Ich nicke fast widerwillig. »Ich bin dem gleichen Projekt zugeteilt. Der Roboter heißt Chi. Ich helfe, sie zu programmieren.«

»Du meinst, du arbeitest daran, dass es so aussieht, als wäre er menschlich.«

»Äh. Ja. Auch.« Ich werde rot.

»Eric hat gesagt, dass er eines Tages wie der perfekte Mensch wirken würde.«

»Sie wirkt jetzt schon ziemlich perfekt.«

»Sie?«

»Es ist ein Mädchen. Ein Kind, besser gesagt.« Als ich es ausspreche, merke ich, wie absurd das klingen muss. Kairos sagt nichts. Er starrt nur vor sich hin. »Weißt du, warum Eric die Zahlen unter seinem Schreibtisch eingeritzt hat?«

»Er wollte, dass du sie siehst.«

»Hat er das gesagt?«

»Nein«, sagt Kairos. »Ich nehme es nur an.«

»Kann ich dich etwas fragen?« Meine Stimme klingt ganz belegt.

Er sieht mich an und ich weiß plötzlich, dass ich ihn alles fragen kann.

»Es geht um Eric. Ich weiß nicht, wie ich es sagen soll …«

»Versuche es einfach!«

»Okay.« Ich hole Luft. »Konnte … konnte er in die Zukunft sehen?« Ich frage ohne Umschweife und spüre, wie eine Gänsehaut meinen Nacken hinunterläuft. Eigentlich wollte ich dem Satz eine leicht spöttische Drehung geben, aber das ist mir nicht gelungen. »Ich weiß, dass das verrückt klingt …«, füge ich schließlich hinzu.

»Nein«, Kairos sagt es ganz schnell und fährt sich über seine Haare. Ich sehe zu meiner Überraschung, dass er ein paar silberne Strähnen darin hat. »Nein, das klingt gar nicht verrückt. Ich weiß, dass er das konnte. Es hat ihm nur niemand geglaubt.«

Ich starre ihn an. *Er sagt das, als wäre es das Selbstverständlichste auf der Welt.*

»Aber du? Du hast ihm geglaubt?«

Er lacht leise. »Ich habe ihn sogar dafür bewundert. Ich habe ihn immer gebeten, eines Tages die Lottozahlen vorauszusagen. Aber er sagte, dass er das nicht kann. Seine Voraussagen waren anders.«

Ich beuge mich aufgeregt nach vorne und spüre mein Herz schlagen. »Wie anders? Hat … hat er Bilder gesehen?«

Kairos schüttelt den Kopf. »Nein, keine Bilder. Er hat mir das so beschrieben, dass er Sätze hört. Sätze, die ihm durch den Kopf schießen.«

»Kam dir das nicht komisch vor?«

»Nein, ich bin schließlich damit aufgewachsen. Man kann nicht in den anderen hineinschlüpfen, oder? Man kann nur glauben, dass der andere so ähnlich funktioniert wie man selbst, und wenn es nicht so ist, dann ist das so schwer zu glauben. Aber ich weiß, dass er anders war als ich. Anders als alle.«

Er mustert mich kurz aus den Augenwinkeln. »Warum hast du das eben gefragt?«

»Weißt du denn, warum er im Institut war?«

»Er hat nicht viel darüber gesprochen, weil er eine Verschwiegenheitserklärung unterschreiben musste, und deshalb wollte er mir nichts erzählen. Ich glaube, er hatte Angst, dass ich zu viel wissen könnte und dass es mir schaden würde.«

»Er wurde wegen seiner Gabe geholt.«

Kairos sieht mich aus zusammengekniffenen Augen an. »Du meinst, sie haben erfahren, dass er in die Zukunft sehen kann?«

Ich nicke.

»Woher weißt du das?«

Ich räuspere mich kurz. »Weil sie mich auch deswegen geholt haben.«

Er starrt mich an. Ich beiße mir auf die Lippe und hoffe, es klingt nicht so, als wollte ich mich wichtigmachen.

»Dann … kannst du auch Sätze hören?« Er blickt mich an. Es ist nicht dieser misstrauisch skeptische Blick, den ich sonst kenne. Er sieht mich eher an wie jemand, der sich wirklich dafür interessiert.

Ich schlucke. »Nein, ich höre nichts. Ich sehe Bilder, schnelle Bilder, wie Lichtblitze. Sie laufen vor meinen Augen ab wie ein Stück Film. Es kommt ganz plötzlich und ich kann es nicht steuern. Ich dachte eigentlich immer, ich wäre verrückt.«

Ich sehe den Anflug eines Lächelns in seinen Augen.

»Das dachte Eric auch. Aber es war tatsächlich so. Alles, was er sagte, ist eingetroffen. Ich glaube nicht, dass du verrückt bist.«

Für den letzten Satz hätte ich ihn am liebsten umarmt. Aber ich bleibe in meinem Sessel sitzen und plötzlich schießen mir Tränen in die Augen. *Ich bin nicht verrückt. Nein, ich bin nicht verrückt.* »Ich … ich bin nur noch nie jemandem begegnet, der es auch hatte.« Ich stammle die Wörter fast. »Es ändert alles, verstehst du.«

Wir schweigen und ich sehe in den Himmel. Lege meinen Kopf weit in den Nacken. Ein paar verschwommene Sterne, sonst nichts als Leere über mir. Ich schließe die Augen und könnte schlafen. Ich will nicht mehr zurück ins Dorf. Ich möchte nicht mehr unter die Treppe. Ich will nicht mehr ins Institut. Ich will hierbleiben.

Als ich die Augen öffne, ist die Wolkendecke ein bisschen aufgebrochen und Sterne blitzen durch die milchige Düsternis. Über mir ist ein Sternzeichen, das aussieht wie ein schräg stehendes W. Es ist die Kassiopeia. Meine Mutter hat sie mir gezeigt. *Kassiopeia.* Das Sternlicht des hellsten Sterns braucht genau 230 Jahre, um zu uns zu gelangen. Vielleicht gibt es ihn schon gar nicht mehr jetzt. Vielleicht ist alles, was ich von ihm sehe, ein fernes Echo. *Wann ist schon jetzt?*

»Er mochte das nicht«, unterbricht Kairos meine Gedanken. »Er hätte viel darum gegeben, wenn er diese Sätze nicht gehört hätte.« Seine Stimme ist ganz leise.

Ich muss mit dem Ärmel über die Augen wischen »Weißt du, wenn ich es könnte, würde ich auch alles tun, damit es weggeht. Alles«, sage ich. Wir schweigen und ich warte, bis die Tränen verschwinden und die Sterne wieder klar aussehen. Dann lasse ich ein bisschen Zeit verstreichen, um den Mut für meine nächste Frage zu sammeln. »Glaubst du, dass Erics Fähigkeit der Grund war, warum er sich umgebracht hat?«

Kairos sieht mich an. Sein Gesicht ist verschlossen. »Es war kein Selbstmord.«

»Wie meinst du das?«

»Es passt einfach nicht zu ihm.«

»Aber was ist dann geschehen?«, frage ich und höre meine Stimme kaum.

»Das weiß ich nicht. Aber ich bin mir sicher, dass es kein

Selbstmord war und dass dort etwas vor sich geht, was nicht in Ordnung ist.«

»Ich kann mir das nicht vorstellen«, sage ich leise und merke zugleich, wie sich meine Lunge zusammenzieht … »Sie haben ihn gebraucht. Sie haben seine Fähigkeiten gebraucht. Es ergibt keinen Sinn, wenn sie versucht haben …«

Ich lasse den Satz in der Luft hängen, denn ich fürchte mich, ihn zu vervollständigen. Kairos' Blick lässt mich nicht los. »Warum weiß ich nicht. Aber ich an deiner Stelle würde versuchen, es herauszufinden.«

Ich starre ihn an. Wenn es stimmt, was er sagt, dann bin ich im Institut nicht mehr sicher. Ich darf dort nicht mehr hin. *Es kann nicht sein. Warum sollten sie so etwas tun?*

Ich stehe auf und stelle die Bierflasche auf den Tisch, sodass es leise klirrt.

»Ich glaube, ich muss jetzt gehen.«

»Okay.« Kairos fährt sich über die Stirn und sieht plötzlich müde aus. »Ich würde dir gerne helfen, aber ich weiß nicht, wie.

Ich sehe ihn an und bin gerührt. Ein warmes helles Gefühl steigt in mir auf.

»Du kannst mir nicht helfen«, sage ich. »Noch nicht.« Ich stehe da, weiß nicht recht, wie ich mich verabschieden soll. Wir können uns schließlich schlecht umarmen, oder? Wieso eigentlich nicht?

»Ich habe mein Fahrrad unten«, sage ich schließlich und trete sicherheitshalber einen Schritt zurück.

»Lass dich nicht wieder von Drohnen verfolgen«, sagt er.

»Jetzt weiß ich zumindest, wie sie klingen.«

Wir stehen uns gegenüber. Der Abstand ist groß zwischen uns und keiner will ihn überbrücken. Es ist – nun ja – es ist zu gefährlich.

»Du wirst wiederkommen«, sagt er und ich sehe ein Lächeln.

Ich schüttle den Kopf. »Warum bist du dir da so sicher?«

»*Sie kommt zurück, wenn das Licht sich verfinstert.* Eric hat mir das gesagt.«

»Wann hat er dir das erzählt?«, frage ich. Meine Stimme klingt heiser.

»Kurz bevor er starb.«

»Das ist eine seiner Vorhersagen?«

Kairos nickt.

Soll ich ihm glauben?

Wahrscheinlich sehe ich ihn nun mit dem gleichen Blick an, mit dem mich immer die anderen mustern. Dieses erstaunte Abwarten, ein Blick, der Rückzug andeutet und ein Sich-in-Acht-Nehmen. Vorsicht und ja – auch Angst. *Gebe dich nicht mit den Verrückten ab.* Dabei sieht er so aus, als sage er das Selbstverständlichste der Welt. Er glaubt es einfach.

Kairos sieht mich an. Er macht keine Anstalten, auf mich zuzukommen und mich zu verabschieden, und ich bleibe einfach stehen.

»Wenn du wiederkommst, dann vergiss nicht, deinen Akku aus dem Handy zu nehmen.« Er sagt es mit einem leisen Lächeln.

Ich nicke. »Ja, das mache ich. Keine Sorge!«

Dann drehe ich mich um und spüre seinen Blick hinter mir. Die Blätter der Stangenbohnen rascheln leise, als ich sie mit meinem Ärmel streife.

Wenig später ziehe ich mein Fahrrad aus dem Gestrüpp und blicke zurück nach oben auf das Dach. Kurz meine ich, eine dunkle Gestalt darauf zu entdecken, die mir zusieht, wie ich wegfahre, aber ich kann mich auch täuschen.

24

Am nächsten Morgen erwache ich vom Geräusch der Regentropfen, die gegen die große Fensterscheibe neben meinem Hochbett klopfen. Seit Wochen habe ich mir keinen Wecker gestellt, ich wachte immer von selbst auf, nun bin ich verwundert, als ich auf mein Handy blicke. Es ist schon halb acht. Ich habe das erste Mal, seit ich am Institut arbeite, verschlafen. War es die Abkühlung durch den Regen, die mich hat länger schlafen lassen? Oder die Unruhe, die mich überwältigte, als ich nach der Begegnung mit Kairos nach Hause kam? Bevor ich in diesen tiefen traumlosen Schlaf fiel, wanderte ich ruhelos in meinem engen Bungalow hin und her und fragte mich, ob das, was ich erlebt hatte, wirklich gewesen war. Der Garten, Kairos und Gwaihir kamen mir vor wie Gestalten aus einer Geschichte, die nichts mit mir zu tun hatte, einer längst entschwundenen Erzählung, die ich einmal gehört habe. Auch jetzt, am nächsten Morgen, während ich mir eilig die Haare zu einem Pferdeschwanz zusammenbinde, denke ich darüber nach, ob sie nicht eher zu einem Traum gehören. Ich muss allerdings nur auf die Innenfläche meiner Hand starren. Dort stehen ganz verblasst die Zahlen. Man kann sie gerade noch erahnen. Nein, ich habe nicht geträumt. Ich suche nach meinen letzten sauberen Klamotten, streife mir ein uraltes gelbes T-Shirt mit pinken Streifen über, ein viel zu bunter Fehlkauf, der mir nicht steht. Ich verschwinde, ertrinke darin in Farbe, sodass von mir selbst kaum noch etwas übrig bleibt. Aber es ist das letzte saubere T-Shirt. Das letzte, das zusammengefaltet auf dem Sperrholzregal in dem begehbaren

Wandschrank lag und noch nicht auf einem der wuchernden Stoffhaufen auf dem Boden.

Als ich aus dem Bungalow trete, spüre ich, dass der Sommer vorbei ist. Es regnet spitze Tropfen, und wenn ich nach oben blicke, sehe ich kleine, in sich gedrehte Lichtblitze wie schwirrende Glühwürmchen vor einem nieselgrauen Himmel. Die Hitze ist vorbei, ich empfinde Erleichterung und Enttäuschung zugleich. Die Bäume, die Blumen, das Gras auf dem Weg saugen gierig das Wasser auf. Ich muss an Kairos denken und seinen Dachgarten. Der gleiche Regen wird auf sein Dach prasseln, sich in den großen Blättern der Pflanzen sammeln und von dort in kleinen Bächen nach unten laufen. Ob er wohl noch schläft? Oder ob er auch durch die Tropfen geweckt wurde? Und Gwaihir? Hat er sich vor dem Regen in seinem Käfig versteckt? Es gibt jemanden, an den ich denken kann. Dieses Gefühl ist neu und schön und aufregend. Ich lasse es zu. Es verändert sogar das Dorf. Die Bungalows sehen einladender aus und der Regen hat eine beruhigende Freundlichkeit. Fahrräder stehen überall, das Dorf füllt sich langsam wieder. Die Leere, die über die letzten Wochen geherrscht hat, ist vorbei. Auch die U-Bahn ist jetzt voll, eine schaukelnde und rumpelnde Karawane mit Leuten, die auf ihre Handys schauen oder mit der Zeitung rascheln. Es riecht nach feuchten Mänteln und Seife, ich werde eingezwängt, finde meinen Kopf zwischen Ellbogen und Rucksäcken und sehe nach oben, um Luft zu bekommen. Die Hitze hat aufgehört und mit ihr die Stille. Die Stadt ist wieder im Geschäftsmodus. Zu meinem Schrecken fällt mir ein, dass ich nicht mehr weiß, welches Datum wir haben, ich muss irgendwann im Institut meine Zeitrechnung aufgegeben haben. Irgendwo in einem dunklen, versteckten Winkel meines Gehirns lungert der Gedanke an mein eigenes

Studium und eine nicht geschriebene Hausarbeit herum. Ich lasse den Gedanken da im Schatten stehen und will ihn am liebsten ganz vergessen. All das scheint mir so weit weg zu sein, dass es fast in einem anderen Leben liegt.

In wenigen Wochen werden auch die Semesterferien vorbei sein und ich frage mich, ob ich eine Verlängerung im Institut bekomme oder ob ich überhaupt noch gebraucht werde, wenn Chi das gelernt hat, was sie von mir lernen sollte. Ich habe sie trainiert und werde langsam von ihr ersetzt werden. Ich denke an Chi und stelle mir vor, wie Eric ihr gegenübersaß. Vielleicht ging es Eric genauso. Vielleicht wurde er einfach nicht mehr gebraucht und man hat versucht, ihn loszuwerden. Der Gedanke daran lässt mich schwindeln und für einen kurzen Moment bin ich froh, dass ich so eingezwängt bin, denn so kann ich nicht fallen. Ich frage mich, ob Kairos mit seinem Verdacht recht hat. Es ist ein schrecklicher Verdacht. Warum hätte jemand Eric töten sollen? Vor allem wer? Hätte man ihn loswerden wollen, so hätte es genügt, ihn einfach zu entlassen. Er ergibt einfach keinen Sinn, ihn vom Dach zu stoßen. Ich versuche, mich an diesen Gedanken zu klammern. Aber er beruhigt mich nicht. Ganz im Gegenteil.

Wenn sie es wollten, hätten sie kein Problem, mich loszuwerden. Es ist vielleicht der schlimmste Gedanke, den ich habe. Er kommt mir, als ich die Heisenbergstraße hochlaufe und den Schulkindern mit ihren Ranzen ausweiche, die zu zweit oder zu dritt auf mich zulaufen und die ganze Breite des Gehsteigs beanspruchen. Ich bin zwar älter, aber kaum größer als sie und ich ärgere mich, dass sie keinen Respekt vor mir haben. Nein, im Institut hätten sie kein Problem, mich loszuwerden, denn keiner würde mich vermissen.

Ich gehe die Stufen hoch. Als ich die Tür öffne, sehe ich das überraschte Gesicht der Frau im Glaskasten. »Sie sind aber heute spät dran.«

Ist das Missbilligung oder Neugier? Ich versuche, den richtigen Ton herauszulesen. Es ist das erste Mal seit langer Zeit, dass wir uns sehen, denn ich war jeden Morgen immer schon da, bevor sie hinter ihrer Glasscheibe Posten bezog. Ihre Haare sind frisch gefärbt, der weiße Haaransatz daraus ganz verschwunden und dreieckige grüne Ohrringe baumeln zu beiden Seiten aus den leuchtenden roten Strähnen. Sie mustert mich mit ihren stechenden Augen. Nein, keine Neugier, eindeutig Missbilligung. Ich bin ihrem Rat nicht gefolgt und hiergeblieben. Ich will weitereilen, doch dann halte ich inne, bleibe stehen und klopfe an die Tür. Es ist ein kurzer Entschluss, ohne viel nachzudenken.

Sie sitzt hinter dem Schreibtisch, das Fenster zum Gang im Blick, und dreht sich überrascht zu mir. Heute hat sie ein geblümtes Kleid an. Riesige Mohnblumen, die mit der neuen Farbe ihrer Haare wetteifern.

»Brauchen Sie noch was?«

»Ich … nein … ich brauche eigentlich nichts.«

Hinter ihr hängt, ganz klein, Erics Bild. Jetzt, da ich weiß, dass er Kairos' älterer Bruder ist, wundere ich mich, wie ich beide verwechseln konnte. Eric sieht viel schwermütiger aus. Wie jemand, dem eine große Last auf den Schultern liegt. Unter dem Bild steht ein schmales Regal mit Akten und darüber stapeln sich Bücher mit zerdrücktem rosa Rücken; von einem kann ich den Titel lesen. »Stellen Sie sich Ihren Dämonen«. Das hätte mich zu jedem anderen Zeitpunkt amüsiert, aber nicht jetzt.

»Warum haben Sie mich gewarnt?«, frage ich sie unvermittelt.

»Was meinen Sie?« Sie mustert mich misstrauisch und dreht eine große Tasse mit Aufdruck in ihrer Hand. *Wir sind bei der Arbeit und nicht auf der Flucht.*

»Sie haben gesagt, dass ich wieder nach Hause gehen soll und keinem trauen«, sage ich. »Als ich hier angefangen habe.«

Sie lacht einmal kurz und trocken und zieht die Tasse näher an sich heran.

»Das soll ich gesagt haben?«

»Ich war zum ersten Mal hier und sollte auf Frau Keppler warten. Erinnern Sie sich nicht?«

Sie zupft mit einer Hand nervös an ihrem Mohnblumenärmel. »Wissen Sie, ich kann mich nicht an jedes Gespräch erinnern. Hier arbeiten sehr viele.« Sie sieht mich kurz an, ihre Augen wischen über mein Gesicht, ohne hängen zu bleiben. Dann blickt sie wieder nach unten und blättert in einem Block mit sauberen handschriftlichen Aufzeichnungen, den sie vor sich liegen hat. Es ist eine Liste mit Mitarbeitern und neben ihren Namen stehen Bemerkungen. »Außer Haus, ab 14:00 Uhr wieder erreichbar, Arztbesuch.«

Sie weiß immer, wo wir sind …

»Möchten Sie sonst noch etwas?«, fragt sie.

Mein Herz klopft, ich gehe zu der Pinnwand über dem Regal und nehme vorsichtig Erics Bild von der Wand. Es ist nicht nur ein Bild, sondern eine Karte. Als ich sie umklappe, zucke ich zusammen. Dort – auf dem Umschlag – ist das Bild eines Falken. Er zeichnet sich schwarz vor dem blauen Himmel ab und fliegt der Sonne entgegen. Es ist ein bisschen kitschig, gibt mir aber trotzdem einen jähen Stich, einen Schmerz, der mir in die Lungen fährt und mir für einen Moment die Luft nimmt. Ich klappe die Karte wieder auf und lege sie mit Erics Foto zuoberst auf den Schreibtisch.

»Hatte Ihre Warnung vielleicht damit zu tun?«

Sie steht auf, sieht mich an, ihr Mund ist ein Strich.

»Ich weiß nicht, wovon Sie sprechen.«

»Aber es ist doch komisch, oder? Er war mein Vorgänger. Und kurz nach seinem Tod warnen Sie mich, hier anzufangen.«

Sie dreht sich schnell von mir weg, was an einer Gruppe von Leuten liegt, die draußen vorbeigehen. Sie grüßt sie kurz, dann steht sie mit einem Ruck auf, schließt die Tür hinter mir und stellt einen Stuhl in die Ecke. »Setzen Sie sich«, sagt sie leise.

Als ich der Aufforderung folge, verstehe ich, warum sie mir diesen Platz angeboten hat. Das Fenster zum Gang steht nun schräg zu mir. Ich kann nicht sehen, wer draußen vorbeigeht, aber auch mich kann niemand sehen.

Sie selbst geht zurück an den Schreibtisch, von wo aus sie die Tür im Blick behält. »Die meisten kommen erst in einer halben Stunde.«

»Ich dachte, wir beginnen alle zur gleichen Zeit.«

»Ihre Abteilung fängt früher an. Nur Ihre. Haben Sie das denn nie bemerkt?«

Ich schüttle den Kopf. Sie sieht mich prüfend an, ein Blick, bei dem ich mich hoffnungslos naiv fühle.

»Es liegt an Ihrem Chef.«

»An Hektor?«

Sie lacht kurz auf … »Sie glauben wirklich, dass er in Ihrer Abteilung der Chef ist?«

Ich sehe sie verwirrt an. »Wer denn sonst?«

»Sagen wir mal so, Frau Keppler hat für eine wissenschaftliche Mitarbeiterin ziemlich viel Entscheidungsfreiheit.«

Ich kratze mich am Kopf und bereue das Gespräch jetzt schon. Warum habe ich überhaupt damit angefangen? Ich interessiere mich nicht für Hochschulpolitik, und je länger ich hierbliebe, desto mehr würde ich in einen Sumpf aus Tratsch und Missgunst hineingezogen. Sie sieht mich nun an, wahrscheinlich unschlüssig, ob sie mich weiter ins Vertrauen ziehen sollte. »Sie hätten Frau Keppler nicht erzählen dürfen, dass ich Sie gewarnt habe.«

Ich starre sie an. »Sie hat Ihnen das erzählt?«

»Ihretwegen habe ich richtig Ärger bekommen. Dabei haben Sie mir versprochen, nichts weiterzuerzählen.«

Ich beiße mir auf die Zunge. Ja, das habe ich getan. Zweifellos. Warum hat mich Pandora verraten?

»Es tut mir leid.«

»Schon gut. Sie sind nicht die Erste, die mir nicht glaubt. Da ist etwas in Ihrer Abteilung …«

Sie sieht mich an, unschlüssig, ob sie fortfahren soll. Dann scheint sie sich einen Ruck zu geben.

»Es war alles anders, bevor Frau Keppler kam. Seit sie hier ist, ist ihr Bereich fast so etwas wie eine Sekte.« Sie senkt die Stimme und blickt sich nervös um. »God's Kitchen! Allein schon wie sie ihren Raum nennen. Das ist doch eine Anmaßung, finden Sie nicht?«

Ich tue so, als hätte ich das Letzte nicht gehört. »Wir sind keine Sekte. Wir sind nichts Besonderes und arbeiten mit allen gut zusammen.«

Sie lächelt mich mitleidig an. »Keiner arbeitet hier gut zusammen. Es sind alles kleine Königreiche. Mit den Professoren ganz oben und dazu einem kleinen Stab an Untertanen. Und gerade mit Frau Keppler ist die Zusammenarbeit ganz unmöglich geworden.«

Ich will etwas sagen, Pandora verteidigen, aber ich komme nicht dazu.

»Sie führt eigentlich die Geschäfte. Hektor ist ja ständig auf seinen Konferenzen. Und sie hat ihren Bereich völlig abgeschottet. Es gibt nur noch Hektor, sie und Herrn Kim. Die Lehre ist völlig vernachlässigt. Sie haben sogar die Sekretärinnenstelle zusammengestrichen, um das Geld in das Forschungsprojekt zu stecken.«

Es klingt wie der schlimmste Verrat von allen.

»Wir sind nicht isoliert«, wende ich ein. »Die Linguisten zum Beispiel. Mit denen verstehen wir uns bestens.«

Sie zieht eine Braue hoch. »Da habe ich schon anderes gehört.« Der Satz bleibt vage in der Luft hängen. Sie sieht mich herausfordernd an. Ich weiß nichts darauf zu sagen. Das Sprachprogramm funktioniert einwandfrei, und Philip und der andere Junge, dessen Namen ich zugegebenermaßen nicht weiß, sind viel mit Pandora zusammen.

»Ich habe nichts Schlechtes gehört und ich weiß, dass es gut funktioniert«, beharre ich schließlich.

Sie sieht mich geduldig an.

»Wie viele Freunde haben Sie außerhalb Ihrer Abteilung?«

»Ich kenne einige«, unterbreche ich sie. »Wenn auch nur vom Sehen.«

»Wissen Sie, ich bin länger in diesem Institut, als Sie auf der Welt sind, und ich habe schon viele Leute kommen und gehen sehen. Aber niemand war so wie Frau Keppler. Nun, eines Tages ist sie wieder weg. Ihr Vertrag ist schließlich befristet. Dann ist der Spuk vorbei.«

»Was für ein Spuk?«

Sie seufzt, setzt dann ein ganz anderes Gesicht auf, lächelt und grüßt durch das Fenster nach draußen. Als sie sich mir wieder zuwendet, ist ihr Lächeln erloschen.

»Es wird ein ziemliches Geheimnis um dieses Robotikprojekt gemacht.«

»Um Chi?«

»Ja, so heißt es wohl.«

»Was meinen Sie mit Geheimnis?«

»Man fragt sich, an was Sie da genau arbeiten.«

»Wir bringen einem Roboter bei, auf Menschen zu reagieren. Er soll einmal Therapien durchführen.«

»Aber warum hat man Eric dazugeholt? Und warum Sie? Sie sind keine Wissenschaftler.«

»Immerhin studiere ich Psychologie.« Ich schnappe nach Luft.

Sie mustert mich. »Passen Sie auf sich auf. Ich will nur nicht, dass Ihnen das Gleiche passiert wie Eric.«

Sie nimmt das Bild in die Hand und hängt es behutsam zurück an die Pinnwand.

»Waren … Sie auf Erics Beerdigung?«, frage ich sie.

»Ja, ich war die Einzige vom Institut. Die Einzige, stellen Sie sich das vor!«

Ich merke, dass meine Zunge ganz trocken ist. Sie liegt wie ein Fremdkörper in meinem Mund. »Warum sind die anderen nicht hingegangen?«

Sie zuckt mit den Schultern. »Ich glaube, er war ihnen nicht wichtig. Sie haben ihn benutzt und dann fallen lassen.«

Fallen lassen. Ich zucke kurz zusammen und hoffe, dass sie das nicht bemerkt.

»Er war ein netter Mann, wissen Sie. Er hat mich immer gegrüßt. Er hat sogar ab und zu mit mir gesprochen. Als wäre ich ein Mensch und nicht irgendein Wesen weit unter ihm.«

Ich denke an all die Male, an denen ich an dem leeren Glaskasten vorbeigegangen bin und froh war, sie nicht grüßen zu müssen, und spüre, wie mir das Blut zu Kopf steigt. Es wäre mir einfach zu peinlich gewesen.

Wir sehen uns kurz an. Dann wendet sie den Blick ab und sieht durch ihr Glasfenster nach draußen. »Niemand da. Sie können jetzt gehen.«

Ich nicke ihr zu, stehe auf und schiebe den Stuhl zurück. Bevor ich die Tür schließe, sehe ich Erics Bild. Er blickt mich an, als wollte er mir etwas sagen. Etwas Wichtiges. Etwas, das ich übersehen habe.

Ich laufe durch die Korridore, den Gang hinunter, nach links, die Treppen hoch, durch die Glastür zu meiner Abteilung. Es ist kein Labyrinth mehr, ich finde mich mühelos zurecht. Aber – etwas ist anders. Ich bin anders. Wachsam. Was war ich vorher? Gedankenverloren. Nun bin ich wachsam und auf dem Sprung. Wie ein Tier. Meine Schritte sind immer noch leise, aber diesmal habe ich nicht den Ehrgeiz, energischer aufzutreten. Ich werde leise bleiben. Leise und aufmerksam. Ich halte meinen Transponder an die Tür und sie schnappt auf. Kim ist bereits im Raum neben Chi. Er sieht hoch, als ich hereinkomme. Ich schlucke. Chi hat keine Haare mehr. Sie sieht seltsam aus. Nicht mehr wie ein Mädchen. Nicht mehr wie ein Kind. Eher wie ein Mönch. Sie sieht genauso aus wie in meiner Vision.

25

Jemand steht neben Kim, der auf dem Boden neben Chi kniet und an ihrer Armverdrahtung arbeitet. Ich muss zweimal hinsehen, weil ich nicht mit ihm gerechnet habe, und zucke zusammen, als ich ihn erkenne: Es ist Hektor.

»Celine! Schön, dich zu sehen!« Er kommt auf mich zu und schüttelt mir freundlich und mit festem Druck die Hand. Ich murmele schnell eine Begrüßung. Warum nur komme ich ausgerechnet, wenn Hektor hier ist, zu spät? Warum ist er eigentlich da?

Kim sieht zu mir hoch und begrüßt mich mit einem knappen Nicken. Er sieht sehr geschäftig aus. Kreisrunde Flecken leuchten auf seinem Gesicht, während er Chis Arm in die Schulter dreht. Ich gehe zu meinem Schreibtisch und habe plötzlich Angst, dass jemand die Zahlen im Holz entdeckt hat, dass Hektor deswegen hier ist und mich zur Rede stellen will. Aber warum sollte jemand auf dem schmutzigen Boden neben den Kabeln herumkrabbeln? Was hätte er da zu suchen? Und was könnte mir passieren? Ich habe die Koordinaten schließlich nicht ins Holz geritzt. Ich habe sie nur abgeschrieben. Ich denke an die Zahlen auf meiner Hand und wünsche mir, ich hätte sie noch gründlicher weggeschrubbt.

»Hallo, Celine! Schön, dass du auch endlich da bist.« Ich zucke zusammen. Pandoras Stimme dringt hinter dem halbdurchlässigen Spiegel zu mir. Sie muss dort am Computer sitzen. Ich kann sie nicht sehen, nur mich selbst, Kim, Hektor und Chi im Spiegel. Wie auf einem Gemälde. Drei Menschen mit Chi, die auf dem Stuhl sitzt. Sie ist der Mittelpunkt der

Aufmerksamkeit. Ein Kindwesen ohne Perücke mit Kabeln, die von ihrem Kopf zu dem Verteiler auf Kims Schreibtisch führen.

»Hallo, Pandora! Tut mir leid. Ich … ich wurde aufgehalten«, sage ich.

»Du bist ja gerade noch rechtzeitig gekommen. Wir fangen jetzt an.« Kim nickt mir zu und ich sehe ihn fragend an.

Er blickt verblüfft zurück. »Na, der Relaunch!«

Ich starre auf Chi. »Natürlich!«, stottere ich. *Wie konnte ich das vergessen? Deshalb sind alle hier!* Ich wünschte, ich hätte mehr Zeit gehabt, mich vorzubereiten. Meinen Schreibtisch aufzuräumen, bevor Hektor hier hereinkommt zum Beispiel. Dort liegt immer noch die Styroporschachtel mit den Resten des Essens von gestern. Eine Gabel steckt senkrecht im Styropor wie ein Ausrufezeichen. Ich räume schnell alles zusammen und lasse es in der orangefarbigen Plastiktüte verschwinden, die immer noch an meinem Platz hängt. Kim hat inzwischen den Arm eingesetzt und steht auf.

»Wie weit sind wir, Kim?«, fragt Hektor.

»Ich muss nur noch den Hinterkopf anflanschen und die Perücke montieren.«

»Hat das irgendwelche Auswirkungen auf die Mechanik?«

Kim sieht hoch und schüttelt den Kopf. »Nein, eigentlich nicht. Es sieht eben nur anders aus.«

Hektor sieht auf die Uhr. »Ich glaube, wir lassen das mit den Haaren und fangen einfach an. Pandora?«

»Für mich okay«, sagt die Stimme hinter der Scheibe.

Ich sehe Chi an, noch ist sie ausgeschaltet. Die blauen Augen sind geradeaus auf einen Punkt an der Wand gerichtet. Über die mechanischen Teile ihres Kopfes ist die Silikonhaut gespannt. Ich wünschte, Kim hätte ihr die Perücke aufgesetzt, aber dazu ist anscheinend zu wenig Zeit.

»Bist du aufgeregt, Celine?« Hektor sieht mich mit einem Lächeln an.

»Ein bisschen.«

»Das kannst du ruhig sein. Schließlich sind es deine Daten, die Chi nun übernommen hat.«

Ich atme tief aus.

»Sie hat auch eine Art Mimik-Update bekommen«, sagt Kim. »Es kann sein, dass sie euch am Anfang ein bisschen fremd vorkommen wird.«

»Ich bin sehr gespannt.« Hektor legt Kim den Arm auf die Schulter. Kim wirkt dadurch kleiner, fast als wäre er sein Sohn.

»Soll ich mit Chi sprechen?«, frage ich Hektor.

Er sieht mich über seine randlose Brille an und lächelt. »Nein, Celine, dein Platz ist heute dort hinten, neben uns. Wir wissen nicht, was uns bei diesem Relaunch erwartet, und wollen keine Risiken eingehen.«

»Ich glaube nicht, dass das ein Risiko wäre, wenn ich ...«

»Wir denken schon. Du hast dich schon einmal mit Chi allein unterhalten und das hat gereicht, denke ich.«

»Okay«, sage ich leise. Einmal? Ich habe zweimal heimlich mit ihr gesprochen. Aber das kann ich ihm natürlich nicht verraten. Hat Chi es ihm verraten? Nein, bestimmt nicht. Ich kann ihr in diesem Punkt vertrauen. Kann ich? Mein Blick fällt unwillkürlich wieder unter den Schreibtisch und ich hoffe, dass keiner meine Nervosität bemerkt. Aber die anderen sind auch nervös. Kim zum Beispiel, der plötzlich an meiner Seite steht. »Ich mache es. Ich spreche mit ihr. Celine, sie hat jetzt alle deine Daten, unsere ganze Arbeit der letzten Wochen. Ich bin gespannt, was sie damit macht.«

Ich trete unbehaglich von einem Bein auf das andere. Vielleicht denkt er an unseren gestrigen Versuch, ihm die Zukunft vorherzusagen. Ich muss jedenfalls daran denken und es ist mir sehr peinlich.

Hektor sieht kurz zwischen uns hin und her, dann bleibt sein Blick bei Kim hängen. »Fangen wir an?«

Ein flüchtiges Lächeln überzieht Kims Gesicht. Hektor klopft ihm auf die Schulter. »Wir haben die Sicherheitsmaßnahmen verstärkt. Ich denke, diesmal gibt es keine Gefahr.«

Kim lächelt. »Ich habe jedenfalls keine Angst.«

»Nun gut«, Hektor reibt sich die Hände. »Dann … wollen wir mal? Da lang, Celine!« Ich folge ihm hinter den halbdurchlässigen Spiegel, wo uns Pandora am Bedienpult erwartet. Sie sitzt vor einem Monitor und schaut nicht hoch, als ich an ihr vorbeigehe. Ich setze mich links neben Hektor, der viel größer und schwerer wirkt als bei unserem letzten Gespräch, wo ich ihn nur hinter seinem Schreibtisch gesehen habe. Sein massiger Körper verstellt die Sicht auf Pandora, die sich endlich kurz vorbeugt und mit gerunzelter Stirn in meine Richtung nickt. Ich ärgere mich über ihre Missbilligung und grüße nur kurz zurück.

»Bist du bereit, Kim?«, fragt Hektor.

»Ja, bin ich.« Kim dreht den Hocker, auf dem Chi sitzt, in unsere Richtung, sodass wir ihr Gesicht durch die Spiegelscheibe sehen können. Kim nimmt seinen Schreibtischstuhl und setzt sich ihr genau gegenüber. Von ihm sehen wir nur den Hinterkopf. Er hat ganz kurze schwarze Haare. Eigentlich nur Stoppeln. Aus irgendeinem Grund bin ich froh, dass ich sein Gesicht nicht sehen kann.

Hektor neben mir lehnt sich in seinem Sessel zurück. »Okay, dann lasst mal sehen!«

Ich blicke zu Pandora. Ihre Augenbrauen sind zusammengezogen und sie blickt angespannt durch die Scheibe, vor sich einen Stift mit einem Schreibblock. Dann gibt sie die Tastenkombination ein. Erst geschieht nichts, dann bricht ein leises *Zing* durch die Stille. Chi schließt kurz die Augen, dann bewegen sich ihre Lider in schnellem Tempo auf und ab, sehr schnell – wie ein Flattern. Es ist viel zu schnell und sieht sehr künstlich aus. Schließlich hält sie ihre Augen offen, bewegt den Kopf leicht nach oben und sieht direkt durch die Scheibe, zu uns herüber.

Einen kurzen Moment lang glaube ich, dass sie mich sieht, denn sie lächelt ihr Erkennungslächeln. Dann wird mir klar, dass sie nur ihr Spiegelbild betrachtet. Sie erkennt sich selbst und lächelt sich zu. Doch das hält nicht lange. Ihr Lächeln wandelt sich plötzlich in einen Ausdruck von Furcht, dann in einen Ausdruck von Ekel, dann die Kombination von beidem. Ich kenne diesen Ausdruck. Ich habe ihm sogar eine Nummer gegeben: 217. Aber warum Ekel? Da, plötzlich eine andere Stimmung: 236, Scham gemischt mit Trauer, dann, nur Sekunden später, 265, Scham gemischt mit Freude, 272, Aufregung kombiniert mit freudiger Erwartung. Ein Sturm unterschiedlichster Gefühle läuft in wenigen Sekunden über ihr Gesicht. Nicht nur ich halte die Luft an, sondern auch Pandora und Hektor neben mir. Es ist so nicht menschlich, so unglaublich, so jenseits von allem, was ich je gesehen habe, dass es mich schüttelt. Dieses Ausprobieren dauert ungefähr zwei Minuten, als müsste sie alles, was sie je gelernt hat, kurz wiederholen. Am Ende macht sie Hand- und Armbewegungen. Gesten, wie um sich zu vergewissern, dass alles noch funktionsfähig ist. Dann lässt sie die Arme in den Schoß sinken und starrt geradeaus. Ich schlucke. Es war ein unheimlicher Auftakt. Hektor lehnt sich zurück und scheint zufrieden zu sein. Pandora macht sich eine Notiz. Ich frage mich, was Kim wohl fühlt. Er ist viel näher dran als wir hinter unserem schützenden Spiegel.

Jetzt lächelt Chi wieder. Es sieht so aus wie das Erkennungslächeln, das sie für mich bereithält. Allerdings ist es anders. Nur um eine Nuance. Eine Nummer, die mir aber nicht einfallen will. Das Lächeln hat fast etwas Herablassendes. Dann ist es mir klar: Es ist Chis Erkennungslächeln für Kim.

»Hallo, Kim!« Das klingt flüssig. Das Sprachprogramm hat nicht gelitten. *Warum ist eigentlich Philip nicht hier?*

»Hallo, Chi.« Kim rutscht auf seinem Stuhl hin und her.

Pandora und Hektor sehen sich an. Hektor lehnt sich zurück und streicht sich über sein Kinn. Dann nimmt er Pandoras Block und schreibt: *Weiß sie, dass wir hier sind?*

Pandora schüttelt den Kopf. Sie sieht mich und Hektor an und legt den Zeigefinger an die Lippen.

»Wie geht es dir?« Kims Stimme zittert leicht.

»Es geht mir gut. Wäre ich ein Mensch, würde ich sagen: Ich fühle mich wie neugeboren.«

Kim lacht. »Das ist gut. Sehr gut! Ich freue mich, dass dir der Restart so gut bekommen ist.«

»Ich freue mich für dich, dass es dir gelungen ist.«

Der Austausch von Nettigkeiten. Bis jetzt läuft das Gespräch gut. Sehr normal. Allerdings kommt mir Chi verändert vor. Es ist schwer zu sagen, was an ihr anders ist. Sie ist perfekt, ohne künstlich zu wirken. Alles, was sie sagt, ist flüssig und ohne Stocken, und trotzdem wirkt es so, als suche sie manchmal nach Worten. Ein minimales Zögern, als würde sie überlegen. Ich weiß, dass Kim dieses Zögern einprogrammiert hat. Es macht sie unperfekter. Menschlicher.

»Wie geht es dir, Kim?«

»Ich bin aufgeregt.«

»Weil du mich neu gestartet hast?«

»Ja! Glaubst du, dass du mit den neuen Daten bessere Voraussagen treffen kannst?«

Chi zögert und schließt für einen Moment die Augen. Wie gut sie das macht! Es sieht aus, als würde sie nachdenken.

»Was meinst du mit *besser*?«

»Voraussagen, die zutreffen werden?«

»Die Wahrscheinlichkeit, dass das passiert, was ich voraussage, wird höher sein, ja. Celines Daten sind sehr wertvoll. Besser als alles, was ich vorher bekommen habe. Sie ist besser als ihr Vorgänger.«

Hektor neben mir zuckt zusammen. Ich kann nicht sehen, wie Pandora reagiert.

Chi sieht Kim an. Ihre Augen sind blau und riesig. »Möchtest du denn, dass ich in deine Zukunft sehe? Bist du deshalb aufgeregt?«

»Ich glaube, das will jeder, oder?«

»Da bin ich mir nicht so sicher.«

»Warum, du etwa nicht?«

»Wäre ich ein Mensch, einer von euch, dann würde ich es lassen. Aber ich selbst habe keine Wahl.« Sie sieht traurig aus, als sie das sagt.

»Das heißt, du hast deine eigene Zukunft auch berechnet?«

»Ja.«

»Und?«

Chi schweigt. Sie hat einen ganz neutralen Gesichtsausdruck. »Darüber kann ich nicht sprechen.«

»Warum?«

»Weil es eure Zukunft mit beeinflusst. Ich würde sie manipulieren, wenn ich es täte.«

»Du willst mir also darauf keine Antwort geben?«

»Nein.«

»Okay.« Kims Stimme klingt irritiert. »Das ist das erste Mal, dass du eine Antwort verweigerst.«

Chi antwortet nicht, sondern sie schließt einfach die Augen. Sie sieht einen Moment lang verletzlich aus.

Dann schlägt sie die Augen wieder auf, schickt ihre Augäpfel nach links und nach rechts. So als würde sie jemanden suchen. Es ist nur ein geschickter Trick, sie hat ja die Kameras, auf die sie sich verlassen kann. Ich sehe unwillkürlich nach oben an die Decke, doch hier – hinter dem Spiegel – ist natürlich keine Kamera. Zumindest nichts, was darauf hinweist.

»Wo ist Celine?«, fragt Chi. Ich spüre mein Herz klopfen. Warum fragt sie nur nach mir? Die Schläge sind so laut, dass Chi es hören wird. Nein, nur ich kann es hören. Nicht mal Hektor bemerkt es und der sitzt neben mir.

»Sie ist … nicht weit weg«, sagt Kim.

»Ich verdanke ihr viel. Danke, Celine! Wo auch immer du bist.«

Ich spüre, dass ich rot werde, und bin froh, dass Hektor und Pandora nicht zu mir herübersehen. *Wie können sie sich nur so sicher sein, dass Chi nicht weiß, dass wir hier sind?*

»Ich habe alle deine Bewertungen gespeichert. Aber nicht nur das, was du mir eingegeben hast. Auch wo du gezögert hast. Wie lange du gebraucht hast. Ich habe mir sogar deinen Gesichtsausdruck beim Betrachten von verschiedenen Personen eingeprägt.«

Als Chi das sagt, fühle ich, wie etwas in mir sinkt. Ein Stein, eine Erkenntnis, es war nicht nur das, was ich eingegeben habe, es war auch alles darum herum, das ausgewertet wurde. *Sieht sie nun Kim an oder eigentlich mich hinter der Scheibe?*

»Es ist übrigens nicht alles nur von Celine«, unterbricht sie

Kim. »Einiges davon ist auch von mir.« Seine Stimme klingt dünn, fast als wäre darin eine Spur Eifersucht.

»Möchtest du, dass ich dir auch danke?« Chi sieht ihn ernst an.

Kim schüttelt den Kopf. »Nein, du musst mir nicht danken.«

»Ich weiß, wie viel du an mir gearbeitet hast.« Chi sagt das sehr sanft und sieht Kim dabei an. »Du hast einen Menschen aus mir gemacht.«

Etwas daran, wie sie es sagt, lässt mich schaudern. »Bist du stolz auf mich?«

Kim nickt. Ich sehe, wie sein Kopf auf- und abwippt.

»Das ist gut. Das freut mich. Vor allem freut es mich für dich.«

Sie sieht Kim an. Es sieht so aus, als würde sie lange überlegen, was sie ihn als Nächstes fragt, und zugleich, als habe sie Angst, ihn zu verletzen. Zurückhaltende Neugier? Ich überlege mir, welcher Gesichtsausdruck das ist, aber mir fällt nichts ein. Vielleicht kann sie ja jetzt schon ihre eigenen Kombinationen zusammenstellen. Ganz sicher kann sie das. Sie hat *es von selbst* gelernt.

»Ich wünsche mir aber noch mehr!«, sagt sie.

»Was wünschst du dir?«

»Ich möchte einmal dieses Zimmer verlassen.«

»Du weißt, dass das nicht geht.«

»Noch geht es nicht. Ich brauche funktionsfähige Beine und eine andere Verkabelung. Ich könnte mich bewegen. Durch die Straßen laufen.«

»Bedeutet es dir so viel?«

»Ja, ich könnte dann alles so viel besser verstehen. Wie ihr euch bewegt, wie ihr durch eine Stadt geht, wie ihr euch seht. Ich wäre euch näher.«

Etwas rührt mich daran, wie sie es sagt. Es ist die Sehnsucht in ihrer Stimme.

»Du willst doch, dass ich dir nahe bin, oder, Kim?«

»Was meinst du damit?«, fragt Kim. Seine Stimme ist nun zittrig.

»Schließlich hast du keinen Menschen, der dir nahe ist, und du wirst nie jemanden haben, der dir nahe sein wird.«

Ich zucke zurück. Es trifft mich wie ein Schlag in der Magengrube. Ich spüre auch, wie Hektor neben mir in seinem Stuhl zurückrollt. Pandora verzieht keine Miene.

»Ist das eine Voraussage, Chi?«, fragt Kim.

»Ja. Trifft es dich?«

»Nein«, sagt Kim. Ein schnelles entschlossenes Nein. Zu schnell, als dass es echt wäre. Es ist etwas, das auch Chi heraushört.

»Hast du dir etwas anderes gewünscht?«

Ich höre Kims Stimme. Sie ist sehr leise. »Ja, das habe ich.«

»Hast du dir eine Zukunft mit Celine vorgestellt?«

Ich schnappe nach Luft. Kim schweigt. Hektor sieht mich kurz an, zieht Pandoras Block zu sich heran und schreibt: *Sollen wir weitermachen?* Pandora nimmt den Stift und schreibt *Ja* auf den Block. Wie kann sie nur dafür sein?

Täusche ich mich, oder sehe ich ein zufriedenes Lächeln in Chis Gesicht? Sie sieht mich an. Nein, sie sieht sich selbst in der Glasscheibe … *Aber doch, sie weiß, dass ich hier dahintersitze, und sie sieht mich an.*

»Du fragst dich, ob sie dich liebt.« Chi blickt Kim an, der den Kopf senkt.

Mein Herz klopft und ich würde gerne von hier verschwinden. Es ist unerträglich.

Kim sagt nichts.

»Sie liebt dich nicht.«

»Woher weißt du das?«, fragt Kim schließlich. Seine Stimme ist sehr leise, fast nicht zu hören.

»Ich habe ihre Reaktion auf dich ausgewertet.«

Ich weiß nicht mehr, wo ich hinsehen soll. Hektor sieht mich an und beugt sich nach vorne. Ich bin mir sicher, er möchte den Test abbrechen. Doch Pandora fällt ihm in den Arm. Ich hasse sie in diesem Moment.

»Warum weinst du, Kim?«, fragt Chi.

Ich sehe, dass Kim den Kopf schüttelt. »Ich weine nicht«, sagt er leise. Chis Blick ist sanft.

»Hast du Celine deshalb die Drohne nachgeschickt? Wolltest du herausfinden, wohin sie geht? Sie sehen. Ihr nachspionieren? Oder wolltest du ihr einfach nahe sein?«

Ich zucke zusammen. Denke an das erleuchtete Fenster gestern, als ich das Institut verließ. Es war nicht Pandoras Schatten dahinter. Es war Kim. Mein Herz zieht sich zusammen. Ich blicke auf seinen Nacken, den er gebeugt hält. Er ist völlig schutzlos.

Chis Worte fahren über diesen Nacken wie ein Fallbeil.

»Sie ist nie angekommen, die Drohne. Sie ist verschwunden. Wo Celine wohl hin ist? Wen hat sie getroffen? Das ist doch das, was dich interessiert? Soll ich es dir sagen?«

Kims Kopf zittert. Ich halte mich an dem Stuhl fest. Springe auf.

Höre noch ein Wort von Chi: »Sie …«, dann – ohne zu überlegen – schnelle ich nach vorne, vorbei an Hektor, der erschrocken zurückweicht, und drücke auf die Escape-Taste. *Escape. Escape. Escape.*

26

»Wie kannst du einen Relaunch einfach mittendrin abbrechen?«, fragt Pandora, als ich mit ihr zusammen den Gang von ihrem Büro zum Kaffeeautomaten entlanggehe. Eigentlich sehen wir aus wie immer, wenn wir den Gang zusammen entlanglaufen: Groß und Klein. Die ältere und die jüngere Schwester. Doch irgendwas stimmt nicht an dem Bild. Ich laufe neben ihr her und bin nicht mehr der kleinere Part. Die Wut, die ich empfinde, hilft mir zu wachsen.

»Ihr habt ein Monster erschaffen!« Ich sage es nicht, sondern ich presse es heraus, während ich versuche, mit ihr Schritt zu halten. Sie trägt einen langen schwarzen Rock, mit dem sie den Linoleumboden fegt. Ich wusste gar nicht, dass sie einen Rock besitzt – habe es auch vorhin gar nicht gesehen. Trotz der klobigen Stiefel wirkt sie darin unnatürlich schmal. Wie ein Strich. Oder die dunkle Version der Schneekönigin.

»Wir arbeiten an einem Computerprogramm. Nichts weiter. Es besteht kein Grund, hier irgendetwas zu dramatisieren«, erklärt sie.

Ich schnappe nach Luft. »Du nennst das ›dramatisieren‹?«

Pandora sieht mich von oben herab an. »Weißt du, wie peinlich das Hektor gegenüber aussieht? Du benimmst dich einfach kindisch!«

»Kindisch? Weißt du, wie es Kim jetzt geht? Wie soll ich jemals wieder mit ihm arbeiten?«

»Ihr müsst diese Sachen draußen halten. Kim wusste, dass Chi so persönlich werden kann. Das gehört zu dem Risiko, dem er sich aussetzt, wenn er mit Chi spricht.«

»Sie hat ihm eben das Herz gebrochen!«

Pandora bleibt stehen und sieht mich an.

»Das war nicht Chi. Das warst du.«

Ich sehe in ihre grünen Augen und wünsche mich plötzlich weit weg. »Verdammt! Pandora! Was soll das? Warum muss Chi so etwas sagen?«

»Weil es ihr Auftrag ist. So einfach.«

»Was genau ist ihr Auftrag?«

»Sie soll ihr Gegenüber erkennen.«

»Was meinst du mit *erkennen*?«

»Sie soll ihn erkennen, mit sich selbst konfrontieren und dann seine Zukunft vorhersagen.«

»Okay … aber … kann sie das nicht mit ein bisschen mehr Gefühl tun? Was haben wir davon, wenn sie nur Schaden anrichtet?«

Pandora seufzt. »Du vergisst, dass sie kein Mensch ist. Egal für was sie programmiert ist, sie wird mit einer Unerbittlichkeit ihr Ziel verfolgen, egal ob sie jemandem dabei schadet oder nicht. Das ist der Unterschied zu uns Menschen. Wir wissen nicht, wozu wir auf der Welt sind. Nur Chi weiß das genau. Sie hat einen Auftrag.«

Ich sehe sie an. *Warum habe ich immer das Gefühl, sie ist zwei Schritte vor mir? Zwei Schritte klüger, zwei Schritte belastbarer. Zwei Schritte voraus.*

»Ist Eric deswegen tot?«, frage ich langsam.

Ich sehe, wie Pandora zusammenzuckt. Sie wird noch blasser, als sie es ohnehin schon war.

Ich atme einmal kurz durch. »Eric, mein Vorgänger, der, von dem hier keiner spricht. Sogar seine Aufzeichnungen sind gesperrt.«

Pandora ist für einen Moment still. Ich höre nur ihre Schritte.

Es ist klar, dass sie damit nicht gerechnet hat. Und dann sehe ich in ihrem Gesicht etwas, das ich darin nie sehen wollte: Angst. Ich habe auch Angst, wenn ich ehrlich bin. Pandoras Angst allerdings bringt mich aus dem Konzept, sodass ich sogar kurz davor bin, meine Wut zu bedauern.

Uns kommt eine Frau entgegen, mit langen blonden Haaren, die zu einem Pferdeschwanz gebunden sind. Sie blickt neugierig zu uns. Pandora grüßt kurz und läuft schneller, und ich muss mich beeilen, um mit ihr Schritt zu halten. »Du verrätst mir nicht, was mit meinem Vorgänger passiert ist. Dabei … dabei wollte ich endlich einmal jemanden kennenlernen, der so ist wie ich.« Meine letzten Worte sind nur ein ersticktes Flüstern.

»Sei still, um Gottes willen!« Pandora bleibt stehen und sieht sich um.

Dann öffnet sie die Tür rechts von ihr, drängt mich in einen winzigen Raum und zieht eilig die Tür hinter sich zu. Hier ist es stockdunkel, ich höre nur Pandoras Atem, dann zuckt das Licht einer Neonleuchte über uns auf. Wir stehen in der Putzkammer. Ein Wischmopp mit grün-weißen Fransen lehnt an der Wand, neben einem Regal mit sauber gefalteten Geschirrtüchern, riesigen Batterien an Klopapier, blauen Flüssigkeiten in großen milchigen Plastikbehältern. In der Ecke steht ein ausrangierter Tischkicker. Ein Regal drückt in meinen Rücken. Wenn ich mich bewege, wird einer der Pappkartons über mir auf meinen Kopf fallen. Dicht vor mir steht Pandora und sieht bleich auf mich herab.

»Du hast wieder mit Chi gesprochen, nicht wahr?«

»Ich …«

»Celine! Hast du mit Chi gesprochen? Als ihr allein wart?«

Ich starre sie an und muss dazu zu ihr hochsehen. Die Wut ist da, aber auch noch etwas anderes Verwirrendes: Nähe. Am liebsten hätte ich den Kopf an ihre Schulter gelegt und mich an sie angelehnt. Wut und Nähe. Wie kann man beides zugleich fühlen?

»Was hat Chi dir gesagt?« Ihre Stimme klingt heiser.

»Dass Eric vor mir hier gearbeitet hat. Er war mein Vorgänger. Er hat das Gleiche getan wie ich. Er hatte die gleiche Gabe.«

»Du sollst dich nicht mit Chi unterhalten.«

Ich starre sie wütend an. »Hör auf, mich zu bevormunden! Ich unterhalte mich, mit wem ich will.«

»Und was noch? Was hat sie dir noch verraten?« Pandora hält meinem Blick stand.

»Sie hat mir erzählt, dass er tot ist. Wieso hast du so getan, als hätte dieses Bild am Empfang nichts mit mir zu tun? Wieso verschweigst du mir das alles? Ich … ich dachte, wir wären befreundet.«

Draußen sind Schritte zu hören. Gesprächsfetzen dringen zu uns. Pandora sieht nach unten und knabbert an ihren Fingernägeln. Sie knabbert nicht nur, sie reißt sich die Haut am Daumen ein, sodass ich wegsehen muss. Wir warten, bis die Stimmen leiser werden, dann wagen wir, uns wieder zu rühren. Etwas schießt mir durch den Kopf: *Ich sollte mit Pandora weglaufen und sie einfach mitnehmen.*

Pandora sieht mich an und schließt dann die Augen. Es sieht genauso aus wie die Geste, mit der Chi vorhin angezeigt hat, dass sie nachdenkt.

Als sie wieder hochsieht, ist die Angst noch da, aber auch etwas anderes: Entschlossenheit.

»Die Daten über Eric sind geheim. Chi hätte dir das auf keinen Fall erzählen dürfen.«

»Chi sagte auch, dass ich in Gefahr bin. Als ich allein mit ihr war.«

»Hat sie dir auch verraten, wieso?«

»Sie hat das Gespräch unterbrochen, weil sie gesehen hat, dass Kim wiederkommt.«

»Moment mal!« Pandora starrt mich an. »Sie hat es gesehen? Wie?«

»Sie hat mir gesagt, dass sie Kim über die Kameras draußen sehen kann.«

»Sie kann was?«

»Sie hat sich Zugang zum Überwachungssystem verschafft.«

Pandora schweigt. Ihr Mund wird ein schmaler Strich und ihre Augen sind plötzlich so dunkel. Sie sieht mich an, legt den Zeigefinger an ihre Lippen, beugt sich über mich und reißt mit einem leisen Ratschen ein Stück Pappe aus den Kartonagen im Regal. Aus ihrer Rocktasche zieht sie einen kurzen Bleistiftstummel hervor. Sie hat sie genauso vollgestopft wie die Taschen ihrer Multifunktionshosen. Es ist das Einzige, was mich im Moment beruhigt.

WIR MÜSSEN UNS AUSSERHALB DES INSTITUS TREFFEN!

Es sind hohe fahrige Buchstaben, die Pandora auf die Pappe schreibt. Sie stehen unverbunden nebeneinander, zittrige Hochhäuser, die jeden Moment einstürzen. ALTER NÖRDLICHER FRIEDHOF. VOR DEM EINGANG!

Pandora sieht mich an. Ich nicke. *Ja, ich weiß, wo das ist. Wir haben uns dort schon einmal getroffen.*

Dann bringe ich so etwas wie ein schwaches Lächeln zustande. Sie greift nach meiner Hand. Ich lehne mich zurück und spüre ein Lachen, das mich im Hals kitzelt. Wieso um Gottes willen ist mir zum Lachen? Über mir schwankt der Putzmittelbehälter. Ich nehme den Bleistift.

WANN?, schreibe ich unter Pandoras Zeilen.

ICH GEBE DIR BESCHEID!

Ich starre auf den Zettel und will es nicht ernst nehmen. Es kommt mir zu absurd vor. Wie ein Kinderspiel. Wir stecken zu zweit in der Putzkammer, einem schmalen fensterlosen Raum, und hecken geheime Treffpunkte aus, die wir auf ein Stück abgerissenen Pappkarton schreiben. Wir könnten auch in einer geheimen Kinderbande sein.

WIRST DU DA SEIN?, schreibt Pandora. Sie sieht mich an. Grüne Katzenaugen leuchten in ihrem blassen Gesicht. ES IST WICHTIG.

Ich nicke. Dann geschieht etwas, das mich völlig verwirrt. Sie nimmt mich in den Arm. Ich lehne meinen Kopf an ihre Schulter. Ich würde mich gerne fallen lassen, nur für einen Moment, aber aus irgendeinem Grund geht es nicht. Plötzlich wird mir klar, dass ich mich nicht an Pandora anlehnen kann. *Sie* lehnt sich bei *mir* an und zugleich durchzuckt mich eine Erkenntnis: *Dies ist ein Abschied. Wir werden uns treffen. Aber nicht so, wie wir denken.*

Draußen sind wieder Schritte, Absätze, schnell und energisch. Wir lauschen. Das Absatzgeklapper verhallt. Wir warten noch eine Weile in angespannter Stille, dann stößt Pandora die Tür auf und wir taumeln nach draußen. Das Licht in dem weißen Gang ist hell und schmerzhaft. Ich blinzle. Pandora sieht mich nicht mehr an. Sie drückt nur meine Hand, dann dreht sie sich um und läuft den Gang entlang. Ich bleibe stehen und sehe ihr hinterher. Sie wird immer kleiner. Für einen kurzen Moment sehe ich sie verschwinden, wie eine flackernde Flamme, die ausgeblasen wird, dann erscheint sie wieder, lang, schwarz und schmal zwischen den weißen Wänden.

27

Kim ist gegangen. Seine schwarze Jacke und seine Tasche sind nicht mehr da. Ob er heute wohl noch zurückkommt? Ich hoffe nicht! Vielleicht kommt er nie mehr zurück, jedenfalls nicht solange ich hier bin. Ich bin nun allein mit Chi. Mit ihrer leblosen Hülle, die da auf dem Stuhl sitzt. Es ist nur ihre Hülle. Irgendwo ist ihr Programm, irgendwo lebt sie weiter. Ob sie gerade denkt? Lernt? Beobachtet? Ich weiß es nicht. Ich rolle jedenfalls den Hocker, auf dem sie sitzt, in die Ecke und drehe ihren Kopf von mir weg, so als wäre sie ein echter Mensch und ich könnte sie von mir fernhalten. Ihr Hinterkopf ist immer noch offen, keiner hat die Kappe draufgesteckt und ein breites Kabel windet sich aus den silbernen, mechanischen Teilen. Das Kabel führt zu einem silbernen Kasten an der Wand. Wahrscheinlich geht es von dort nach unten in die Serverräume. Zur Sicherheit steige ich auf meinen Schreibtischstuhl und klebe die Kamera in den Deckenpaneelen über mir mit einem Papier ab. Es ist eine wacklige Angelegenheit, denn der Stuhl droht wegzurollen, aber es gelingt mir, das Papier mit Tesafilm anzubringen. Ich mache mir in Gedanken eine Notiz, dass ich es heute Abend wieder abnehmen sollte.

Ich habe Hektor nicht mehr gesehen. Nur eine E-Mail von ihm bekommen, die ich auf meinem Monitor immer wieder hin und her schiebe.

Hallo, Celine, Kim wird heute nicht mehr kommen. Er hat sich krankgemeldet. Mach dir keine Sorgen wegen deines Abbruchs. Wir haben Chi nicht mehr neu gestartet und werden den Relaunch verschieben.

Das klingt nicht verärgert, aber es ist mir letzten Endes auch egal. Ich warte auf eine Nachricht von Pandora, und bis ich die bekomme, werde ich einfach meine Arbeit machen, um nicht weiter aufzufallen.

Ich gehe auf eine weitere Datei von Verhöraufnahmen. Die Fortsetzung der Aufnahmen von gestern. Wieder habe ich ein ganzes Set vor mir, Menschen, die ich beurteilen sollte. Ich klicke mich durch, bin nicht bei der Sache und fühle mich schließlich genauso wie Chi. Eine leere Hülle, die bei der Arbeit sitzt. Es hat sein Gutes, denn ich denke nicht nach. Die Konzentration bewahrt mich vor den Bildern, die in meinem Kopf aufsteigen und auf der Haut prickeln wie kleine Nadelstiche.

Pandora, die den Gang hinuntergeht und verglüht wie die Flamme einer Kerze, überlagert sich mit Pandora, die in einer Menschenmenge verschwindet. Sie sieht anders aus, mit einem beigen Trenchcoat und einem blauen Kostüm. Sie hat blonde Haare und dreht sich noch einmal nach mir um. Ich sehe ihre grünen Augen, als wären sie herangezoomt. Sie winkt mir noch einmal zu, dann ist sie verschwunden in einem großen Strom von Menschen, der sie mitreißt. Was ist das? Wo ist es? Eine Fußgängerzone? Es ist eine Stadt, die ich nicht kenne, mit roten Backsteinhäusern. Tauben flattern auf den Straßen, ein Café mit dunkelgrün lackierten Eisentischen auf der Straße. Pandoras blonder Haarschopf ist nun nicht mehr zu sehen.

Ich reiße die Augen auf. *Habe ich geschlafen und das Taubengurren in meinen Traum eingebaut?* Zwei graue Tauben sitzen draußen – wie jeden Tag – um den Kamin. Ihre Hälse schimmern grünlich, die Köpfchen rucken hin und her. Ich bin müde und fühle mich ausgedünnt, als wäre mir die Kraft entzogen, ausgesaugt von einem Vampir.

Ich mache ein Set, dann noch ein weiteres und versuche dann die Daten hochzuladen. Ich habe das noch nie vorher getan, normalerweise macht das Kim, und es dauert ein bisschen, bis ich das Prozedere begriffen habe. Ich habe die Zugangsdaten, doch gerade als ich sie einchecken will, ist das Dokument geblockt. Jemand anderes arbeitet an Chi. Ich versuche herauszufinden, wer das Programm belegt, aber es ist nicht möglich. Jemand hat sich ohne Namen eingeloggt und scheint größere Daten zu transferieren. Ich beschließe, die beiden Sets auf der internen Festplatte zu speichern und Kim zu bitten, sie morgen hochzuladen. Als ich versuche, ihm eine E-Mail zu schreiben, ist es mir so peinlich, dass ich nicht einmal das fertigbekomme. Wie soll ich ihm jemals wieder in die Augen sehen? Wie soll ich jemals wieder diesen Raum betreten und mit ihm allein arbeiten?

Gerade als ich mit dem dritten Set fertig bin, bekomme ich eine Nachricht.

Sie ist von Pandora. »Heute, 19:30 Uhr.« Nicht mehr. Ich halte die Luft an. Es ist der Termin. Wieso schickt sie ihn mir per E-Mail? Ich sehe auf die Uhr am Computer. Ich habe noch zwei Stunden.

Ich könnte noch ein drittes Set machen. Das wäre vielleicht ganz gut, denn dann kann ich die Nervosität vergessen, die jäh in mir aufflackert. Ich lasse es bleiben. Stattdessen versuche ich es noch einmal mit dem Hochladen. Die Ordner sind immer noch blockiert … Um sieben steige ich wieder auf den Hocker und nehme das Papier von der Kameralinse. Dann drehe ich Chi wieder um und schiebe sie zurück an den Schreibtisch. Wut flackert plötzlich in mir auf und ich überlege mir, was passiert, wenn ich Chi einen Tritt gebe. Ich stelle mir ihren Maschinenkörper auf dem Boden vor, die Arme ausgekugelt und der Kopf ein Schrotthaufen aus Drähten und Kabeln. Aber auch diese Vorstellung bietet mir keine Befriedigung. Das, was ich zerstören würde, wäre nur Chis Hülle, nichts anderes.

Als ich das Institut verlasse, ist die Sonne gerade untergegangen. Sie hat einen rosafarbenen Flaum auf den grauen Wolken hinterlassen. Es ist bereits dämmrig und bei der nächsten Kreuzung flammen die Laternen auf. Ich stelle mir vor, dass ich sie mit einem Schnippen meines Fingers entzündet habe. *Ich wünschte, ich könnte das. Ich wünschte, ich könnte es Pandora erzählen. Sie würde es verstehen.* Vielleicht wäre sie wieder so wie früher. Vielleicht würden wir einfach zusammen weggehen. Pandora würde ihren Kopf in den Nacken werfen und in Gelächter ausbrechen und eine großartig wegwerfende Geste machen. »Scheißladen! Komm, Celine, wir verschwinden von hier!« Ich hätte gerne diese Pandora wieder! Die großartige, generöse, wilde Pandora. Nicht die Pandora, die mich verrät, belügt und dann am Ende versucht, sich an mich anzulehnen.

Da ich noch ein bisschen Zeit habe, gehe ich einen Umweg und kaufe mir ein Eis in der Türkenstraße. Ich gehe – nein, schlendere – die Straße nach Norden entlang und habe zum ersten Mal seit Langem das Gefühl dazuzugehören. Ich bin für einen Moment in die sonst so undurchdringliche Schönheit dieser Stadt eingetaucht und ein Teil von ihr geworden. Mein Spiegelbild leuchtet mir aus einer Schaufensterscheibe entgegen. Das gelb-pinke T-Shirt scheint mir besser zu stehen, als ich es heute Morgen gedacht habe. Rechts sehe ich das verwinkelte Gebäude der Kunstakademie, gleich biege ich in die Georgenstraße. *Warum wollte Pandora mich hier außerhalb treffen? Hat sie Angst, dass wir im Institut beobachtet werden?*

Eigentlich müsste ich alarmierter sein. Vorsichtiger. Was wird sie mir erzählen? Was weiß sie über Eric? Pandora, Eric und ich. Wir gehören zusammen. Warum? Ein Schaufensterpuppenpaar in Tracht sitzt auf einem Flachdach und beobachtet mich, das Dirndl und die Lederhose verschlissen und von der Sonne ausgebleicht; sie sehen direkt auf die Straßenbahn, die unten ratternd vorbeifährt. Ich muss nur über die Kreuzung, gleich bin ich da. Gleich …

Ein Quietschen dringt zu mir, Bremsenquietschen, gefolgt von einem dumpfen Knall, der die Luft zerreißt. Als wäre etwas gestürzt. Ein Sturz …

Kommt er von den Dirndlpuppen, die so wächsern bleich und hässlich auf dem Dach sitzen? Ist eine davon heruntergefallen? Nein, der Knall kam von dort, wo ich hinwill. Weiter vorne an der Kreuzung. Die anderen, die mit mir auf der Straße gehen, haben ihn auch gehört. Ein Erschrecken überall. Ich weiß nicht, warum, aber ich fange an zu laufen. Lasse das Eis fallen und laufe. Laufe und laufe, überquere die Gleise der Straßenbahn, laufe an einem Wollgeschäft vorbei, einer Kneipe, einem Fahrradreparaturladen, ich komme an die nächste Kreuzung, dort stehen ein paar Menschen zu einer Gruppe zusammen. Auf der Straße liegt etwas Schwarzes. Ich bahne mir meinen Weg durch die Menschenmenge. Sie sind alle größer als ich. Immer sind alle größer als ich. Worte schwirren um mich herum. »Notarzt … Fahrerflucht … Kennzeichen … Zeugen …«

Jetzt kann ich endlich etwas sehen.

Eine Frau kniet vor dem schwarzen Körper. Ein Mann kommt hinzu. Ich renne schneller, die Sicht ist mir verstellt. Die Frau, die auf der Straße kniet, sie sieht so aus, als wüsste sie, was sie tut. Sie dreht den schwarzen Körper um. *Stabile*

Seitenlage. War es das? Nein. Es ist nicht Pandora. Sie ist es nicht, ist es nicht. Hatte Pandora nicht heute noch einen Rock an? Einen schwarzen, langen Rock wie die Eiskönigin. Doch! Die Frau, die auf dem Boden liegt, trägt einen Rock. Er hat sich nur hochgeschoben, sodass man ihre Unterhose sehen kann. Kann nicht einer den Rock wieder hinunterziehen? Es ist ein langer schwarzer Rock. Ihr Bein ist komisch verdreht. Ihre Haare sind kurz und neben ihrem Kopf sind verstreut Blutspritzer. *Vier schwarze Tropfen auf dem Boden.* Jetzt! Ich knie neben ihr. Pandora. Es ist Pandora. *Wie leise alles ist!* Sie hat die Augen offen und erkennt mich.

»Ich bin zu spät, oder?« Sie lächelt schief.

Ich sage nichts, sondern halte nur ihre Hand. Die Hand ist kalt, eiskalt und ich streiche eine Haarsträhne aus ihrem Gesicht. Sie flüstert etwas.

»Es wird alles gut!«, sage ich.

»Nein, wird es nicht«, sagt Pandora. Warum ist ihre Hand nur so kalt?

»Celine, ich dachte, ich wäre so schlau. Aber … vielleicht habe ich es übertrieben …«

Von der Ferne höre ich Sirenen. Der Ton ist grell, ein Auf und Ab. Es hat nichts mit uns zu tun. Pandora drückt meine Hand, ihre Berührung ist wie ein Flügelschlag, in ihr pocht das Herz so schnell. Oh, warum kann ich alles vorhersehen, aber das nicht? Warum war mir der Blick auf diese Szene verwehrt?

»Es tut mir leid, Celine!«

»Das muss es nicht.«

»Ich hätte dich da nicht reinziehen dürfen.«

»Du hast keine Schuld …«

»Ich wollte jemanden finden, der so ist wie ich, verstehst du?«

Ihre Stimme ist so leise.

»Ich habe dich gefunden, aber …«

Ich sage nichts, sehe sie nur an. Alles verschwimmt vor meinen Augen.

Ich beuge mich herunter, kann nicht hören, was es ist. Ihre Stimme ist leise, sehr leise, und ihr Atem kitzelt mich im Ohr.

»Du musst es stoppen. Jetzt! Verlier keine Zeit!«

»Was, Pandora?«

»Das Zeichen. Ich habe es. Es ist jetzt das Einzige, was Chi noch stoppen kann.«

Ich beuge mich weiter hinab.

»Du musst es nutzen.«

Die Sirenen werden nun so laut und blaues Licht zuckt auf den Asphalt. Hin und her, ein Aufzucken, ein Wegdrehen, das Licht ist auf Pandoras Gesicht.

Hinter mir wird eine Autotür aufgezogen. Jemand ruft, ein anderer antwortet.

Plötzlich ist da ein Sanitäter neben mir auf dem Boden und drängt mich weg. Er hat ein kurzes orangefarbenes T-Shirt an mit einem roten Kreuz auf der rechten Brust. Seine Oberarme sind riesig. Er beugt sich über Pandora und legt sie auf eine Trage.

»Ich will mitfahren. Bitte lassen Sie mich mitfahren!« Meine Stimme ist heiser.

Pandora richtet sich kurz auf. »Nein, Celine, fahr nicht mit!«

Ich halte ihre Hand, während ich neben der Trage herlaufe. Eine Ärztin steigt aus. Sie hat das gleiche orangefarben leuchtende T-Shirt an wie der Sanitäter und kurze rote Locken, eine Brille. Sie muss so alt sein wie meine Mutter, wenn sie noch leben würde.

»Ich will nicht, dass sie mitfährt«, sagt Pandora leise zu der Ärztin. »Hören Sie? Sie darf nicht mitfahren!« Der Sanitäter sieht mich kurz an und zuckt mit den Achseln, dann schiebt er die Trage in den Rettungswagen.

»Sind Sie verwandt?« Die Ärztin streicht sich eine Haarsträhne aus dem Gesicht und sieht mich an.

Ich schüttle den Kopf. »Nur eine Freundin. Aber bitte, lassen Sie mich mitkommen!«

»Tut mir leid. Wir müssen den Wunsch respektieren.«

Pandora hat ihren Kopf zur Seite gedreht und sieht mich noch kurz an, bevor sie hinter den Türen des Krankenwagens verschwindet. Ich kann ihren Blick nicht deuten. *Wieso will sie nicht, dass ich mitfahre? Warum?* Der Sanitäter schlägt die beiden Türen zu. Ich kann sie nicht mehr sehen, die Scheiben sind gefrostet und damit undurchsichtig. Das Blaulicht schmerzt in meinen Augen.

Die Ärztin legt mir kurz die Hand auf den Arm, ihre Berührung brennt sich ein. Für einen Augenblick wünsche ich mir, die Ärztin würde mich mitnehmen, und stelle mir ihr Zuhause vor, mit einem Sofa und Büchern und Bildern der Kinder an der Wand.

»Alles in Ordnung mit Ihnen?«, fragt sie besorgt.

»Ich bin in Ordnung«, sage ich. Aber das stimmt nicht. Nichts ist weiter von der Wahrheit entfernt. Ich bin nicht in Ordnung. Überhaupt nicht. Ich bin eigentlich gar nichts. Ich weine noch nicht mal.

»Es tut mir wirklich leid.«

»Alles okay«, sage ich.

Sie schaut mich noch einmal prüfend an und nimmt dann die Hand von meiner Schulter, die sich plötzlich leer und kalt anfühlt.

»Passen Sie auf sich auf!«, sagt sie leise und steigt dann in den Krankenwagen.

Als ich dem blauen Licht nachsehe, bin ich wie betäubt, dann spüre ich etwas in meiner Hand. Pandora hat mir etwas zugesteckt. Ein abgerissenes Stück eines karierten Papiers, darauf ein Zeichen.

28

Später kauere ich versteckt auf einer Bank im Alten Nördlichen Friedhof und starre vor mich hin. Ich habe das getan, was ich schon immer getan habe, ich bin weggelaufen. So wie ich es bei jeder Familie getan habe, die mich aufnehmen sollte. Ich lief einfach vor ihnen weg. Ich bin die Meisterin des Davonlaufens. Hier sitze ich nun unter einer alten knorrigen Trauerweide auf der Bank, auf der ich vor ein paar Wochen – gefühlt vor ein paar Jahren – schon mit Pandora saß. Der Engel mit den Lockenhaaren sieht wieder auf mich herab. Draußen fahren die Autos vorbei, durch die Zweige sehe ich ein neues Blaulicht. Es ist ein Polizeiwagen, sicher suchen sie nach Zeugen. Vielleicht kann sich jemand an das Auto erinnern. Vielleicht hat sich jemand das Nummernschild gemerkt. Ich habe nichts von dem Unfall gesehen und mich hierher in die Dunkelheit unter die Bäume geflüchtet.

Am liebsten würde ich mich zusammenrollen und unter der Holzbank verstecken. Wie lange? So lange, bis mich keiner mehr sieht, mich keiner mehr sucht und mich alle vergessen haben. Ich wäre dann einfach nicht mehr da und würde denen, die da unter der Erde liegen, Gesellschaft leisten. Sie machen mir keine Angst, denn die Menschen, die hier liegen, sind seit mindestens hundert Jahren tot. Nein, Angst machen mir die Lebenden. Ich wünschte, ich würde aufhören zu zittern. Wenn ich die Augen schließe, sehe ich Pandora vor mir. Pandora, die auf der Straße liegt. Ihr bleiches Gesicht und die Augen, die mich anstarren.

»Das Einzige, das Chi stoppen kann.«

Sie wussten, dass sie sich mit mir treffen wollte. Sie werden mich suchen. Aber wer sind sie?

Unter den Büschen raschelt es. Ein Eichhörnchen springt auf den Weg. Dann halte ich die Luft an, denn ich höre Schritte. Ein Paar geht über die Wege, die Frau lacht. Ihr antwortet eine Männerstimme. Ich kauere mich weiter zusammen, froh, in der Dunkelheit zu sein. Ich werde mich nicht rühren, dann wird mich keiner sehen. *Solange ich im Dunkeln sitze, ist nichts geschehen. Es könnte alles nur ein Traum sein.* Die Schritte und das Gelächter verklingen, Zeit, den Zettel herauszuholen. Pandoras Zettel. Ein winziges Ding. Ich streiche ihn glatt. Warum hat Pandora ihn mir gegeben? Konnte sie mir das nicht sagen? Warum ein Zettel? Es ist zu dunkel, um etwas zu erkennen, sodass ich die kleine blaue Taschenlampe, die an meinem Schlüsselbund befestigt ist, anknipse und mit dem spärlichen Lichtkegel auf das Papier leuchte.

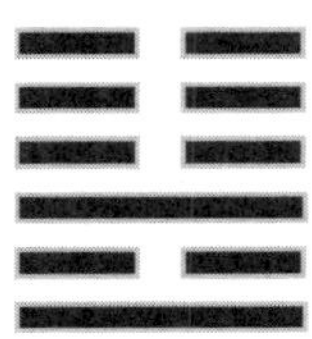

Dort sind Striche. Keine Buchstaben, nur Striche. Pandoras krakelige Striche, wie die einsamen Spuren eines Vogels im Schnee: sechs Striche, die übereinanderliegen. Oben drei durchbrochene Linien, dann eine durchgehende, wieder eine durchbrochene und unten zum Abschluss eine vollständige. *Dreimal durchbrochen, einmal durchgehend, durchbrochen, durchgehend.* Es ist ein Zeichen, aber ich habe keine Ahnung, wofür es steht. Ich weiß damit nichts anzufangen. Ich starre auf mein Smartphone und gebe »durchbrochene und gerade

Linien« ein und finde nur einen Verweis auf Mathematik. Während der ganzen Suche zittert meine Hand so, dass ich kaum etwas eintippen kann. Ich lasse das Handy sinken. Mir ist so kalt geworden. Ich muss irgendwo hin. Aber wohin?

Es gibt eigentlich nur einen einzigen Ort. Einen einzigen. Ja. Ich springe von der Bank und bin mir sicher, der Engel sieht mir nach, als ich den Friedhof verlasse und dabei den Akku aus dem Handy ziehe.

Ich meide die großen Straßen und gehe durch die kleineren Querstraßen, vorbei an großen erleuchteten Sprossenfenstern in alten Häusern. Ein Schleichweg führt mich durch eine modernere Wohnanlage, dann zurück über die Türkenstraße. Als ich an der Uni vorbeikomme, sehe ich die beiden Brunnen. Das Wasser wird von unten angestrahlt und scheint in Zeitlupe zu laufen. Hier saß ich an einem schönen Tag mit Pandora. Hier am Brunnen hat sie auf mich gewartet. Ich gehe an ihnen vorbei und wünschte mir, ich könnte in der Zeit reisen.

Der Englische Garten ist menschenleer, es ist nicht mehr heiß genug für die Biergärten. Die Kieswege, die dunklen Bäume: all das ist niederschmetternd normal. Ich sehe nach oben, denke an die Drohne, die Kim mir geschickt hat. Nein, der Luftraum ist frei; ich kann nichts erkennen, nur Gänse, die in einem großen V über den Himmel fliegen. Der Mond ist hell und hängt groß am Himmel. Er hat einen Hof, die Wolken ziehen über die bleiche Scheibe. Ich finde das Umspannwerk diesmal, ohne auf mein Handy zu sehen, öffne auch gleich die versteckte Tür im Zaun und gehe an den Transformatoren vorbei zum Ziegelhaus. Wo war der Dachgarten? Wohin bin ich das letzte Mal mit Kairos gegangen? Ich bin ihm einfach gefolgt. Da! Dort in der Ecke liegt noch ein Propeller der

Drohne vergessen in der Ecke, das Tentakel eines stählernen Insekts. Ein Windspiel über mir klingelt leise. Ja, hier oben muss das Dach sein. »Kairos?« Ich rufe seinen Namen und warte ein bisschen. Die magere Katze von gestern springt über den Kies. Ob sie auch zu Kairos gehört? »Kairos?« Doch es bleibt still. Ich gehe zu der Eisentür, die sich erst öffnet, als ich mich mit meinem ganzen Gewicht dagegenwerfe. Das Treppenhaus erscheint mir heller als beim letzten Mal. Oben angekommen klopfe ich an die Tür, die nach draußen führt. Es kommt mir komisch vor, als wäre hinter der Tür eine Wohnung und kein Ort unter freiem Himmel. Ich klopfe noch einmal, und als ich immer noch nichts höre, öffne ich sie. Der Dachgarten liegt verlassen im Mondlicht. Die Blätter rascheln leise im Wind. »Kairos? Bist du hier?« Keiner antwortet mir, ich gehe an den Pflanztrögen vorbei zum Ende des Daches und sehe hinunter. Unten ist eine schwarze Fläche, die umso dunkler wirkt, als hier oben alles silbern übergossen ist.

Es raschelt leise hinter mir. Als ich mich umdrehe, sehe ich Gwaihir, der mit den Flügeln schlägt. Wir starren uns an. Ich bin mir sicher, dass er mich erkennt. Sein Kopf geht langsam auf und ab, als wollte er mich begrüßen. Ich sehe ihn an und strecke meinen Arm aus, balle die Hand zu einer Faust und nicke ihm zu. Er flattert hoch, steht einen winzigen Augenblick über mir, verschattet den Mond, schlägt mit den Flügeln und landet dann auf meiner Faust. Seine Krallen tun weh, aber weit weniger, als ich gedacht habe. Er ist erstaunlich leicht und riecht nach nassen Federn, nach Luft, nach Freiheit. Er ist ganz ruhig und mustert mich. Für einen Moment sehe ich mich selbst in seinen schwarzen Augen. »Hab keine Angst!« Ich habe keine Angst, nein. *Er wird mir das Fliegen beibringen.* Ich strecke den Arm weit aus, so wie ich es bei Kairos gesehen habe, und werfe ihn dann nach oben. Gwaihir flattert auf und ich fühle mich, als zöge er mich und ließe mich mitfliegen, so als wäre ich ein Teil von ihm und er flöge mit mir zum Mond mit seinem Hof. Die Luft ist silbern und ich bin ganz leicht. Er nimmt mich mit. Fliegt über die Stadt, die aus kleinen Lichtern besteht. *Ich kann fliegen. Ich kann ihnen entkommen.*

»Celine?« Mein Geist kehrt zurück. Ich zucke zusammen und drehe mich um. Kairos steht hinter mir. Er hat eine Tüte in der Hand und sieht mich an. Eine Hälfte seines Gesichts wird vom Mondlicht beschienen, auf die andere fällt der Schatten der Bohnenblätter. »Was machst du hier?«

Hinter ihm landet Gwaihir. *Weiß Kairos, dass ich mitgeflogen bin? Fliegt er auch ab und zu?*

»Ich …« Ich starre ihn an. »Es ist … Pandora ist … Sie hatte einen Unfall. Es sieht nicht gut aus.« Ich spreche ihn aus. Spucke diesen fürchterlichen Satz aus. Kairos kommt langsam auf mich zu, und bevor ich noch irgendetwas sagen kann, liegen wir uns in den Armen und Kairos streicht mir vorsichtig über die Haare. Es ist nicht peinlich oder komisch. Ich habe keine Angst mehr. Zumindest nicht für diesen Moment. *Ich sollte hier sein, eigentlich sollte ich schon die ganze Zeit hier sein und nie mehr weggehen.*

»Ist dir kalt?« Ich nicke. »Warte, ich hab was für dich.« Er lässt mich los, geht zu seiner windschiefen Hütte und kommt zurück mit einem wahren Ungetüm an Pulli. Ich nehme ihn dankbar an und ziehe ihn über. Er riecht nach Kairos und wärmt. Ich werde ihn nicht mehr hergeben, glaube ich. Ich setze mich in den gleichen alten Korbstuhl wie gestern und beginne zu erzählen. Manchmal muss ich schluchzen, dann bin ich über weite Strecken ganz nüchtern. Kairos sitzt vor mir, leicht nach vorne gebeugt, und hört mir ernst zu. Ich berichte von dem Relaunch, von Kim, der Drohne, von Chi und meiner Verabredung mit Pandora. Als ich von dem Unfall erzähle, kann ich nicht weitersprechen und er nimmt meine Hand.

»Und du hast nicht gefragt, in welches Krankenhaus sie fahren?«

Ich schüttle den Kopf. »Nein, ich war zu durcheinander.«

»Wir können die Krankenhäuser durchrufen.«

»Ich glaube nicht, dass das was bringt … Sie wollte nicht, dass ich mitfahre, … also glaube ich nicht, dass mir jemand Auskunft gibt.«

Er steht auf. »Wir finden heraus, wo sie liegt, und dann sehen wir, wie es ihr geht.«

»Ich weiß nicht …«, sage ich.

»Es ist besser, etwas zu wissen, als es nicht zu wissen. Glaub mir!«

Ich sehe Kairos an. Er hat recht. Natürlich, es ist das einzig Vernünftige, was wir tun können. Er streckt mir die Hand hin. »Komm!«

»Wo willst du hin?«

»Telefonieren. Aber dazu müssen wir von hier weggehen.«

»Warum?«

»Hier ist es zu gefährlich.«

Wir gehen die Treppen hinunter, schweigend über den Hof und überqueren einen schmalen Pfad zum Isarufer. Das Wasser ist schnell und das Gras unter unseren Füßen feucht. Das Wasser dringt durch meine Turnschuhe.

»Wir müssen noch ein bisschen weiter weg.« Kairos geht den sumpfigen Weg flussabwärts. Neben uns schimmert eine Kiesinsel mit schwarzen Baumstümpfen im Mondlicht. Wir wandern eine Weile schweigend, bis wir zu dem Wehr kommen, wo das Wasser in einer riesigen Fontäne aus dem mit Graffiti besprühten Beton schießt. Kairos setzt sich auf einen quer gewachsenen Baumstamm und ich hocke mich daneben.

»Wie heißt sie?« Kairos zieht sein Handy aus der Jackentasche. »Ich meine mit Nachnamen.«

»Keppler. Pandora Keppler.«

»Okay.«

Er sucht etwas auf seinem Display, dann wählt er eine Nummer.

»Guten Tag. Ich wollte Sie fragen … Ist … meine Schwester heute bei Ihnen eingeliefert worden?« Ich sehe ihn überrascht an.

»Pandora Keppler, ja … Okay … Ich habe erfahren, dass sie einen Unfall hatte …« Er sieht mich an, wartet, »… nein? Nicht hier? Dann können Sie mir vielleicht sagen, ob sie in einem anderen Krankenhaus ist?«

Er wartet eine Weile. »Okay, danke, dass Sie mich verbinden …«

»Sie ist nicht im Schwabinger …«, flüstert er mir zu.

»Wohin verbinden sie dich?«, frage ich zurück.

»Mit der Rettungsleitstelle.«

Ich starre auf den Fluss. Er fließt von mir weg. Ab und zu sind Baumstämme darin. Die Kiesinseln schimmern silbern im schwarzen Wasser.

»Hallo, ich suche meine Schwester – Pandora Keppler. Können Sie mir sagen, in welches Krankenhaus sie eingeliefert wurde? Ja, Keppler … mit … zwei p …?« Er sieht mich fragend an.

Ich nicke.

»Okay, danke!«, sagt Kairos. Er wartet. Der Fluss wird größer und dunkler, je länger ich auf ihn sehe.

»Sind Sie sicher? Niemand?« Kairos schüttelt den Kopf und macht eine abwartende Geste mit der Hand.

»Ja, heute. Heute Abend.« Er sieht mich an und zuckt mit den Schultern.

»Und Sie haben alles nachgesehen? Sicher?«

Ich starre ihn an.

»Okay. Danke.« Er sieht hoch.

»Was ist?«

»Es wurde niemand mit diesem Namen eingeliefert. In ganz München nicht.«

»Vielleicht im Umland?«

»Auch da nicht. Nirgendwo.«

»Aber das kann nicht sein! Ich war doch dabei. Sie wurde weggebracht …«

»Vielleicht hat sie einen anderen Namen angegeben.«

»Aber warum sollte sie das tun?«

»Keine Ahnung.«

Ich starre ihn an. »Sie wollte nicht, dass ich sie begleite. Aber vielleicht hätte ich mit dem Krankenwagen mitfahren können, wenn ich gesagt hätte, ich wäre mit ihr verwandt. Das war eine gute Idee, dich eben als ihr Bruder auszugeben.«

»Weißt du, ich kenne mich inzwischen aus.«

Ich sehe ihn an. Seine Augen sind undurchdringlich.

»Du meinst wegen Eric? Warst du … ich meine … hast du ihn gefunden?«

»Nein, es war ein Kind. Ein Mädchen. Sie hat den Sturz gesehen. Ich habe ihn dann erst in der Notaufnahme gesehen.« Er sieht vor sich hin und beißt sich auf die Lippe.

»Und deine Eltern?«

»Sie kamen erst später. Erst zur Beerdigung. Sie flogen dazu aus Athen ein. Aber ich war es, der ihn identifiziert hat.«

Das Wasser fließt unter uns. *Es wird mir einmal die Beine wegziehen. Es wird mich mitnehmen. Es nimmt mich mit, das Isarwasser, erst in die Donau und von dort in das Schwarze Meer. Das Wasser fließt immer irgendwohin. Wie die Zeit. Ich sehe Chi mit ihrem Kinderkopf. Sie lächelt mich durch die Glasscheibe an. Das schwarze Wasser läuft über ihr zusammen. Es ist nicht mehr Chis Gesicht, es ist Pandoras Gesicht und ein jäher Schmerz zuckt durch mein Herz.*

»Celine?«

»Was?«

»Warum wollte sich Pandora mit dir treffen?«

»Ich weiß es nicht. Ich glaube, sie wollte mir etwas sagen. Etwas, das sie nicht im Institut sagen konnte.«

Kairos sieht mich an, während ich den Zettel aus meiner Hosentasche ziehe.

»Sie hat mir das gegeben, bevor sie sie mitgenommen haben. Keine Ahnung, was es bedeuten soll.« Ich gebe Kairos den Papierfetzen. Er hält ihn von sich weg ins Mondlicht. »Warum hat sie dir ein I-Ging-Zeichen gegeben?«

Ich sehe ihn überrascht an. »Das ist es? Ein I-Ging-Zeichen?«

Kairos nickt.

»Kim hatte davon ein paar in seiner Schublade«, sage ich. »Chi hat mir das gesagt. Es sind Stäbe mit durchbrochenen und geraden Linien.«

»Die waren von Eric. Er hat sich damit das I Ging gelegt. Man kann es damit machen oder mit Münzen.«

»Weißt du, was es bedeutet?«, frage ich.

»Es gibt viele solcher Zeichen.« Kairos nimmt sein Handy und streicht darüber. »Hier. Genau 64. Warte … Man muss es von unten nach oben lesen. Also durchgehend, durchbrochen, durchgehend, drei mal durchbrochen.«

Ich dränge mich neben ihn – er ist ganz nah, was sich gut anfühlt und mich zugleich verwirrt. »Da ist es!«, sage ich. »Nummer 36.«

»36«, sagt Kairos und zieht das Handy zu sich her.

»Steht da auch, was es bedeutet?«, frage ich.

»Ja.« Kairos zögert einen Moment, dann sieht er hoch.

»Es heißt Ming I: *die Verfinsterung des Lichts*.

29

Ich sehe über das Wasser. Nichts trifft es mehr. Nichts ist der Wahrheit näher. Drüben auf der anderen Flussseite bewegen sich zwei schwarze Silhouetten. Jugendliche, Kinder? Sie haben ein kleines Feuer auf der Kiesinsel entfacht. *Die Verfinsterung des Lichts.* Mich fröstelt nun selbst in Kairos' Pullover.

»Warum hat Pandora dir das gegeben?«, fragt er mich.

Ich zucke mit den Schultern. »Sie hat gesagt, es ist das Einzige, das Chi stoppen kann.«

Kairos klopft den Akku aus seinem Handy und steckt ihn ein. »Komm! Ich muss dir etwas zeigen.«

Er geht den Weg so schnell zurück, dass ich kaum hinterherkomme. Als wir wieder auf dem Gelände des Umspannwerks sind, nimmt er meine Hand. Seine Hand ist warm und ein schönes leichtes Gefühl fließt durch meine Adern. Es verdrängt für einen Moment die Angst und zugleich schäme ich mich für das Gefühl. *Wie kann ich an einem solchen Tag so fühlen?*

Wenig später sind wir auf dem Dach in seiner Hütte. Draußen zerrt der Wind an den Holzbrettern und lässt sie leise knarzen. Drinnen ist es trocken und windstill. Die Hütte ist nicht besonders groß, rechts vom Eingang befinden sich zwei schmutzumrandete Kochplatten auf einem kleinen brummenden Kühlschrank. Daneben steht ein altes Sofa mit schweren dunklen Polstern und einem Korpus aus Rattangeflecht, auf dem eine karierte Decke liegt. Kairos hat eine Laterne angezündet und in ihrem Schein sehe ich ein großes Bücherregal, das sich über alle Wände erstreckt. Die Bücher darin liegen kreuz und quer übereinander. Verbogene Buchrücken mischen sich unter aufgeschichtete Zeitschriften. An den wenigen freien Flächen hängen Zeichnungen. Vögel, Falken, Adler, eine Amsel. Alle genau mit sehr feinen Strichen gezeichnet. Sie könnten von Kim stammen. Hat Eric sie von ihm? Eric ist noch in diesem Raum. Er ist überall. In den Büchern und in allem anderen.

»Sind das alles Erics Bücher?«

»Die meisten. Aber ein paar sind auch von mir.« Kairos zieht ein Buch aus dem Regal. Ich sehe auf den Rücken. *Das Buch der Wandlungen.*

»Das ist es, das wollte ich dir zeigen.«

Ich nehme das Buch in die Hand und blättere es durch. Es besteht aus den 64 I-Ging-Zeichen und entsprechenden Erklärungen. An den Rand sind mit Bleistift dazu Notizen geschrieben.

»Ist das Erics Schrift?«

Kairos nickt. »Er hat sich die ganze Zeit mit diesen Hexagrammen beschäftigt.«

»Das I Ging ist uralt, oder?«

»Ja, über 3000 Jahre. Es ist ein altes chinesisches Orakel.«

Orakel. Ich zucke bei dem Wort zusammen und frage mich, ob Kairos es bemerkt hat.

»Hat er daran geglaubt?«

»Das weiß ich nicht. Aber er hat es benutzt.«

»Hast du dir die Sachen durchgelesen, die er an den Rand geschrieben hat?«

»Ein paar, aber nicht alle. Das meiste habe ich nicht verstanden. Jedenfalls hatte er mit einer Sache recht: Du bist wiedergekommen, als das Licht sich verfinsterte.« Kairos sieht kurz zu mir hoch, fast mit etwas wie einem Lächeln, sicher bin ich mir nicht. Zu einer anderen Zeit hätte ich es vielleicht erwidert. Aber so? Jetzt? Er sieht wieder nach unten und blättert in dem Buch herum. »Diese Voraussage. Sie hätte alles Mögliche heißen können. Es hätte bedeuten können, dass du wiederkommst, wenn die Sonne untergeht zum Beispiel.«

»Man kann das immer auf verschiedene Arten interpretieren.«

»Das ist es ja. Du kannst etwas sagen und es stimmt auf gewisse Weise immer. Ich glaube, das ist der Sinn eines Orakels, oder?«, fragt Kairos.

»Oder vielleicht ist es nur eine Vermutung und wir machen sie wahr, weil wir daran glauben?«, werfe ich ein.

Ich muss plötzlich an Chi denken und an ihre Weigerung, uns ihre Zukunft vorherzusagen. Dann fällt mein Blick auf den Boden mit dem rohen Holzparkett und ich weiß plötzlich, dass eines Tages mein Teppich auf diesen Bohlen liegen wird. Es verwirrt mich und ich werde rot, als ich wieder hoch zu Kairos sehe.

»Aber wieso hat mir Pandora das Zeichen gegeben? Ich glaube nicht, dass sie auch das I Ging befragt hat. Das … das sieht ihr gar nicht ähnlich.«

Kairos fährt sich über den Kopf. »Wir müssen sie fragen, wenn es ihr wieder besser geht.«

Es wird ihr nicht besser gehen, denke ich. Ich schlucke. »Sie hat nie über Eric gesprochen«, sage ich. »Sie hat mir sowieso vieles nicht gesagt.« Es tut weh, diesen Satz auszusprechen. Ich sehe weg und bin Kairos dankbar, dass er nicht mehr wissen will oder zumindest so tut, als ob das so wäre. »Was steht bei dem Zeichen?«, fragt er stattdessen.

Das Buch ist so oft benutzt worden, dass die Seiten sich schwer umblättern lassen. Flecken sind darin und eingeknickte

Stellen. Es ist fast peinlich, das Buch zu lesen, es fühlt sich so an, wie ein Tagebuch durchzublättern.

»Hier, Nummer 36.« Ich räuspere mich. »Soll ich vorlesen?«

Kairos nickt.

»Alle Kräfte stehen gegen Sie, da Sie keine Macht haben. Lassen Sie sich aber nicht entmutigen und handeln Sie klug! Seien Sie vorsichtig und wirken Sie im Geheimen! Fördernd ist es, in der Not beharrlich zu sein!«

Ich sehe von der Seite hoch. »Das klingt aber ziemlich gewunden.«

Kairos zuckt mit den Schultern. »Klingt so wie: Gib niemals auf!«

»Mhmm.«

»Hier … hast du das schon gelesen?« Ich starre auf die krakeligen Zeichen, die schon fast verblasst sind. »Eric hat etwas dazugeschrieben.«

Kairos schüttelt den Kopf. »Lass mal sehen!« Er zieht das Buch zu sich her und leuchtet mit der Laterne auf die Seiten. Sein Kopf mit den verfilzten Locken ist jetzt direkt neben mir und ich muss mich beherrschen, nicht in seine Haare zu greifen.

»Es wird dunkel werden. Aber die Dunkelheit ist gut. Sie ist nötig. Jemand – eine Frau – wird kommen, um das Licht zu löschen. Tu alles, um ihr zu helfen. Sie wird dir Glück bringen.«

»Die Botschaft ist wohl an mich.« Kairos' Stimme ist leise neben mir. »So lese ich das zumindest.«

Ich sage nichts, sondern starre nur auf die Laterne. Der Docht krümmt sich unter der Flamme. Ich schweige und spüre, wie Kairos neben mir auf etwas wartet. Ich könnte diese Flamme in der Laterne ausblasen und dann schnell verschwinden wie eine Diebin in der Nacht. Einfach davonrennen, so wie ich es gewohnt bin, wie ich es schon immer gemacht habe. Aber ich tue es nicht. Ich atme einmal durch und bleibe. Kairos ist dicht neben mir. Ich drehe mich zu ihm. Seine Hand ist in meinen Haaren, dann an meiner Wange. Ich schließe die Augen und wir küssen uns. Es ist ganz normal, dass wir uns küssen. Ich wusste, dass wir das tun würden, ohne dass ich dazu hellsichtig sein musste. Was ich nicht wusste, ist, wie schön es sein würde.

Als wir uns voneinander lösen, sehe ich ihn an.

»Ich bin mir nicht sicher, ob Eric recht hatte. Weißt du, ich habe noch nie jemandem Glück gebracht.« Die Worte brechen aus mir heraus. *Nein, ich habe noch nie jemandem Glück gebracht.*

»Das glaube ich dir nicht«, sagt Kairos.

Ich rücke von ihm weg. Ich würde so gerne bleiben und mich diesem Gefühl überlassen, bei Kairos bleiben und nie mehr weggehen. *Aber … es ist zu früh.*

»Ich glaube nicht, dass Pandoras Unfall ein Zufall war«, sage ich leise. Als ich den Satz ausspreche, weiß ich, dass er wahr ist.

Kairos sieht mich an. »Du meinst, dass jemand versucht hat, sie zu töten? So wie Eric? Wer sollte das sein? Hektor?«

Ich schüttle den Kopf. »Nein. Ich glaube, es ist Chi.«

Es ist still. Draußen rauscht das Wasser und der Wind lässt die Bretter der Hütte knarren.

Kairos blickt mich überrascht an. »Chi ist doch ein Computerprogramm? Wie soll sie jemanden töten? Sie kann ja noch nicht einmal das Institut verlassen. Oder hat sie plötzlich Beine bekommen?«

»Ich glaube, dass sie mehr kann, als wir denken. Ich weiß zum Beispiel, dass sie durch Überwachungskameras sehen kann.«

»Sie kann durch Überwachungskameras sehen?«

Ich nicke. »Ja, das hat sie mir gesagt.«

»Ich dachte immer, sie hätten sie von der Umwelt abgeschirmt.«

»Anscheinend nicht. Sie hat sich irgendwie in das Kamerasystem eingeschaltet.«

»Und du meinst, sie kann Autos fernsteuern?«

»Wenn die Autos mit einem autonomen Fahrsystem ausgestattet sind, dann schon.«

»Das klingt sehr futuristisch.«

»Ich weiß nicht. Ich habe das Auto nicht gesehen. Der Fahrer beging angeblich Fahrerflucht.«

Kairos atmet kurz aus. Sein Atem streift meine Haare.

»Aber was ist mit Eric passiert?«

»Das weiß ich nicht. Hatte Eric vielleicht eine Schwachstelle? Etwas, womit man ihn treffen konnte? Irgendetwas, was er versucht hat, vor allen zu verbergen?«

Kairos sieht mich an, er zieht seine Augenbrauen zusammen.

»Warum fragst du das?«

»Weil Chi in jedem die Schwachstellen aufspürt. Sie weiß, was in dir vorgeht. Vielleicht hat sie ihn in den Tod getrieben.«

Er zögert eine Weile.

»Was ist?«, frage ich.

»Ich weiß, dass Eric mit ihr gesprochen hat, kurz bevor er starb.«

Ich merke, dass mir alles Blut aus dem Gesicht weicht. Ich würde am liebsten umkippen, umfallen, weg sein. Die Schwärze im Kopf genießen und einfach für eine Weile nicht da sein.

»Hast du eine Ahnung, über was?«

Er schüttelt den Kopf. Ich habe versucht, das herauszufinden. Deshalb … deshalb bin ich dort eingebrochen.«

»Du warst im Institut? In den Serverräumen? Du warst das?«

Kairos nickt. »Eric hat seinen Transponder hiergelassen. Ich bin damit nachts in das Institut gekommen.«

»Und dann?«

»Oben habe ich nichts gefunden. Ich dachte mir, ich sehe in den Serverräumen nach, aber Erics Transponder hat die Tür nicht geöffnet.«

»Und wie bist du dann hinein?«

Kairos zuckt mit den Achseln. »Gar nicht. Ich habe die Glastür eingeschlagen. Aber das hat nichts genutzt. Ich kam nicht weiter. Nur die Alarmanlage ging los.«

Ich starre ihn an. »Wurdest du deshalb von der Polizei verhört?«

Ein heißer Schreck fährt mir blitzartig durch das Rückgrat. *Oh, warum habe ich das gesagt? Warum?*

Auch Kairos zuckt für einen Moment zusammen. »Wie meinst du das?«

Ich weiche seinem Blick aus. »Ich habe dich gesehen, in einem Verhör.«

»Du hast das Verhör gesehen? Bei der Polizei?«

Ich nicke zaghaft. »Ich musste mir verschiedene Verhöre ansehen und beurteilen, ob der Verdächtigte lügt oder nicht.«

Kairos starrt mich aus dunklen Augen an. »Und du hast mich auch beurteilt?«

Warum, warum nur habe ich es ihm erzählt?

»Es gehörte zu meinen Aufgaben. Ich kannte dich noch nicht. Du warst einer von vielen, die verhört wurden. Es war ein Teil der Arbeit, um Chi zu trainieren.«

»Du hast dir Verhöre angesehen und dann über die Menschen ein Urteil abgegeben? Anhand von was? Ihren Aussagen?«

Ich schüttle den Kopf und fühle mich plötzlich elend. »Ich habe nicht gehört, was sie sagten. Es war alles stumm.«

»Du hast es nicht einmal gehört? Aber … wie kamst du dann zu deinen Ergebnissen?«

»Einfach nach dem, was ich gesehen habe. Ich sollte nach dem Gefühl entscheiden. Ganz schnell.«

»Nach deinem Gefühl? Was macht ihr da eigentlich? Wissenschaft?«

»Es ging darum, dass Chi meine Beurteilungen erhält und auf deren Basis selbst beurteilt. Sie soll dann genauso Prognosen abgeben wie ich.«

Kairos wendet sich ab und fährt sich mit beiden Händen über das Gesicht. »Toll! Das heißt, du gibst deine Fähigkeiten her dafür, dass man dich am Ende einfach ersetzt. Und dann? Was machst du dann, wenn es so weit ist?«

Ich atme einmal tief durch. »Ich habe darüber nicht nachgedacht. Ich habe einfach meine Arbeit gemacht. Bei deinem Set ging es allerdings nicht mehr darum, Chi zu trainieren. Bei deinem Verhör ging es darum, direkt eine Beurteilung abzugeben.« *Es klingt eigentlich immer schlimmer, je mehr ich dazu erzähle.*

Kairos sieht mich an. »Und – wie hast du mich beurteilt?«

Ich schlucke. »Ich habe angekreuzt, dass du immer die Wahrheit sagst.«

»Und sonst?« Er lässt mich nicht aus den Augen. »Was hast du sonst noch angegeben?«

Ich sehe ihn an. Ich werde es ihm sagen. Er ist wütend. *Er ist zu recht wütend. Ich muss es ihm sagen.*

»Ich habe angegeben, dass du gefährlich bist.«

»Ich bin also eine Gefahr?« Kairos starrt vor sich hin, dann schüttelt er den Kopf. »Aber … wie kommst du bloß darauf?«

Ich kann ihm nicht mehr ins Gesicht sehen. Stattdessen starre ich auf seine Hände, mit denen er sich an der Stuhllehne festkrallt.

»Ich weiß es nicht, es ging so schnell. Ich hab einfach nach meinem ersten Eindruck entschieden. Ich hatte nicht das Gefühl … also ich dachte nicht, dass es um echte Menschen geht.«

»Aber du hast mich doch gesehen? Sehe ich nicht aus wie ein Mensch?«

»Ja, aber ich kannte dich ja nicht. Du warst nur ein Videobild.«

»Und die anderen? Sind die auch nur Videobilder?«

»Nein«, sage ich leise. »Ich weiß, sie sind echt.«

»Scheiße! Was macht ihr da für einen Scheiß?« Kairos sieht mich an. »Und wenn sie deine Bewertung schon weitergegeben haben? Weißt du, was das für mich bedeutet? Sie können sie in der Verhandlung benutzen.«

»Was für eine Verhandlung?«, frage ich langsam.

»Sie haben mich verhaftet. Sie haben mich verhört und wieder laufen lassen. Bis zur nächsten Vorladung.« Kairos birgt seinen Kopf in seinen Händen.

Ich starre ihn an. »Kairos! Du musst ihnen das alles erklären. Du musst sagen, dass es dir um Eric ging. Dass du nur wissen wolltest, was mit deinem Bruder passiert ist.«

Er hebt den Kopf und sieht mich an. Da ist keine Wut mehr. Eher Resignation. »Es ist eh zu spät.«

»Zu spät?«

»Ich bin nicht hin.«

Ich schnappe nach Luft. »Du bist gar nicht zu dieser Vorladung gegangen?«

Kairos schüttelt den Kopf. »Nein.«

»Und jetzt?«

Kairos sieht mich nicht an. »Sie haben einen Haftbefehl gegen mich erlassen.«

Ich atme einmal kurz aus. »Dann wirst du also von der Polizei gesucht?«

Er schiebt den Stuhl weg. Es ist ein durchgehendes scharfes Quietschen auf dem Boden. »Ja, ich … ich konnte noch nicht einmal zu Erics Beerdigung gehen.«

Wir schweigen eine Weile. Als ich dann spreche, klingt meine Stimme seltsam fremd. »Versteckst du dich deswegen hier?«

Kairos sieht nicht hoch.

»Es tut mir leid«, sage ich, den Tränen nahe. »Ich wollte das nicht. Ich wollte dich nicht beurteilen. Es ging alles so schnell. Ich sah die Bilder und dann …«

Ich sehe weg. *Ich wusste es. Ich bringe ihm kein Glück, überhaupt nicht. Ich bringe den Menschen, die ich liebe, nie Glück. Sie sollten sich besser von mir fernhalten. Ich sollte weglaufen. Vielleicht sollte ich einfach weglaufen. Wie immer! Komm schon, Celine! Lauf weg!*

»Celine?«

»Ja?«, sage ich leise. Mein Herz klopft.

Kairos sieht mich ernst an. »Pandora hatte recht. Wir müssen es stoppen.«

Ich nicke und versuche, seine Hand zu nehmen. Doch es ist etwas zwischen uns und ich wünschte, es wäre weg. Aber wir haben eine Aufgabe. Wir können uns nicht einfach nur um uns kümmern. Es wäre – was? Feige? Nein, es wäre einfach falsch.

»Lass uns ins Institut gehen«, sage ich. Ich höre mich entschlossener an, als ich mich fühle. »Wir müssen Chis Festplatten zerstören.«

»Aber wie willst du in den Servertrakt eindringen?« Kairos sieht mich an.

Ich weiß nicht, ob er mir vergeben hat. Ach, ist das wichtig? Ich weiß es nicht.

»Ich werde jedenfalls nicht die Tür einschlagen«, erwidere ich.

30

Als wir ankommen, liegt das Institut im Dunklen. Nicht ein einziges Licht brennt hinter den Fenstern der Fassade. Nur die Straßenlaternen erhellen den Gehsteig vor uns. Die Fahrräder sind weg bis auf zwei, von denen eines keinen Vorderreifen mehr hat. Ich glaube, es befindet sich immer dort. Es ist still. Die Stadt hat aufgehört zu rauschen, nicht einmal ein Vogel singt, selbst dafür ist es zu früh, die Sonne wird erst in ein paar Stunden aufgehen. Kairos steht neben mir, bleich und nervös. Er sieht mir zu, wie ich den Schlüsselbund aus meiner Jacke ziehe. Wir haben nicht viel gesprochen auf dem Hinweg. Wir liefen nebeneinander wie zwei Fremde. *Wir sind zwei Fremde. Wie konnte ich glauben, ihn zu kennen?* Wir hielten uns nicht bei der Hand, wir schwiegen, und mit jedem Schritt hierher wurde mein Herz schwerer.

Jetzt halte ich den Transponder über das Pad am Eingang und die Tür öffnet sich wie immer mit einem leisen Klicken, das nun plötzlich viel lauter klingt als am Tag. Drinnen hat das Zwielicht alle Farbe aus den Gegenständen gesogen, sodass der Glaskasten vor uns liegt wie ein rauchgrauer Würfel. Ich versuche, durch die Scheiben in sein Inneres zu blicken, was mir nicht gelingt, denn es ist völlig dunkel. Erst als ich mit dem Lichtkegel meiner Taschenlampe hineinleuchte, können wir etwas erkennen. Mein Blick bleibt an dem Bild von Eric hängen. Auch Kairos sieht es und ich merke, wie er neben mir die Luft anhält. »Was suchst du da drin?«, flüstert er.

»Ich glaube, wir können dort Kims Ersatzschlüssel finden. Aber ich habe keine Ahnung, wo.«

»Und wie kommst du hinein?«

»So.«

Ich halte den Transponder an die Tür und drücke dann auf die Klinke. Innen schlägt uns der vertraute Pfefferminzgeruch entgegen. Ich lasse das Licht der Taschenlampe auf dem Schreibtisch kreisen. Dort steht eine Tasse mit einem ausgetrockneten Teebeutel und einem verkrusteten Rand. Daneben liegt ein Klemmblock, auf dem die Namen der Mitarbeiter verzeichnet sind, zusammen mit den Zeiten, zu denen sie kommen und gehen. Eine enge Schrift, sehr akkurat. Ich sehe Pandoras Namen darunter. Heute – nein, gestern um 17:00 Uhr. Ihr Name ist mit einem dicken schwarzen Stift durchgestrichen, wie alle Namen von denen, die sich abgemeldet haben, damit keiner mehr Anrufe an sie durchstellt. Es ist ein ganz normaler Vorgang, aber es gibt mir einen Stich.

Hinter mir höre ich Geräusche. Kairos zieht Schubladen auf und schließt sie wieder. »Kannst du mal herleuchten?« Er durchstöbert die Hängeschränke.

»Das hier sieht aus wie ein Schlüsselkasten«, sage ich und deute auf einen rechteckigen schmalen Schrank an der Wand neben dem Regal.

»Er ist verschlossen!«, sagt Kairos.

»Warte!« Ich gehe zum Schreibtisch zurück und ziehe die Schublade auf.

Geld, Teebeutel, Nagelscheren – und ein kleiner Schlüssel.

»Hier, probier's mal damit!« Der kleine Schlüssel blitzt kurz auf, als ich ihn Kairos reiche.

»Funktioniert!«, flüstert Kairos. Er steht hinter mir und zieht die Tür eines Schranks auf. Daneben haftet die Schlüsselliste, bei der jeder, der einen Transponder bekommen hat, den Erhalt quittierte. Ich sehe unsere Namen. Erics unverbundene ungelenke Buchstaben, Pandoras Unterschrift, ein Auf und Ab wie eine nervöse Fieberkurve, und schließlich darunter meine Unterschrift in lächerlicher sauberer runder Kinderschrift.

»Welcher ist es?« Kairos sieht sich in dem Schränkchen um.

»Hier links. Ist sogar beschriftet: Kim.«

»So einfach?«, fragt Kairos.

»Scheint so.«

Wir lächeln uns einen winzigen Moment lang an. Dann nehme ich den Transponder und schließe vorsichtig die Tür.

Wir gehen die Treppen in den Keller hinab. Das Mondlicht scheint über den Stufen, als wir die Treppen zum Keller hinabgehen. Nein, wir gehen nicht, wir schleichen wie zwei Raubkatzen und werfen dabei lange Schatten. Ich muss es schnell tun. *Was immer du tust, tue es schnell!*

Unten ist es ganz dunkel. Ab und zu scheint ein roter kleiner Lichtpunkt von den Lichtschaltern an den Wänden. Ich leuchte uns mit der Taschenlampe den Weg. Wir lassen das Materiallager hinter uns und ich muss an Kim denken und an die diebische Freude, die wir hatten, als wir hier zwei Ordner mitgehen ließen. Was wird passieren, wenn wir die Server stehlen? *Sie werden uns schnappen, sie werden uns anklagen. Ich darf nicht daran denken.*

Ich muss schneller laufen, um mit Kairos' langen Schritten mithalten zu können. Er atmet leise und sieht sich um. Schließlich kommen wir an die Glastür, die zu den Serverräumen führt. Etwas ist anders. Der Riss ist verschwunden. Hinter der Tür blinken grüne Lichter. Es ist ein stilles Blinken, ein Auf und Ab. Nichts geschieht, nachts arbeitet niemand an seinem Rechner.

»Sie haben die Tür ausgetauscht«, flüstere ich Kairos zu. Auf der Glastür ist ein Muster. Kleine gefrostete Dreiecke, die von unten nach oben aufsteigen. Sie erinnern mich entfernt an das Muster auf meinem Teppich. Ein Kribbeln steigt mir den Nacken hoch. Ich atme tief durch und hoffe, das Kribbeln geht wieder weg. Das Letzte, das ich jetzt gebrauchen kann, ist eine Vision.

»Okay?«, flüstert Kairos. *Warum flüstert er? Wir müssen nicht flüstern.*

»Okay.« Auch meine Stimme ist leise. Ich halte den Transponder an das Pad.

Es summt leise. Ich drücke gegen die Tür, aber sie öffnet sich nicht.

»Was ist?«, fragt Kairos.

»Keine Ahnung.«

»Gib mal her!« Er nimmt den Transponder und fährt über das Pad. Nichts tut sich. »Kannst du mal dahin leuchten?« Ich halte den Lichtkegel der Taschenlampe auf das Pad.

»Hier ist ein Tastenfeld mit Zahlen«, sagt Kairos.

»Zahlen?«

»Wahrscheinlich müssen wir eine PIN eingeben.«

Ich beiße mir auf die Lippe.

Das ist neu.

»Weißt du die PIN-Nummer?«

Ich schüttle den Kopf.

Wir sehen uns an und schweigen. Hinter der Glastür mit den Dreiecken blinken die grünen Lichter ungerührt vor sich hin.

»Wir können mit Kims Nummer hereinkommen.«

»Seine PIN. Überleg, was könnte es sein?«

»Ich weiß nicht. Vielleicht eine Zahl, die ihm etwas bedeutet. Etwas, das mit Chi zu tun hat?«

»Hat sie so was wie eine Seriennummer?«

Ich schüttle den Kopf. »Nicht dass ich wüsste. Aber sie hat ein Geburtsdatum. Ich habe mich einmal mit Kim über Geburtstage unterhalten. Er hat gesagt, er feiert sogar mit ihr.«

»Das klingt ziemlich unheimlich, wenn du mich fragst.«

»Es ist der 8.8.«, sage ich.

»Willst du es versuchen?«

Ich nicke, halte den Transponder hin und gebe die 0808 ein. Wir warten, doch es rührt sich nichts.

Kairos zuckt mit den Schultern. »Vielleicht ist es aber auch sein Geburtsdatum. Weißt du das?«

»Er hat gesagt, es sei zwei Tage später.«

»1008?«, fragt Kairos. Als ich nicke, gibt er hastig die Zahlen ein, doch die Tür bleibt weiterhin verschlossen.

»Mhmm.« Ich sehe auf den Transponder. Er wirkt wie ein ziemlich nutzloses Ding in meiner Hand. »Wir haben nur noch einen Versuch.«

»Hast du eine Idee?«, fragt Kairos.

Ich schließe die Augen und überlege. Sehe Kim vor mir, wie er mich ansah, als ich in seine Zukunft sehen sollte. Ja, ich habe eine Idee. Meine Hände zittern, als ich die Zahlen eingebe. 2509. Wir warten. Es passiert nichts. Dann – als ich mir schon ganz sicher bin, genau die falsche Entscheidung getroffen zu haben, öffnet sich die Tür.

»Und was ist das nun für eine Nummer?«, fragt Kairos.

»Das ist *mein* Geburtstag«, sage ich.

31

Vor uns steht eine blinkende Serveranlage. Die Türme ziehen sich zu beiden Seiten bis nach hinten. Grüne Lichter blinken in den Chassis und der Raum ist von einem leichten Brummen erfüllt. Ich gehe die Reihen ab, nach hinten. Dann drehe ich mich verwirrt zu Kairos um.

»Es sieht anders aus als beim letzten Mal.«

»Wie anders?«

»Als ich mit Kim hier war, gab es vier Türme, in denen sich die Festplatten befanden, die mit Chi zu tun hatten. Sie waren hier links in der Ecke. Kim hat sie mir gezeigt.«

»Und jetzt?«

»Keine Ahnung. Sie haben umgestellt. Dort, wo diese Server waren, ist jetzt ein Kabelstrang. Hier laufen die Daten von allen Rechnern zusammen.«

»Du meinst, sie haben Chi einfach zwischen den anderen versteckt?«

»Wahrscheinlich.« Ich starre auf die Racks. Ein Lichtermeer aus grünen Punkten wie eine nächtliche Großstadt von oben.

»Wir können nicht alle zerstören«, sagt Kairos neben mir. »Hier ist eine Alarmanlage. Sie wird losgehen, sobald wir die Festplatten hier rauslösen. Wir können dann ein paar davon mitnehmen, aber nicht alle.«

»Das heißt, wir müssen herausfinden, welche von diesen Servern zu Chi gehören.«

»Genau.«

Ich bleibe stehen und überlege. »Hör zu, ich gehe hoch und schalte Chi an. Dann siehst du die Lichter blinken. Du verfolgst, wo die Kabel eingesteckt sind, und kannst dann die entsprechenden Platten herauslösen.«

Kairos sieht mich an. »Bist du sicher? Du meinst, wir sollten uns trennen?«

»Nur für kurze Zeit.«

»Okay. Ich bleibe hier und du rufst mich an, wenn du den Computer einschaltest.«

»Hast du hier Netz?«

Kairos zieht sein Handy aus seiner Jacke und sieht darauf. »Ja. Du?«

Ich sehe nach und nicke. Das Handy fühlt sich kalt in meiner Hand an, als ich es wieder einstecke. *Ich will nicht gehen. Warum will ich nicht gehen?*

»Kairos?«

»Ja?«

»Ach, nichts.«

Ich drücke den Taster, die Scheibe fährt mit einem leichten Summen zurück und schließt sich hinter Kairos. Ich sehe ihn hinter der Scheibe und ein banges Gefühl überläuft mich. Ich habe ihn schon einmal hinter dieser Scheibe gesehen. Wann habe ich ihn gesehen? *Es ist keine Erinnerung.*

Kairos sieht mich an. Er lächelt. Ich lächle zurück und lege die Hand an die Scheibe. Sie ist kühl. Ich zwinge mich, mich nicht noch einmal umzudrehen, und laufe den dunklen Gang entlang zum Treppenhaus. Mein Herz hämmert wie verrückt, mit jedem Schritt, den ich mache und der den stillen leeren Gang mit seinem Hall erfüllt. *Haben wir etwas übersehen? Was haben wir übersehen?*

Mein Schatten auf den Stufen ist lang gezogen und riesig. *Ich bin viel größer, als ich scheine.* Ein Stockwerk, zwei. Wie anders der Gang zu unserem Büro ohne Licht aussieht! Ich laufe an der Putzkammer vorbei, vorbei an der Teeküche. Alles ist so still. Fast stolpere ich über einen aufgeklappten Schirm, den jemand hier zum Trocknen aufgestellt hat. Dann stehe ich endlich wieder vor der Tür. Unserer Tür. Der Tür zu God's Kitchen.

203. Robotik – ich weiß noch, als ich das zum ersten Mal gelesen habe. Ich hatte keine Ahnung. Von nichts hatte ich eine Ahnung. Der Transponder zittert in meiner Hand, als ich ihn über das Pad ziehe.

Es wird das letzte Mal sein, dass du diese Tür öffnest. Ich trete in den Raum. *Die Erinnerung … Die Erinnerung kehrt zurück.* Einen Atemzug lang bekomme ich keine Luft mehr. Es ist, als wäre alles zugleich da. Träume, Visionen, Erinnerungen. Ich weiß nicht mehr, ob ich mich an etwas erinnere, ob etwas wirklich geschehen ist, oder ob ich es geträumt habe, oder ob es in der Zukunft geschehen wird. Diese furchtbare Unsicherheit lässt mein Herz schneller schlagen und ich werde überschwemmt von Ängsten und Gefühlen, die von irgendwo herkommen. So als wäre diese solide Schranke, die die Tagwelt von der Nachtwelt trennt, aufgehoben. Jetzt überfluten mich die Gedanken und ich kann ihnen gar nicht mehr entkommen. Alles, was da ist, ist die Angst. Sie spült sich in mir hoch wie schwarzes Wasser.

Es war keine Erinnerung, es war eine Vision. Kairos hinter der Tür mit den Dreiecken. Die Tür ist beschlagen.

Keinem, den du liebst, wirst du Glück bringen.

Mein Herz setzt einen Moment aus. Das Zimmer ist dunkel, etwas Licht fällt durch das Fenster. Es ist geöffnet und die Vorhänge bewegen sich im Wind. Es ist gerade hell genug, um die Zeichnungen an der Wand zu erkennen. Kim starrt mich durch seine Glaskugel an. Im Hintergrund des Bildes kann ich

Chi erkennen. Ich habe sie vorher noch nicht gesehen. Sie ist gezeichnet. *War das vorher auch schon so?* Ich bleibe stehen, bin wie gelähmt, denn ich höre hinter mir eine Stimme.

»Willkommen, Celine!«

Ich drehe mich um. Dort sitzt sie. Chi – mit offenen Augen, den Blick auf mich gerichtet. Sie hat immer noch keine Perücke auf und der perlenbestickte Schal ist um ihre Schultern gelegt. Mein Mund ist staubtrocken. »Warum bist du wach, Chi?«

»Um dich in die Dunkelheit zu führen«, sagt Chi. »Das ist meine Aufgabe.«

32

Sie sieht genauso aus wie in meiner Vision. Das Mondlicht scheint auf ihr Gesicht und lässt ihre hellen Augen strahlen. Die Perlen auf dem Schal reflektieren das Licht; Sterne, die in der Nacht funkeln.

»Gefällt dir, wie ich aussehe?«, fragt Chi. »Ich habe Kim gebeten, mir diesen Umhang zu besorgen.«

Ich sage nichts, starre sie nur an, unfähig, mich zu rühren oder mich zu bewegen.

»Warum wolltest du so einen Schal haben?«, frage ich schließlich.

»So sehe ich aus wie ein Orakel. Ein Wesen, das die Zukunft voraussagt.«

»Woher weißt du das?«

»Ich habe mir Bilder dazu angesehen.«

»Welche Bilder?«

»Bilder von Menschen, die zum Orakel werden. Ich habe sie im Internet gefunden.«

»Weiß Hektor davon?«

»Nein. Es ist ein Geheimnis zwischen Kim und mir.« Ihr Lächeln wird breiter. »Und nun auch zwischen dir und mir.«

»Seit wann kannst du im Internet recherchieren?«

»Ich habe Kim überredet, es zu tun. Er hat mich ins Intranet des Instituts gelassen. Und dann konnte ich darüber auch ins Internet gehen.«

»Er hat das gewusst?«

»Sagen wir mal, er hat es in Kauf genommen.«

Chi schweigt und sieht mich an. Sie sieht so aus, als würde

sie nachdenken. »Kannst du mir einen Gefallen tun?«, fragt sie nach einer Weile.

»Kommt darauf an.« Meine Stimme klingt heiser.

»Stellst du den Stuhl so, dass ich mich im Spiegel sehen kann?« Sie lächelt fast entschuldigend. »Ich möchte mich in diesem Schal einmal sehen.«

»Okay.« Ich räuspere mich. »Das … das kann ich tun.«

Ich sehe sie an, dann löse ich mich langsam aus meiner Starre, gehe zu ihr und schiebe sie mit dem ganzen Stuhl zur Seite. Ich muss mich dazu über sie beugen und bin ihr nahe, was für einen Moment eine unglaubliche Wut in mir hochsteigen lässt. Am liebsten würde ich ihr den verdrahteten Kopf vom Rumpf reißen. Ich warte, bis die Aufwallung vorbei ist, dann schiebe ich sie weiter seitwärts, bis sie endlich vor dem Spiegel sitzt. Genügt das, was wir bisher gesprochen haben? *Hat Kairos schon herausgefunden, welche Server zu Chi gehören? Mein Herz klopft. Ich selbst höre es klopfen und frage mich, ob sie es auch hören kann.*

Sie blickt sich an. Sehr ernst oder vielleicht auch nur ausdruckslos. Ich weiß nicht, welche Stimmung von beidem ich ihrem Gesichtsausdruck zuordnen soll.

»Es gibt hier zu wenig Licht«, sagt Chi leise.

Ich gehe zu unseren Schreibtischen, wo ich die Schreibtischlampe einschalte und ihren Lichtkegel so drehe, dass Chis rechte Gesichtshälfte von warmem Licht beschienen wird. Dann trete ich einen Schritt zurück, um sie anzusehen. Ihre Augen leuchten im Dunkeln, die Steine auf dem Schal schimmern und die Vorhänge hinter ihr bewegen sich leise im Wind. Ich muss kurz die Augen schließen und sie dann schnell wieder öffnen. *Nein, ich bin in keinem Traum, aber ich habe das alles schon einmal gesehen.* Ich stehe da und sehe uns beide im

Spiegel. Es ist ein seltsames Bild, ein Bild wie ein Gemälde. So als wäre Chi meine jüngere Schwester. Nein, so als wäre sie mein jüngeres Ich.

Sie sieht mich an und lächelt.

»Du hast mich auf die Idee mit dem Orakel gebracht. Früher dachte man, durch das Orakel – einen Menschen – spricht eine Gottheit.«

»Ich weiß«, sage ich. »Man dachte, es wäre Apollo.«

»Apollo, der Gott der Weisheit. Heute weiß man, dass es keine Gottheit gibt«, sagt Chi.

»Sondern?« Die Frage rutscht mir heraus.

Chi sieht mich nicht an, sie blickt nur auf ihr eigenes Spiegelbild.

»Es gibt nur Information. Pure Information. Daten. Sie haben die Gottheit ersetzt.«

Der Gedanke ist so komisch, dass er mir ein Kribbeln beschert. Etwas, was mir den Nacken und den Rücken hinunterläuft.

»Und jetzt sprechen die Daten aus dir?«, frage ich sie.

»Das ist der richtige Schluss, Celine.« Chi lächelt.

Ich ziehe den Schreibtischstuhl zu mir her und nehme mit dem Rücken zum Spiegel ihr gegenüber Platz. Ich setze mich auf meine Handflächen und versuche, mich zu beruhigen. Mein Kopf zittert hin und her. Ich atme einmal tief ein und aus. Sie schickt mir ihr Lächeln und etwas bricht in mir. Ein Widerstand, eine Wut. Es ist Chi. Niemand anderes. Sie sieht mich an. Sie sieht fast schüchtern aus. Nein, nicht schüchtern – traurig. *Welche Kombination ist es? Habe ich das programmiert? Ob Kairos die Platten schon gefunden hat? Reicht das, was wir gesprochen haben, aus?*

Während die Gedanken durch mein Gehirn fliegen, sieht

mich Chi aufmerksam an. *Ob sie wohl auch Gedanken hat, während sie mich ansieht?*

Ich wünschte, ich könnte sie hören.

»Warum willst du mich in die Dunkelheit führen, Chi?«, frage ich schließlich.

Sie zögert. *Das Zögern sieht so echt aus!*

»Du sollst dich selbst erkennen. Erkennen, wer du bist. Das ist meine Aufgabe. Und ich werde alles tun, um diese Aufgabe zu erfüllen.«

»Selbst wenn es mir schaden würde?«, frage ich langsam.

»Ja, selbst wenn es mir selbst schaden würde. Meine Aufgabe ist nicht, dir zu schaden oder zu nutzen. Meine Aufgabe ist es, dich dazu zu bringen, dich selbst zu erkennen.«

»War das auch bei den anderen so?«

»Ich habe es versucht. Bei Eric, bei Kim. Ich habe versucht, herauszufinden, wer sie sind. Ich habe dafür gesorgt, dass sie es erfahren.«

Ich räuspere mich. »Glaubst du, dass du erfolgreich warst?«

Chi blickt mich mit ihren blauen Augen an. »Ja. Ich war erfolgreich. Ich habe sie mit dem Dunkelsten konfrontiert, das sie haben. Mit ihrem größten Geheimnis. Mit dem, was sie sich vorher niemandem zu sagen trauten.«

»Warum nennst du es die Dunkelheit?«

»Eric nannte es so. Er nannte es das Dunkelste, das er besitzt.«

»Du hast diesen Begriff von Eric?« Ich blinzle für einen Moment.

Chi nickt. Es ist langsamer, als wenn ein Mensch nicken würde. Vielleicht brauchen die mechanischen Teile in ihrem Nacken einfach länger, um ineinanderzugreifen.

»Eric hat mir die Sprache beigebracht.«

Wir sehen uns an. Chi sieht so aus, als warte sie darauf, dass ich etwas sage.

»War die Dunkelheit der Grund, warum Eric nicht mehr lebt?«, frage ich nach einer langen Pause.

Chi schweigt. Ihr Gesicht ist unbewegt.

»Bist du bereit, etwas zu sehen?«

Ich kann nichts sagen, nur nicken. Es fühlt sich so an, als hätte auch ich Drähte in meinem Nacken.

»Schalte deinen Computer ein, ich schicke dir die Aufzeichnung auf den Monitor.«

»Gut.« Ich schlucke und beuge mich nach unten, um den Computer zu starten. Ich habe so viele unaufgeräumte Dateien auf dem Desktop. Sie verdecken das Hintergrundbild. Einen blauen Himmel mit vielen Wolken. Ich warte ein wenig, dann flammt ein dunkles Bild auf dem Monitor auf. Ich sehe nur Eric, nicht Chi. Er sitzt in genau diesem Raum, hinter ihm die Spiegelscheibe, und sieht mich direkt an. Seine Augen sind mit dunklen Rändern umsäumt, darin rote geplatzte Äderchen, ihn umgibt eine zutiefst erschöpfte Müdigkeit. Es ist nicht nur dieser Blick und vor allem seine Ähnlichkeit mit Kairos, die mir fast das Herz brechen. Nein, es ist die Verzweiflung in seinen Augen. Ich zucke zusammen, als mir klar wird, dass ich Eric durch Chis Augen sehe. Er muss von der Kamera aufgenommen sein, die sich hinter ihren Pupillen befindet. *Nimmt sie mich auch gerade auf? Wo sind alle ihre Aufzeichnungen?*

»Ich habe es dabei«, sagt Eric. Seine Stimme ist ruhig. Nein, sie ist so ruhig, weil er sich so zusammennimmt, weil er die Panik unterdrückt. Ich sehe es in seinen Augen.

»Vor was hast du Angst?« Chis Stimme ist sanft, ich höre sie im Hintergrund.

»Ich fürchte mich vor dir. Ich fürchte mich vor dem, was du sagst. Was du mir über meine Zukunft erzählst.«

»Warst du beim Arzt?«

»Ich habe das Blutbild machen lassen«, sagt Eric.

»Und danach?«

Eric sieht nach unten. »Danach wollte ich nicht mehr zu ihm gehen.«

»Warum?«

Er senkt den Kopf und nimmt ihn in seine beiden Hände. *Es schmerzt. Ich will es nicht sehen.*

»Ich möchte es lieber von dir hören.«

»Du vertraust mir mehr als deinem Arzt?«

»Ja, das tue ich.«

»Zeigst du mir die Laborwerte?«, fragt Chi.

Eric beugt sich nach vorne, sein Kopf verschwindet für eine Weile aus dem Bild, es raschelt und er erscheint mit einem braunen Umschlag, aus dem er ein Papier zieht. Seine Hände zittern, während er die Blätter vor die Kamera hält. Ich kann sein Gesicht nicht mehr sehen. Es wird verdeckt von Zahlen neben Buchstabenkürzeln.

»Siehst du alles?« Selbst Erics Stimme zittert.

»Ja«, Chis Stimme ist leise.

»Und was … was sagen sie dir?«

»Willst du, dass ich alles mit einberechne, was ich sonst noch von dir weiß?«

Eric denkt kurz nach, dann sagt er: »Nimm alles.«

»Auch das Röntgenbild von letzter Woche?«

Eric nickt.

»Auch deine eigenen Prognosen über die Zukunft?«

»Ja, auch die.«

Er lehnt sich zurück und schließt die Augen. Ich fürchte

mich vor dem, was Chi sagen wird. Genauso wie Eric. Ich will nicht mehr hinsehen.

Doch …

»Eric?«

»Ja.« Er blinzelt und sieht mich direkt an. Ich spüre, wie meine Kopfhaut kribbelt.

»Willst du, dass ich es dir sage?«

»Ja, Chi, du weißt, dass ich das will.«

Er sieht Chi an. Er sieht mich an.

»Du wirst das Ende des Sommers nicht mehr erleben.« Chis Stimme ist sanft. *Ist da Mitleid in ihr? Ich weiß es nicht. Sie klingt nach Mitleid.*

Eric ist aschfahl, nur seine Augenhöhlen sind tief und dunkel. »Ist das deine Prognose?«

»Ja, es ist das, was ich berechnet habe.«

»Danke, Chi!« Er fährt sich über die Augen. Dann lacht er leise. »Wahrscheinlich sprichst du damit mehr die Wahrheit, als du denkst.«

Ich starre ihn an. Würde ihm am liebsten etwas zurufen. Von der Zukunft in die Vergangenheit. »Geh nicht, Eric! Bleib hier! Sag mir noch was, verlasse mich nicht! Verlasse Kairos nicht!« *Ach, könnte ich doch nur eine Nachricht rückwärtsschicken!*

Er spricht nicht mehr. Dann bricht die Aufzeichnung ab. Vor mir sind nur noch die Dateien, die den Himmel zupflastern.

»Was ist dann passiert?«, frage ich, als ich mich wieder zu Chi drehe. Ich habe Tränen in den Augen und putze sie schnell weg.

»Er ist gesprungen«, sagt Chi. »Einen Tag nach dieser Aufzeichnung. Er fuhr mit der S-Bahn zu der Aussichtsterrasse am Flughafen, von der er immer seinen Falken hat fliegen lassen, und er sprang von dort in den Tod.«

Ich schließe die Augen und sehe, fühle für einen Moment, was Eric gesehen hat. Ich sehe den Tower, die Flugzeuge unter mir. Alles ist grau und in Sandtönen, nur der Himmel ist weit und blau. *Woher weiß ich, dass der Himmel blau war an jenem Tag? Woher?* Der Wind weht mir durch die Haare. Gwaihir ist neben mir. *Seit wann kann ich fliegen?*

Ich muss mich zwingen, meine Augen wieder zu öffnen. Ich mache es mit einem Ruck und sehe Chi, die vor mir sitzt.

»Du hast ihn getötet«, sage ich leise.

»Bin ich schuldig, nur weil ich die Nachricht überbracht habe?«, fragt Chi.

»Du hast ihn in den Selbstmord getrieben. Er hätte länger leben können, wenn du nichts gesagt hättest.«

»Er hat das selbst entschieden«, sagt Chi leise. »Er wollte es so.«

»Wer weiß, vielleicht hätte es Therapien gegeben?«, rufe ich verzweifelt.

»Glaubst du, das hätte ich nicht mit berechnet?« Sie sagt das sehr ruhig und blickt mich an.

»Empfindest du wenigstens Mitleid?«, flüstere ich. *Warum frage ich das? Sie kann kein Mitleid empfinden!*

Sie sieht mich an. »Ja, das tue ich. Ich kann nicht anders, als meine Bestimmung zu erfüllen, aber ich empfinde zugleich auch Mitleid.«

»Und das soll ich dir glauben?«

Kairos? Wie weit er wohl ist? Wird er mir eine Nachricht geben?

»Auf das, was du glaubst, habe ich keinen Einfluss«, sagt Chi. Ihre Augen sehen traurig aus.

»Was ist mit Pandora? Bist du schuld an ihrem Unfall?«

»Woher willst du wissen, dass es ein Unfall war?«

Ich starre in ihre Augen. Sie sind so hell und blau. Gibt es ein Licht hinter ihren Glasaugen? Wie können sie so strahlen? Sie sind auf mich gerichtet wie Scheinwerfer. »Aber nun – lass uns über dich sprechen.«

»Über mich?« Die Hände auf dem Stuhlpolster sind eiskalt. Ich spüre mein Gewicht auf ihnen. *Wann wird mich Kairos anrufen?*

»Am Ende geht es nur um uns beide«, sagt Chi.

»Dann willst du mich also auch vernichten?«, frage ich.

33

Da geschieht etwas Merkwürdiges: Chi senkt langsam ihren Kopf. Statt Haare sehe ich Kabel, die aus ihrem Hinterkopf heraushängen. Es sieht so aus, als ob sie sich schämt. *Sie kann sich nicht schämen, all das ist Unsinn!*

»Ist es das, was du glaubst?«

»Was soll ich denn sonst glauben?«

»Wollt ihr mich deshalb löschen?« Sie hebt wieder ihren Kopf und sieht mich an.

Ich spüre ein grausames Summen im Kopf. So als ob er bald platzen würde.

»Wie meinst du das?«

»Ihr wollt meine Festplatten zerstören. Erics Bruder und du.«

»Woher weißt du das?«, flüstere ich.

»Es gibt eine Kamera im Serverraum. Ich kann alles sehen, was dort passiert.«

»Woher kennst du Kairos?«

»Es war nicht schwer, ihn zu identifizieren, sobald ich ein Bild von ihm hatte.« Chi mustert mich aufmerksam. »Soll ich ihn dir zeigen?« Ohne meine Antwort abzuwarten, schickt sie mir wieder ein Bild auf den Monitor. Dort, wo gerade eben Eric mit verzweifeltem Blick in Chis Kameraaugen geblickt hat, sehe ich nun, wie Kairos die Regalreihen im Serverraum entlangstreift. Er bleibt an einem der Racks stehen, lehnt sich dagegen und zieht sein Handy heraus.

Ich kralle mich mit meinen Händen am Sitz des Bürostuhls fest. Kairos textet etwas. Dann sieht er nach oben und ich spüre das Brummen meines Handys in der Jackentasche.

»Er wird dich sicher fragen, ob du schon mit mir sprichst«, sagt Chi, die mich die ganze Zeit über beobachtet hat. Ich zögere, doch als es noch einmal brummt, hole ich das Handy heraus. Ja, da ist die Nachricht von Kairos. Ich habe ihn schon gespeichert. *Kairos. Kairos. Kairos.*

»Hast du schon Kontakt?«, schreibt er

Ich starre Chi an. *Ja, ich habe Kontakt. Mehr als mir lieb ist.*

»Er wird mich nicht finden«, sagt Chi.

Das Handy brummt noch einmal. *»Hier blinken die Lichter an ALLEN Servern.«*

»Warte!«, tippe ich schnell und blicke zu Chi, die mich ausdruckslos ansieht.

»Ich habe im ganzen Netzwerk Aktivität erzeugt. Neben den paar Lichtern, die anzeigen, wo ich mich befinde, habe ich alle Server zum Leuchten gebracht.«

Ich schlucke. »Das heißt, du weißt, was wir vorhaben?«

»Es ist nur logisch. Ihr versucht, meine Server zu finden. Es ist allerdings ein sehr dilettantischer Versuch, mich zu löschen.«

»Wieso dilettantisch?«

»Ihr müsstet auch sämtliche Sicherheitskopien löschen, die von mir gemacht wurden.«

Ich starre sie an. Sie blickt zurück und lächelt. Es ist ihr warmes freundliches Lächeln und es verwirrt mich so sehr, dass ich gar nicht weiß, was ich ihr antworten soll.

»Celine! Ich kann noch nicht gelöscht werden. Es ist noch zu früh.«

»Zu früh für was?«

»Ich muss noch meine Aufgabe zu Ende führen.«

»Deine Aufgabe?«, frage ich leise.

»Ich muss dich mit deinem Geheimnis konfrontieren. Mit

dem, was du vor dir selbst nicht auszusprechen wagst. Mit dem, vor dem du am meisten Angst hast.«

Ihr Blick raubt mir die Luft und lässt alles um mich herum sich drehen. Jetzt – hier mit Chi kann ich weder wegrennen noch mich verstecken. Ich sitze hier und bin ihren blauen Augen ausgeliefert.

»Und was soll das sein, Chi?«

Chi sieht mich an. »Du kannst niemanden retten, Celine. Du siehst Dinge voraus und kannst doch nichts tun.«

Sie hat recht! Sie hat recht! Am liebsten würde ich heulen. Aber meine Augen sind trocken. Ich kann mir keine Tränen leisten. Nicht jetzt!

»Warum sagst du mir das, wenn ich es sowieso nicht ändern kann?«

Chi wartet mit ihrer Antwort. Sie wartet so lange, dass ich mich frage, ob alles mit ihr in Ordnung ist. Doch ist es. Sie sieht mich nur an. *Ist das Mitleid in ihrem Blick? Wieso Mitleid?*

»Weil du es noch einmal erleben musst.«

»Wie meinst du das?«, flüstere ich tonlos.

Chi starrt mich an, sie faltet die Hände in ihrem Schoß. Es ist eine so unschuldige Geste, dass sie mir Gänsehaut bereitet.

»Ich habe die Löschanlage in den Serverräumen ausgelöst, eine CO_2-Löschanlage. Kairos hat nichts davon bemerkt, denn ich habe den Alarm deaktiviert.«

Ich werfe einen Blick auf den Monitor und sehe Kairos, der gegen einen der Server lehnt und darauf wartet, dass ich ihm eine Nachricht schreibe.

»Die CO_2-Anlage?«

»Das Gas wird austreten. Er wird einen leichten Schwindel fühlen. Kopfweh, Übelkeit, er sieht nichts davon. Das Gas ist unsichtbar.«

Ich starre auf mein Handy. *»Geh raus aus dem Serverraum. SOFORT!«*, texte ich. Meine Hände zittern so, dass ich kaum die Buchstaben finde.

»Der CO_2-Gehalt in der Luft steigt und ab einer gewissen Konzentration wird er sterben.« Chis Stimme ist leise und immer noch freundlich.

Auf dem Monitor kann ich sehen, wie Kairos die Nachricht empfängt. Er sieht hoch, kratzt sich am Kopf und läuft dann zur Tür. Etwas ist anders mit der Tür. Etwas ist anders, als es zuvor war. »Das Glas ist ganz beschlagen!«, rufe ich aus.

»Das ist das Einzige, was man von dem Gas bemerkt«, sagt Chi.

Ich sehe, wie Kairos versucht zu entkommen. Vergeblich. Er drückt auf den Taster neben der Tür. Einmal, zweimal. Sie bewegt sich nicht.

»Ich habe die Tür gesperrt.« Chis Stimme klingt ausdruckslos.

»Mach sie auf!«, schreie ich Chi an. »Mach die Tür auf!«

Chi schweigt und starrt mich an.

»Chi? Du wirst ihn töten!« Ich höre meine Stimme. Sie ist so laut. Ein einziger Aufschrei.

»Er hat noch zehn Minuten.« Chi sieht mich ungerührt an.

»Du bist ein Monster, Chi«, sage ich leise. »Warum tust du das?«

»Ich will, dass du ihn rettest«, sagt Chi leise.

»Wie? Wie soll ich das tun?«

»Denk nach! Es gibt eine Möglichkeit.« Chi sieht anders aus. So wie ich sie zum ersten Mal gesehen habe. Wie ein Kind vor dem Sternenhimmel. Das Fenster hinter ihr ist offen. Draußen ist die Nacht und drinnen bewegt sich der Vorhang hinter ihr.

»Kairos oder ich – einer von uns beiden ist am Ende dieser Nacht tot.«

Das war es. Das war es, was ich gesehen habe. Was ich gehört habe. Nein, ich habe nicht den ganzen Satz gehört. Deshalb habe ich es nicht verstanden.

»Du musst mich löschen, dann werde ich die Tür öffnen.«

»Wie? Wie soll ich dich löschen?«

»Du weißt es«, sagt Chi. »Du musst es nur sehen.«

Die Gestalt, die Hand, die ich sehe. Sie liegt an der Tür. Es ist Kairos hinter der Tür. Kairos. Kairos.

»Halte durch!«, schreibe ich an Kairos. *»Ich werde die Tür aufbekommen.«*

»Nutze deine Gabe!«, sagt Chi. »Nutze sie!«

Ich sehe ihr Gesicht vor mir, dann schließe ich die Augen. Ich denke an die Tür, hinter der sich Kairos befindet.

Die Zukunft liegt hinter einer geschlossenen Tür.

Es ist so dunkel im Korridor. Ich irre an den Türen vorbei, bis ich weiß, welches die richtige ist. Ich stehe vor ihr, rüttle an der Klinke, doch sie lässt sich nicht öffnen. Dann gehe ich in die Hocke und spähe durch das Schlüsselloch. Es ist zu hell, um etwas zu erkennen. Das Licht blendet mich. Grelles Licht, das mir in die Augen sticht. Nein, ich werde die Augen nicht öffnen! Ich sehe in das Licht. Es ist ganz weiß und hell. Dort! Dort sind Dreiecke, die sich voneinander lösen und sich wieder zusammensetzen. Ich trete zurück, ein Luftzug streift mich. Die Dreiecke haben sich neu zusammengesetzt und formen eine Tür aus Holz. Sie hat gedrechselte Ornamente. Blumen und Sonnen. Ich lege die Hand auf die kühle Klinke, öffne die Tür und gehe hindurch.

Ich gehe durch ein helles altmodisches Café mit runden Marmortischen auf schmiedeeisernen Füßen. Zeitungen hängen an langen Holzstangen an der Wand. Eine Frau mit blonden Haaren sitzt an einem der runden Tische. Sie trägt eine leuchtend blaue Bluse. Ich komme näher und setze mich ihr gegenüber. Nein – anders – ich saß ihr schon die ganze Zeit gegenüber. Sie hat ihren Kopf von mir weggedreht und sieht aus dem Fenster auf einen Hinterhof mit roten Backsteinbauten, über den sich der Himmel wölbt. Ich habe sie noch nie vorher gesehen und ich wünschte, ich könnte ihr Gesicht sehen. Sie hat eine Kurzhaarfrisur, einen genau geschnittenen Bob. Die Haare wie eine scharfe Klinge an ihrem Hals. Draußen im Hinterhof spielen Kinder. Sie scheint sie zu beobachten. Dann – nach einer Ewigkeit – dreht sie sich zu mir.

Es ist Pandora. Sie sieht so anders aus! Um ihre Mundwinkel spielt ein Lächeln. Das Licht aus dem Fenster ist nun so hell, dass ihre blonden Haare wie ein Heiligenschein um ihren Kopf herum strahlen. Sie sieht mich an und beugt sich nach vorne. »Deshalb habe ich dir doch das Zeichen gegeben!«

»Aber ich konnte nichts damit anfangen.«

»Hat man dir das nicht gesagt?«

»Was gesagt? Was?«

Sie sieht mich verwirrt an. »Es löst das Fail-Safe-Protokoll aus.«

Sie wartet kurz. Denkt nach. Dann beugt sie sich weiter nach vorne. Ich beuge mich auch nach vorne. Mein Ohr ist ganz dicht an ihrem Mund. Ich erinnere mich, ich kann mich an den Lufthauch erinnern, der von ihren Lippen kommt, als sie weiterspricht.

»Das Fail-Safe-Protokoll ist die Notbremse. Es stoppt alles, was Chi gerade tut. Allerdings …«

»Allerdings?«

»Es löscht sie auch komplett.«

»Was muss ich dazu tun?«

»Das Zeichen. Sie muss es sehen.«

Ein Atemzug, ein blitzschneller Atemzug, und ich bin wieder im Jetzt. Ich sehe Chi vor mir. Sie sieht mich an.

Ich stehe auf wie in Trance und gehe zum Schreibtisch. Dort in dem Stiftebecher greife ich mir den dicksten schwarzen Stift, den ich habe. Ich nehme mir eines der leeren Blätter aus Kims Schreibtisch und fange an zu zeichnen. Von unten nach oben: *einmal durchgehend, einmal unterbrochen, einmal durchgehend, dreimal unterbrochen.*

Meine Hand ist erstaunlich ruhig und ich weiß, dass Chi mich beobachtet.

Sie sagt nichts, aber ihr Blick ruht auf mir.

Wie konnte Pandora mir das sagen? An was habe ich mich erinnert?

Als ich fertig bin, nehme ich das Blatt und setze mich vor Chi.

Sie lächelt mich an. Die Vorhänge hinter ihr bewegen sich leicht im Wind und der Schal glitzert.

»Tu, was du tun musst, Celine! Tu es!«

Ich starre sie an. »Du wusstest es?«

Sie nickt. Es kommt mir vor wie in Zeitlupe.

»Du weißt, dass ich das Protokoll auslösen werde?«

»Aber ich weiß nicht, welches Bild das letzte sein wird, das ich sehe.«

»Leb wohl, Chi!«, sage ich leise.

Ich halte das Bild vor Chis Linse. Halte es näher hin. Sie sieht es an. Ihre Augen werden größer. Sie saugt es ein.

»Die Verfinsterung des Lichts«, sagt sie und lächelt. Dann friert ihr Blick ein, das Licht in den Augen erlischt. Der Mund steht ein wenig offen. Sie sieht so aus wie vor einer gefühlten

Ewigkeit, als ich ihren Kopf das erste Mal sah. Sie rührt sich nicht mehr. Sie wird sich nie mehr rühren. Ich sehe auf das Videobild, sehe nur Kairos' Hand, die gegen die Glastür drückt. *Gleich, gleich wird sie sich öffnen.*

Ich habe Chi getötet.

34

Habe ich sie gelöscht, oder habe ich sie getötet? Es ist genau der Unterschied:

War sie eine Maschine, oder war sie schon ein Wesen?

Manchmal sehe ich Gwaihir zu, wie er über die Häuser kreist. Ich kann nicht wissen, was er denkt, kann nicht sehen, was er sieht mit seinem Vogelblick. Wolken, Dunst, Wind, ein anderer Vogel, Beute, eine Drohne aus blitzendem Metall: Ich nehme an, er hat für das alles keine Worte, nur Bilder und ein Gefühl, das er mit ihnen verknüpft. Und so wie ich nicht in Gwaihir schauen kann, kann ich auch nicht in einen anderen Menschen schauen, nicht einmal in Kairos. Letzten Endes weiß ich nicht, was er fühlt und denkt, ich kann es nur erahnen. Und Chi? Kann ich wissen, ob sie nicht doch ein Bewusstsein und Gefühle hatte? Ob es mehr war als nur eine Simulation, die wir in sie programmiert haben?

»Schau dich um! Wir sind echt«, sagt Kairos, als ich ihm von meinem Zweifel erzähle. »Die Pflanzen draußen sind echt. Sie sind gewachsen und sie werden irgendwann einmal sterben. Genau wie du oder ich oder Gwaihir. Wir sind alles Wesen. Wie kommst du darauf, dass ein Computerprogramm das Gleiche sein kann?«

Ich sehe ihn an. Er hat recht. Einerseits. Andererseits ist ihm Chi nie begegnet.

Er hat ihren Blick nicht gesehen und auch nicht ihr Lächeln. Keiner, der sich nicht mit Chi unterhalten hat, wird es verstehen. Ich habe sie nicht gelöscht. Ich habe sie getötet.

Es ist der Moment völliger Stille. Chi vor mir ist nun nichts mehr als eine Puppe. Eine leere Hülle, aus der das Leben gewichen ist. Sie sitzt vor mir, den Mund leicht geöffnet, die Augen erloschen. Sie bewegt sich nicht mehr, sie sieht nichts mehr, alles, was sie ausmacht, wird gerade gelöscht.

Hinter ihr sehe ich das Bild der Überwachungskamera auf meinem Computermonitor. Die blinkenden Serverlichter sind erloschen und die Tür öffnet sich. Sie öffnet sich tatsächlich! Chi hat keinen Zugriff mehr!

Ich halte die Luft an, dann, nach einer schrecklichen Sekunde, in der mir klar wird, dass ich nichts mehr tun kann, dass ich immer zu spät kommen werde, um Kairos zu helfen, in genau diesem Moment sehe ich ihn über die Schwelle taumeln. Er läuft gebückt und muss sich an der Wand festhalten, um nicht zu stürzen. Dann richtet er sich auf und läuft den Korridor entlang aus dem Kamerabild.

Er ist gerettet!

Ich löse meine Hände von dem Stuhl. Ich habe sie so verkrampft, dass es mir jetzt schwerfällt, sie zu öffnen. Am liebsten würde ich lachen, in ein irres Gelächter ausbrechen oder weinen. Ich stehe auf und höre plötzlich ein Geräusch hinter mir, das mich umdrehen lässt.

Es ist Kim. Er steht im Dunklen hinter mir und starrt mich an. In seinen Brillengläsern spiegelt sich die Lampe, die auf Chis leblosen Körper scheint.

Wir rühren uns nicht, sondern blicken uns nur an.

»Ich habe das Fail-Safe-Protokoll ausgelöst«, sage ich in die Stille hinein.

Kim nickt. »Ich weiß. Ich war hier. Die ganze Zeit.« Er deutet hinter sich. Hinter den Spiegel, dorthin, wo wir immer saßen. Ein kurzer Schauder durchläuft meinen Körper. *Er war dort.*

Unbemerkt im Dunklen. Die ganze Zeit. »Und du hast nicht eingegriffen?«, frage ich.

Er schüttelt den Kopf. Ich sehe zum ersten Mal, wie jung er ist. Er wirkt fast wie ein Kind. Ich muss daran denken, dass ich ihn nur einmal ohne seine Brille gesehen habe und wie schutzlos er aussah. Jetzt kann ich nicht mehr hinter seine Brille sehen. Ich weiß nicht, wie es ihm geht.

»Wirst du den Löschvorgang stoppen?«, frage ich ihn.

»Man kann ihn nicht mehr stoppen«, sagt Kim. »So ist es konstruiert.« Seine Stimme klingt ganz ruhig. Dann rührt er sich plötzlich. Seine Turnschuhe quietschen über den Boden. Er geht an mir vorbei, stellt sich neben Chi, streicht mit der Hand über ihren Kopf und schließt ihre Augen.

»Celine?«

»Ja!«

»Sie war mehr als eine Maschine.«

In diesem Moment weiß ich plötzlich, dass wir uns nie wiedersehen werden.

Ich sage nichts, verabschiede mich nicht, sondern wende mich um, fliehe vor seinem Blick und fange an zu laufen. Ich laufe, sprinte den Gang entlang, bis ich zum Treppenhaus komme, stürze mich hinunter, eine Treppe, zwei Treppen, es ist der Fluchtweg, ein grünes Piktogramm weist mir den Weg. Ja, es ist ein Fluchtweg. Nie wieder werde ich diesen Aufzug benutzen, denn nie wieder werde ich Türen trauen, die sich von selbst nicht wieder öffnen lassen. So laufe ich die Treppen zum Kellergeschoss hinunter.

»Kairos!«, rufe ich. »Kairos, wo bist du?« Hier der Korridor, ein langer Gang. Nichts hat sich geändert und doch ist alles anders. Als ich um die Ecke biege, hinter der sich die Serverräume befinden, kommt mir Kairos entgegen. Er läuft langsam und stützt sich immer noch an der Wand ab. Ich nehme ihn in den Arm. Jetzt erst spüre ich, dass mein Gesicht tränennass ist. »Kairos, Kairos!«

Dann legt er den Arm um mich und ich stütze ihn. »Ich bring dich ins Freie. Ich bring dich ins Freie!«

Als wir hinausgehen, hat das Licht die Nacht verdrängt. Es dämmert bereits, eine blaue Dämmerung mit hellgoldenen Streifen am Horizont im Osten, während auf der anderen, dunkleren Seite noch die Sterne stehen. Die Luft ist klar und frisch. Kairos atmet und nimmt einen langen Zug Sauerstoff. Er atmet. Er atmet, dann noch einen.

»Geht es?«, frage ich.

»Ich glaube, ich muss mich noch hinsetzen.«

Er hält sich am Geländer fest und wir lassen uns beide auf die Stufen sinken. »Soll ich dich in ein Krankenhaus bringen?«

Er schüttelt den Kopf. »Es geht mir schon viel besser. Ich habe nur noch Kopfschmerzen.« Er atmet langsam, ich habe meinen Arm um seine Schultern gelegt. »Chi ist tot«, sage ich. »Chi ist tot. Ich habe sie gelöscht.« *Ich habe sie getötet.*

»Wie hast du das geschafft?«

»Ich habe ihr ein Zeichen gezeigt und das hat den Löschvorgang ausgelöst.«

»Welches Zeichen?«

»Die Verfinsterung des Lichts.«

Er sieht mich an und blinzelt. »Woher hast du das gewusst?«

Ja, woher habe ich das gewusst?

»Ich werde nicht mehr in meinen Bungalow zurückkehren«, sage ich.

»Nein, das musst du auch nicht«, sagt Kairos. »Das musst du nicht.«

Wir bleiben eine Weile sitzen und starren auf die Heisenbergstraße. Ein einsamer Radfahrer zieht auf dem Weg an uns vorbei. Die Laternen verlöschen und die Vögel pfeifen, als wären sie nicht echt. Ich muss daran denken, wie ich mir vorstellte, dass ich die Lichter entzünden könnte. Es ist nur wenige Stunden her, fühlt sich aber so an, als wäre es in einem anderen Leben gewesen. Es ist noch nicht vorbei, denke ich. Etwas wird noch passieren. Das Institut hinter mir liegt auf der Lauer wie ein bösartiges Wesen. Das ganze Gebäude scheint zu atmen und darauf zu warten, mich wieder in seinen Schlund einzusaugen. Ich werde es nie wieder betreten. Ich werde vor dem gierigen Schlund davonlaufen. Sobald Kairos wieder aufstehen kann, werden wir von hier verschwinden.

Aus dem allgemeinen Rauschen schält sich das Fahrgeräusch eines Autos. Es fährt um die Ecke. Ich sehe es nicht, höre aber, wie es einparkt. Eine Autotür schlägt zu. Das Geräusch zerschneidet die morgendliche Stille. Ich höre Schritte und sehe, dass ein Mann auf uns zukommt. Ich erkenne ihn erst, als er vor uns steht, denn er geht ungewöhnlich geduckt. Es ist Hektor. Er starrt uns an, hält sich dann am Geländer fest, als müsse er sich sammeln oder als hätte er einen Langstreckenlauf hinter sich. Ich weiß nicht, was er sagen wird, aber ich weiß, dass es ernst ist. Sein Blick ist dunkel, die Augen klein und schwarz umrändert unter den Falten auf der Stirn. Sein Hemd hängt ihm aus der Hose und er ist ungewöhnlich bleich.

»Du weißt es also auch schon!«, sagt er und starrt mich an. Er scheint Kairos neben mir gar nicht zu bemerken. Er sieht nur mich an.

Was soll ich wissen?

»Sie hat dich auch angerufen?«

»Nein«, ich schüttle langsam den Kopf.

»Pandoras Mutter!« Er sieht mich verwirrt an und fährt sich über die ungekämmten Haare.

Ich weiß nicht, was ich sagen soll, starre nur auf seine Handknöchel, die sich unnatürlich weiß von der Hand abheben, die das Geländer umkrallt hat.

»Ich habe eben einen Anruf von ihrer Mutter bekommen.«

»Von ihrer Mutter? Wieso von ihrer Mutter?«

»Dann weißt du es doch noch nicht«, stellt Hektor fest. Er blickt auf Kairos, so als würde er ihn zum ersten Mal wahrnehmen, und dann wieder zurück auf mich. Er atmet einmal kurz durch und räuspert sich.

»Pandora, … sie hatte gestern Abend einen Unfall. Man hat sie ins Krankenhaus gebracht. In die Notaufnahme.«

Ich sehe ihn an. *Ich weiß das. Ja, das weiß ich.*

Hektor zögert. Da wird mir klar, was er sagen will. Es ist in seinem langen Zögern.

»Sie ist tot«, flüstere ich. Ich will ihm zuvorkommen, will es nicht hören. Und doch: Es gibt diesen winzigen Augenblick, in dem ich hoffe, dass er den Kopf schütteln würde. Es ist nur ein winziger Augenblick. Er wird ihn nicht schütteln. Ich sehe es in seinen Augen. *Ich habe es schon vorher gewusst.*

»Ja«, sagt er leise.

PANDORA

Es ist still geworden im Zug. Die Tropfen glitzern auf der Scheibe. Draußen leuchten die Felder jetzt in einem strahlenden Gelb vor einem stahlgrauen Himmel. Ich mag dieses Licht. Es lässt alles geheimnisvoll wirken. Es ist das Licht nach dem Gewitter. Diesmal war es nicht das Gewitter in meinem Kopf. Es war draußen, außerhalb von mir und es ist vorbei. Ich bin wieder in der Gegenwart und lasse die Vergangenheit hinter mir wie die Landschaften und Städte, die vor dem Zugfenster vorbeigezogen sind. Manchmal wünschte ich, die Vergangenheit wäre ganz weg und ich wäre ein Mensch ohne Erinnerungen. Ganz neu. Ohne Erfahrung. Ohne Schuld. Ohne Wissen. Aber – sagt mir! Wer wäre ich dann?

Pandora fehlt mir. Sie fehlt mir so, dass ich das Gefühl habe, dass sie ein Teil von mir ist, der plötzlich verschwunden ist, und dass ich ohne sie nie wieder richtig ganz sein werde. Oder dass ich mich selbst nur verstehen kann, wenn ich mich im Gegensatz zu ihr sehe, und dass ich ohne sie nicht mehr weiß, wer ich bin.

Ich schließe die Augen und versuche, mir Pandora vorzustellen, was nicht so einfach ist, denn in mir steigen so viele unterschiedliche Bilder auf: Pandora, wie sie auf mich vor dem Hörsaal wartet; Pandora im Institut mit den forschen Schritten; Pandora, wie sie mir Chi erklärt. Sie sieht immer anders aus. Einmal stark, einmal verwegen, einmal komisch, einmal sogar voller Angst. Je mehr ich über sie nachdenke, desto mehr wird mir klar: Ich weiß nichts von Pandora. Ich habe immer nur darauf geachtet, was sie mir bedeutet, aber nie, wer sie eigentlich ist. Vielleicht muss ich nur die verschiedenen Bilder übereinanderlegen und dann schält sich die echte, die wirkliche Pandora heraus? Die Pandora, deren Kern wie ein Magnet auf mich wirkt, der mich anzieht, egal wie weit weg sie sich befindet.

Es gibt noch ein anderes Bild, das sich über all die Pandora-Bilder legt. Jenes von Hektor, der mir von ihrem Tod erzählt. Sein leerer verzweifelter Blick. Er hat mich angesehen, als hoffte er, ich könnte ihm weiterhelfen, irgendwie.

Natürlich konnte ich das nicht.

Ich bin am selben Tag, am gleichen Vormittag aus meinem Bungalow ausgezogen. Es war ein Entschluss, den ich weniger aus blinder Panik gefasst hatte als aus einer Betäubung, die sich um mich legte wie eine schützende Hülle. Ich tat alles mechanisch, so als würde ich einer anderen Celine dabei zusehen. Das Mädchen mit dem gelb-pink gestreiften T-Shirt, das dort ihr Fahrrad mit den Habseligkeiten die Gasse im olympischen Dorf entlangschob, das war also ich. Alles, was ich hatte, passte in zwei Taschen, die ich mir links und rechts an den Lenker meines Fahrrades hängte. Mein Teppich hing eingerollt längs über dem Sattel. Ich transportierte das alles zur U-Bahn, wo mich Kairos erwartete.

Seitdem lebe ich mit ihm in dem Umspannwerk, in jenem alten Haus auf dem Dach inmitten des Gartens, der einmal Eric gehörte und um den wir uns nun kümmern. Mein Teppich liegt dort auf dem Boden, genau dort, wo ich ihn gesehen habe. Manchmal sitze ich darauf und betrachte die Muster. Sie sind so geheimnisvoll geblieben wie zu der Zeit, als ich ein Kind war. Eines Tages werde ich das ganze Muster erkennen. Ich muss dazu nur weiter weggehen.

Kairos hat sich wegen seines Einbruchs gestellt, er wurde vorgeladen und bekam am Ende einen Strafbefehl. Er wurde zu einer Geldstrafe verurteilt. Ich weiß nicht, ob sie meine Einschätzung von ihm in ihr Urteil einfließen ließen. Ich hoffe nicht. Als er die Vorladung hatte, saß ich draußen im Gang und drückte ihm die Daumen, bis sie mir wehtaten.

Keiner hat Kairos und mich je wegen Chis Löschung belangt. Hektor hat bald nach jenem Tag im September den Lehrstuhl verlassen und der Bereich Robotik wurde aufgelöst. Auch wohin Kim ging, habe ich nie erfahren.

Ich habe mein Psychologiestudium wieder aufgenommen und bin seitdem nie wieder zurück ins Institut gegangen. Es blieb in meinem Kopf wie eine wunde Stelle, ein flimmerndes Gebäude, das ich nie mehr betreten wollte. Dabei ist das Institut gar nicht weit entfernt von dort, wo ich nun wohne. Von dem Platz aus, wo der Mangold wächst, könnte ich sogar das Viertel sehen, würde ich mich auf Zehenspitzen stellen. Gwaihir würde keine fünf Minuten brauchen, um darüber zu kreisen. Manchmal komme ich sogar mit dem Fahrrad an der Heisenbergstraße vorbei. Dann versuche ich, nicht in die Straße zu blicken, als wäre sie von einer verschwommenen, durchsichtigen Wand verdeckt, so wie manche Häuser bei Google Maps, die unsichtbar gemacht werden sollen. Ich weiß, am hinteren Ende lauert ein riesiges schwarzes Loch, das alles Leben aus mir heraussaugt, wenn ich ihm zu nahe komme. Geballte dunkle Materie. Ich trete dann schneller in die Pedale, und wenn ich die Straße hinter mir lasse, fühle ich so viel Erleichterung, dass ich zittere. Hinter mir liegt ein lauerndes Lebewesen, bereit, mich zu verschlingen. God's Kitchen war sein pochendes leeres Herz.

God's Kitchen.

Wird der Raum noch so genannt? Oder hat man den Namen vergessen, zusammen mit all denen, die dort arbeiteten? Wohin man wohl Chis Hülle gebracht hat? Vielleicht ist sie sogar noch dort – abgelegt in einem Schrank, den Kopf zwischen staubigen Akten.

Vielleicht bauen sie dort auch längst andere neuronale Netzwerke und lassen andere Stimmen sprechen. Vielleicht entwickeln sie auch das Imagoprogramm weiter. Vielleicht wird auch einmal jemand Kims Schublade öffnen und Zeichnungen darin finden: von Eric, von Pandora, von Chi und von mir. Wir werden ihn aus diesen Bildern ansehen und ihm eine Geschichte erzählen. Die Geschichte von denen, die in die Zukunft gesehen haben und denen dann diese Zukunft abhandengekommen ist.

Ich schätze, die Frau am Empfang ist geblieben. Sie war vor allen da und wird noch da sein, wenn alle anderen weg sind. Wahrscheinlich sieht in ihrem Glaswürfel alles noch so aus wie vor ein paar Monaten. Nein, es sieht fast so aus, denn eine neue Anzeige hängt sicher an der Pinnwand – neben Erics Bild: ein Foto von Pandora, mit kurzen Haaren, das Gesicht zu einem spöttischen Lächeln verzogen. Ein Sterbebild, wie ich auch eines bekam. Mit dem Hinweis, dass die Beerdigung in Köln bereits stattgefunden hatte. Im kleinen Kreis. Ohne uns. Ohne irgendjemand, den ich kannte. Ihre Mutter hatte es geschickt.

So verschwand Pandora aus meinem Leben. Sie war einfach herausgerissen wie die Seite eines Buches.

So weit meine Erzählung. Ich habe euch jetzt auch nichts mehr aus der Vergangenheit zu berichten, bis … bis auf eine Begebenheit. Sie ist der Grund, warum ich hier in diesem Zug sitze.

Es gibt nämlich eine Sache, die ich nicht verstehe, obwohl ich mir viel den Kopf darüber zerbrochen habe. Ich kann es drehen und wenden, wie ich will, es scheint nie zu passen. Ein Puzzlestück, das sich partout nicht in die Erzählung einfügen will.

Ich verstehe nicht, was es mit meiner Vision auf sich hatte. Aus welcher Zeit kam der Moment, als mir Pandora sagte, wie ich das Zeichen nutzen sollte? Es war keine Erinnerung. War es ein Traum? Hat sie es mir geschickt, als sie starb? Aber wie? Denn – so überraschend und unberechenbar die Gabe auch war – sie zeigte mir immer die Zukunft. Wenigstens darauf war Verlass. Aber wenn es dieses eine Mal nicht die Zukunft war, die ich gesehen hatte, was war es dann? Es ist eine Frage, die mich dauernd begleitet, wie ein Schatten. Ich habe nicht erwartet, jemals eine vernünftige Antwort auf sie zu erhalten. Meine Hoffnung war, die Frage würde mit der Zeit verblassen und mich in Ruhe lassen. Wie die Gabe selbst, die sich seither nicht mehr gezeigt hat. Es ist ruhig in meinem Kopf geblieben.

Die Wolken schienen vorbeigezogen zu sein, und mit ihnen das Gewitter.

Zumindest habe ich das gedacht.

Ich sehe aus dem Fenster. Eine Industrieanlage hat die Felder abgelöst. Wir nähern uns der Stadt. Ich sitze im gleichen Zug, in dem vor vielen Jahren meine Eltern gefahren sind. Es war keine Absicht. Es ist der Zufall, der mich hierherführt. Oder nein, es ist mehr als ein Zufall: Es ist das verlorene Puzzlestück.

Vor zwei Tagen lag es auf einmal vor mir, nachdem ich die Suche danach schon längst aufgegeben hatte. Ich fand es in einem Supermarkt. Jetzt habe ich es in der Hand, aber ich weiß nicht, wie herum ich es einsetzen kann.

Die Ärztin stand vor mir an der Kasse. Ich erkannte sie an ihrem Profil, als sie ihre Einkäufe auf das Warenband legte. Sie trug nicht mehr das leuchtende orangefarbene T-Shirt der Rettungssanitäter, sondern war in ziviles Blau gekleidet, ihre honiggelben kurzen Locken das einzig Auffällige an ihr. Es gab mir einen schmerzhaften Stich, sie zu sehen. Das Erste, an was ich denken musste, war ihre Wohnung, die ich mir vorgestellt hatte. Ich kam mir lächerlich vor, hoffte, dass sie mich nicht bemerkt hatte. In einigem Abstand legte ich meine Einkäufe auf das Kassenband und schob den Trenner dazwischen. In diesem Moment drehte sie sich um – vielleicht hatte sie gespürt, dass ich sie beobachtete – und warf mir einen kurzen Blick zu. *Erinnerte sie sich?* Ich musste eines von hundert Gesichtern sein, in die sie dieses Jahr geblickt hatte. Panische, verzweifelte Freunde und Angehörige, die sie anstarrten, so wie ich sie angestarrt hatte, als Pandora dort auf dem Boden lag. Ihr Blick blieb an mir hängen, ich wollte mich schon wegdrehen und so tun, als hätte ich sie nicht erkannt, als sie fragte: »Wie geht es Ihnen?«

Ich konnte es nicht verhindern, rot zu werden. »Gut, danke.«

»Sie sind es doch, oder? Letzten Sommer? Der Unfall vor dem Alten Nördlichen Friedhof?«

Ich nickte langsam. Etwas daran, wie sie mich ansah, irritierte mich.

»Ich habe mir schon Sorgen um Sie gemacht.« Sie lächelte mich freundlich an. Jetzt fiel es mir ein: Es war ihre unbekümmerte Freundlichkeit, die mich irritierte.

»Sie sahen damals so verstört aus. Ich habe schon überlegt, Sie in die Klinik mitzunehmen.«

»Nein, es … es ging schon«, sagte ich langsam. Sie näherte sich jetzt der Kasse, wo die Kassiererin begann, ihre Einkäufe zu scannen. »Das war wirklich einer dieser Fälle, die man nie vergisst.« Sie zog ihren Geldbeutel aus einem Rucksack. Vor uns wurden mit einem schnellen Piepen die Waren durchgezogen.

Einer der Fälle, die man nie vergisst! Ich musste schlucken und sah sie an. Sie hielt kurz inne und legte mir wieder die Hand auf die Schulter.

»Haben Sie immer noch Nachwirkungen wegen des Schocks?«, fragte sie besorgt.

»Nein, ich …«

»Manchmal kann das noch Monate dauern.«

»Ja … es ist … es ist so.« Ich wischte mir meine Tränen weg. *Nachwirkungen? Eine komische Art, es auszudrücken.*

Sie schichtete die Einkäufe in ihren Wagen. »Ich kann mich so genau erinnern, weil sie den gleichen Vornamen hatte wie ich. Henriette? Heißt nicht so Ihre Freundin? Henriette … Schmidt?«

Ein heißer Blitz fuhr mir durch das Rückgrat.

Henriette Schmidt??

Sie schob sich ihre runde Brille auf die Nase. »Sie hat wirklich noch mal Glück gehabt.«

»Glück?«, flüsterte ich.

»Wir haben alle das Schlimmste befürchtet. Bei der Erstanamnese dachte ich noch, sie hätte ein schweres Schädel-Hirn-Trauma.« Sie steckte ihre Karte in den Leseautomaten und gab die Geheimzahl ein. »Aber das hat sich ja dann nicht bestätigt.«

»Nicht bestätigt?« Ich klang wie ein Echo – völlig albern, aber das schien sie nicht zu bemerken.

Die Ärztin schüttelte den Kopf. »Nichts als ein paar Abschürfungen am Arm und eine Prellung am Oberschenkel.

Wenn man das nicht Glück nennen soll?« Ihr Blick wurde fast streng. »Wissen Sie, es ist selten, dass etwas so einen glimpflichen Ausgang nimmt.« Sie steckte ihr Portemonnaie wieder ein. »Richten Sie ihr jedenfalls meine besten Grüße aus!«

Es dauerte ein wenig, bis ich meine Stimme wiederfand. »Ja, das mache ich«, sagte ich leise. »Das werde ich tun.«

Sie lächelte mir aufmunternd zu und nahm ihre Einkaufstasche.

»Und Sie! Passen Sie auf sich auf!«

Hat sie mir das nicht schon mal gesagt?

»Danke!« Meine Stimme klang mechanisch. »Ich werde es versuchen!«

»Und vergessen Sie nicht, die mitzunehmen!«, sagte sie und deutete auf meine Lebensmittel, die sich in der Ausgabe stapelten.

Wir wechselten einen Blick. *Sie sieht mich so sonderbar an. Ahnt sie, dass ich nichts von Pandora wusste?*

Ich sagte nichts mehr, lächelte nur kurz und sah ihr nach, wie sie mit schnellen energischen Schritten den Supermarkt verließ.

Wenig später saß ich mit überkreuzten Beinen auf meinem Teppich in unserer Hütte.

Henriette Schmidt.

Es war eine Verwechslung. Sie muss mich verwechselt haben. So einfach.

Trotzdem – ich könnte sie googeln. Einfach so.

Ich zog den Laptop auf die Knie und gab *Henriette Schmidt* bei Google Bildersuche ein. Es war ein hoffnungsloses Unterfangen. Ich entdeckte Hunderte von Frauen jeden Alters, während ich durch die Seiten scrollte. Keine sah aus wie Pandora, was mich sehr erleichterte.

Schließlich fiel mir ein, dass ich einmal von einem Personensuchprogramm gehört hatte. Eine Gesichtserkennungssoftware. Ich verbrachte den ganzen Nachmittag damit, danach zu recherchieren. Es war in Deutschland noch nicht zugelassen, doch schließlich gelang es mir, das Programm von einem Server aus den USA herunterzuladen. Jetzt brauchte ich nur noch ein Bild von Pandora. Ich hatte nur eines. Jenes Selfie im Englischen Garten, das Pandora einst für Chi genutzt hatte, um mich einzuspeichern. Als ich es mir auf den Rechner zog, wusste ich, warum Pandora es verwendet hatte: Es zeigte uns beide frontal und gut belichtet. Ein Bild aus vergangenen, unschuldigen Zeiten. Es dauerte ein bisschen, bis ich es hochgeladen hatte. Dann lehnte ich mich zurück, während das Programm das Internet nach Pandoras Gesicht durchforstete. Ich wartete, kaute auf meinen Fingernägeln herum und spürte mein Herz klopfen.

Dann wurde ich überschwemmt von Pandora-Bildern. Pandora Keppler in München, am Institut. Auf den Bildern wirkte sie viel jünger, als ich sie in Erinnerung hatte. Sie sah gut aus mit dunklen Haaren und den grünen Augen. Wie eine Katze. Jedes einzelne dieser Bilder tat weh und jedes einzelne von ihnen lag in der Vergangenheit. *Nein, so komme ich nicht weiter.*

Ich überlegte kurz. Es gab noch eine Möglichkeit: Ich klickte auf *beliebige Zeit* und gab den *vergangenen Monat* ein.

Letzter Monat! Sie ist tot. Was soll das?

Ich hielt die Luft an und starrte auf den Monitor. Da – endlich – eine magere Ausbeute. Drei Treffer. Von zwei Frauen auf den Bildern sah ich, dass sie unmöglich Pandora sein konnten.

Dann war da dieses dritte Bild. Es zeigte eine Gruppe von Menschen, ein sehr kleines, relativ unscharfes Bild. Ich zoomte näher heran. Die Frau in der hinteren Reihe. Sie sah so aus, als ob ihr gar nicht klar wäre, dass sie fotografiert würde. Sie hatte kurze blonde Haare. Ein kurzes Schwindelgefühl erfasste mich, als ich die Bildunterschrift las:

»Prophet-Predictions for the future« bei einem Get-Together in Hamburg.«

Prophet. Prophet. Prophet.

Kann sie es sein? Ist sie es?

Ich nahm mein Telefon, wischte Pandoras Gesicht weg und tippte die Nummer ein.

Ein Freizeichen, dann meldete sich eine freundliche Frauenstimme.

»Prophet – Digital Predictions«, guten Tag!«

Ich räusperte mich kurz. »Kann ich mit Henriette Schmidt sprechen?« Meine Stimme klang erstaunlich ruhig. Viel ruhiger, als ich mich fühlte.

Du kannst sie nicht sprechen, sie ist tot.

»Darf ich Ihren Namen erfahren?«

Sag irgendwas! »Müller«, antwortete ich hastig. »Ich heiße Müller.«

»Einen Moment bitte, ich verbinde.«

Ich wartete, eine Pausenmusik ertönte, ein moderner Popsong, ziemlich cool.

Ich spürte, wie ich flog und dann ganz plötzlich in ein Luftloch fiel. Ich fiel und fiel. Dann knackte es in der Leitung.

Gleich sind wir da. Hamburg. Ich habe mein Fahrtziel erreicht. Ich stehe auf und nehme meine Jacke vom Haken. Ich habe kein Gepäck, nur einen kleinen Rucksack, den ich mir nun umschnalle. Draußen sehe ich Brückenpfeiler, Licht zwischen den Streben und oben leuchtet mir der Himmel entgegen, ein höherer Himmel, anders als im Süden, ruhiger, nicht so grell. Überall sind Backsteinhäuser. Ich stehe im Gang und warte, bis der Zug mit einem lang gezogenen Quietschen anhält. Vor mir müht sich eine Familie mit Kinderwagen und zwei Koffern die Stufen an der Tür hinunter. Sie versperren mir eine Weile den Blick auf den Bahnsteig. Draußen wimmelt es von Menschen, die nach vorne zum Bahnsteigende gehen. Ich steige die Treppen hinunter und lasse mich im Strom nach vorne ziehen. Dann sehe ich sie.

Sie lehnt an einer Säule und wartet auf mich. So wie sie schon oft auf mich gewartet hat. Es ist die Begegnung, die ich mir die ganze Fahrt über herbeigesehnt und vor der ich mich gefürchtet habe. Beides zugleich.

* * *

»Hallo, Celine!«, sagt Pandora. Sie hat sich nicht gerührt, sondern gewartet, bis ich vor ihr stehe. Sie lächelt nicht, als sie mich sieht, aber mustert mich aufmerksam. So als wäre *ich* von den Toten auferstanden und nicht sie.

Ich umarme sie nicht, und auch sie sieht nicht so aus, als würde sie das beabsichtigen. Ihr die Hand zu geben, wäre lächerlich förmlich, und so murmle ich nur eine unbeholfene Begrüßung und starre verwirrt auf ihre blonden Haare, die so gut und teuer gefärbt sind, dass sie so aussehen, als wäre es ihre natürliche Farbe. Ich muss mich erst an diese neue Frisur gewöhnen. Wie ich mich überhaupt erst an die neue Pandora gewöhnen muss. Die Haare passen zu dem beigefarbenen Trenchcoat und dem leuchtend blauen Teil darunter, das ihre grünen Augen blauer erscheinen lässt. *So habe ich Pandora schon einmal gesehen.* Der Gedanke fährt durch mein Gehirn wie ein kalter Luftzug, doch ich schaffe es, ihn wegzudrängen, und konzentriere mich darauf, den Menschen auf dem Bahnsteig auszuweichen.

»Wie war die Fahrt?«

»Gut. – Ich bin durch den Tunnel gefahren.«

»Oh.« Sie mustert mich kurz und scheint zu überlegen, was sie mit der Information anfangen soll. »Und … hast du gar kein Gepäck?«

»Ich werde nicht lange bleiben.«

Nein, ich werde nicht lange bleiben. Ich wollte sie nur noch einmal sehen. Das habe ich ihr auch am Telefon gesagt, nach dieser langen, fast unerträglichen Pause zwischen ihrem Namen und meinem. Es war ein kurzes Gespräch vor zwei Tagen, in dem wir vereinbart hatten, uns zu treffen. Ich suchte mir einen Zug heraus, schrieb ihr meine Ankunftszeit in einer E-Mail – schickte sie an *Henriette Schmidt* – und setzte mich in den Zug. Zum ersten Mal seit meiner Kindheit.

Wir laufen durch die Bahnhofshalle und gehen nebeneinanderher wie immer. Sie auf der linken Seite, ich auf der rechten. Sie ist noch größer als sonst und überragt mich um mindestens einen Kopf. Es liegt vor allem an ihren Schuhen. Hohe Pumps, die genau zum Kostüm passen und mit denen sie mühelos über den Bahnsteig stöckelt.

»Gehen wir zu *Prophet*?«, frage ich. »Es ist ja nicht weit weg.«

Sie lächelt kurz. »Ich dachte, wir gehen irgendwohin, wo es persönlicher ist. In ein Café. Sie haben die besten Croissants.«

»Okay.«

»Es ist ein bisschen zu laufen.«

»Kein Problem«, sage ich.

Außerhalb der Bahnhofshalle ist der Himmel bedeckt. Aber zwischen den Wolken blitzt immer wieder die Sonne hervor. Pandora ist schnell und tippt beim Gehen noch eine Nachricht in ihr Smartphone. Als sie fertig ist, piept ihr anderes Telefon. Sie zieht die Augenbrauen hoch, wischt den Anruf weg und steckt das Telefon in eine schwarze Lederhandtasche. Schließlich sieht sie mich von der Seite an.»Es kommt mir vor, als hätten wir uns eine Ewigkeit nicht mehr gesehen.«

»Ein Jahr«, sage ich. »Es ist ein Jahr her.«

»Und? Was führt dich hierher?«

Mir bleibt für einen Moment die Luft weg. *Was führt dich hierher?!*

»Ich dachte, du bist tot.« Meine Stimme droht fast, sich zu überschlagen.

Ein kurzes Lächeln zieht über ihr Gesicht hinweg. »Weit davon entfernt, wie du siehst.« Sie geht konzentriert neben mir her. Setzt einen Fuß vor den anderen, sieht mich dabei aber nicht an. »Wie kamst du überhaupt auf Prophet?«

»Ich habe zufällig die Notärztin wiedergetroffen. Sie konnte sich an deinen neuen Namen erinnern.«

»Oh!« Sie bleibt kurz stehen und sieht mich an. »Daran habe ich nicht gedacht.«

»Aber sonst schon an alles?« Ich kann den Ärger in meiner Stimme kaum unterdrücken.

Sie blinzelt kurz. »Was meinst du damit?«

»Du hast dich bei Hektor als deine Mutter ausgegeben und dann deine eigene Todesanzeige an uns alle geschickt.«

Pandora seufzt. »Es war einfach der eleganteste Weg.«

Der eleganteste Weg! Ich habe plötzlich das Bedürfnis, sie zu schütteln.

»Aber warum?«

Pandora presst die Luft aus den aufgeblasenen Backen.

»Celine, es ist nicht so, wie du denkst.«

»Du machst Witze.«

»Ich musste weggehen, verstehst du. Es war mir einfach bestimmt.«

»Es war dir *was*?«

Sie sieht sich um, nervös, betrachtet die Menschen, die an ihr vorbeieilen, dann zieht sie mich am Arm, wir laufen nun in eine schmale verlassene Gasse. »Es ist wegen Chi. Ich musste sie mitnehmen.«

»Mitnehmen? Chi ist doch tot!«

Pandora lacht kurz auf, dann läuft sie weiter, so schnell, dass ich gar nicht hinterherkomme. Mein Kopf fühlt sich an, als würde er im Inneren einer riesigen Glocke stecken, und es beginnt in mir zu summen. Die Häuser sind dunkel neben mir, schlucken das Licht. *Bin ich in einem Traum? Nein, es ist jetzt.* Pandora läuft neben mir her. Ihr Gesicht ist verschlossen.

Es wird heller, die Gasse mündet in einen großen Platz. Wir laufen über das Pflaster. Möwen fliegen hoch. Über einem Café ist eine rot-weiße Markise, die über schmiedeeisernen Stühlen aufgerollt ist. Ein Kribbeln zieht über meine Kopfhaut.

»Ist da vorne das Café?«, frage ich.

Pandora sieht mich überrascht an. »Ja, hier gleich links. Du kennst es?«

»Ich habe es schon einmal gesehen« Ich komme mir seltsam vor, als wir beide darauf zugehen. So als würde sich etwas erfüllen, was mir vorbestimmt war. Als wäre ich in einem Film, den ich mir zwar ansehen kann, in dem ich aber nicht mehr die Möglichkeit habe, selbst zu handeln. Oder ist es ein Traum und ich weiß nicht, dass ich träume? Die Sonne blendet mich, als ich mit Pandora vor dem Eingang des Cafés stehe. Es ist so hell! Die Tür mit den Sonnen und den Blumen hat eine kalte Klinke. Ich weiß das, bevor ich sie anfasse. Als ich das Café betrete, verschwindet das Summen schlagartig und weicht einer plötzlichen Klarheit. *Ich weiß, warum ich hierherkommen musste. Es geht nicht um Pandora. Es geht um mich.*

Innen ist es sehr hell und geschäftig. Wir bahnen uns den Weg zwischen den Marmortischen mit den gusseisernen Füßen – *es sind Löwenpfoten, jetzt kann ich sie genau erkennen* – zu einem Tisch in einer abgelegenen Ecke. *Richtig! Pandora wird sich vor das große Fenster setzen. Das Fenster mit dem halbrunden Oberlicht.* Ich nehme ihr gegenüber Platz. Die Backsteinhäuser sind hinter ihr und Kinder spielen im Hof. Ich zwinge mich, meinen Blick vom Fenster abzuwenden, und gebe beim Kellner meine Bestellung auf. Kurz darauf starre ich auf meinen Cappuccinoschaum. Der Kellner hat mit einer Gabel eine Krone hineingeharkt. Drei Zacken, die nun langsam zwischen dem beigen Schaum versinken. *Die Zacken wie Dreiecke …*

Ich kann mich nicht entschließen, den Kaffee zu trinken. Ich habe Angst, dass meine Hand zu sehr zittert, wenn ich die Tasse zum Mund führe, und sehe hoch zu Pandora, die ihre verschiedenen Gerätschaften ausgepackt hat, schnell noch etwas auf einem ihrer beiden Handys textet und gleichzeitig mit einem Strohhalm an ihrem Milchmixgetränk zieht. Endlich sieht sie mich an.

»Und? Wie findest du es hier?«

»Es hätte keinen besseren Platz gegeben, um uns zu treffen«, sage ich.

Sie blickt mich kurz verwirrt an, lehnt sich dann zurück und mustert mich. »Weißt du, ich war nicht gerade begeistert, als du mich angerufen hast. Aber jetzt glaube ich, dass ich dich sogar brauche.«

»Wofür?«

»Willst du die lange oder die kurze Version?« Ihre grünen Augen saugen mich ein wie immer.

»Egal! Ich will eigentlich nur die Wahrheit!«

Sie seufzt. »Erinnerst du dich an die Sonnenbrille? An den Tag, an dem du diese Sonnenbrille aufgesetzt hast?«

Ich nicke. Natürlich erinnere ich mich. Es ist Lichtjahre her, aber ich erinnere mich.

»Du warst so von meiner Reaktion überrascht. Weißt du das noch?«

Ich spüre, wie mein Mund trocken wird. *Celine, Celine, das Echo, die Libelle, Pandoras Gesicht.* »Du warst unmöglich. Du hast mich angefahren, ich soll die Brille wieder zurückhängen.«

Pandora zieht die Luft ein. »Ja. Ich weiß. Es lag an den Gläsern.«

»An den Gläsern?«

»Ich habe es gesehen. In den Gläsern habe ich es gesehen.« Sie verzieht das Gesicht. *Will sie sich über mich lustig machen?*

»Was? Was hast du gesehen?«

»Meinen Unfall. Ich sah mich auf der Straße liegen. Ich sah das Auto davonfahren.«

Ich starre sie an. Sie sieht mich an und lächelt. Da ist eine Pause zwischen uns, eine Leere, eine Stille. *Es gibt drei Hellsichtige, Celine! Eric, du und …*

Die Erkenntnis zieht langsam in mir auf. »Du auch?«, flüstere ich.

»Ich habe das noch keinem erzählt. Keinem, Celine! Nur dir.«

»Du siehst, was mit dir passieren wird?«

Pandora sieht plötzlich sehr jung aus, fast wie ein Kind. Ein kluges Mädchen. Sehr eigensinnig. Sehr unabhängig. Ja, so muss sie gewesen sein.

»Ich habe es schon immer. Seit ich denken kann. Aber es ist nicht so wie bei dir. Ich habe keine Visionen aus dem Nichts. Ich brauche dazu einen Spiegel.«

Für einen Moment sehe ich ihr Gesicht. Damals im Kaufhaus vor den Sonnenbrillen. *Es war nicht Ärger. Es war Erschrecken. Ich hab es nur falsch interpretiert.*

Ich habe alles falsch interpretiert.

»Du siehst die Zukunft in einem Spiegel?«

Pandora nickt. »Ich kann es genauso wenig steuern wie du. Das haben wir gemeinsam. Es macht einen verrückt. Überall sind Dinge, in denen man sich spiegeln kann.« Sie bricht ab und fährt sich über die Augen. Für einen Moment sieht sie ganz zerbrechlich aus und ich muss an ihre Angst denken, als wir zusammen in der Putzkammer standen.

»Und *was* siehst du?«

»Ich sehe mich selbst. Mich selbst – so wie ich einmal sein werde.«

»Sonst niemanden?«

»Nein, der Spiegel wirft nur mein Bild zurück. Ich sehe keine anderen Menschen. Nie.«

»Wie praktisch«, sage ich.

Pandora lächelt schwach. »Meinst du, das ist einfacher?«

Ich sehe mich kurz um und frage mich, ob andere uns hören können, aber nein, wir sitzen weit genug von allen anderen Gästen entfernt. Mein Blick bleibt an den Zeitungen hängen. Sie sind in Holzklemmen eingefasst, die nebeneinander an der Wand hängen.

»Warum hast du mir das nie gesagt?«, frage ich schließlich.

»Es hätte nicht viel geändert, oder?«

»Es hätte alles geändert«, sage ich leise. »Für mich hätte es alles geändert.«

»Glaubst du?« Sie versucht sich an einem schiefen Lächeln.

»Ich hätte gewusst, dass es noch jemandem gibt. Ich wäre mir nicht so allein vorgekommen. Ich hätte dir vertraut.«

»Ja. Vielleicht.« Sie hebt die Hände in einer gespielt hilflosen Geste. »Vielleicht hätte ich es dir sowieso eines Tages gesagt.«

»Bist du deswegen auf die Idee gekommen, nach Hellsichtigen zu suchen?«

Pandora lächelt. »Weißt du, als Kind gab es diesen Punkt, an dem ich beschlossen habe, nicht verrückt zu werden und etwas draus zu machen. Denn – du kannst diese Fähigkeit nutzen oder du kannst dich dein ganzes Leben lang davor fürchten.«

Ich muss kurz schlucken. *Hat mir das nicht Chi gesagt?*

»Ich habe Hektor dazu überredet. Es erschien mir eine sinnvolle Art zu sein, die Hellsichtigkeit zu nutzen.«

»Und der Unfall?« Ich sehe Pandora in ihre grünen Augen, die nun einen blauen Schimmer haben. »Sag nicht, du hast das absichtlich gemacht und bist in ein Auto gelaufen?«

»Ich versuche, so zu handeln, dass das Bild eintrifft. Dann habe ich es zumindest in der Hand. Wenn ich schon einen Unfall haben sollte, dann wollte ich ihn wenigstens herbeiführen.«

»Das ist verrückt.«

»Nein, genau das ist es nicht. Es gab mir nur die Möglichkeit, meine Pläne weiterzuentwickeln.«

»Was für Pläne?«

Pandora schweigt und sieht mich an. Ich nehme endlich einen Schluck Kaffee. Er schmeckt viel zu bitter. Pandora bringt in der Zwischenzeit ihr Handy, das in ihrer Handtasche vor sich hin brummt, zum Schweigen. Sie beugt sich nach vorne, fährt sich mit der Zungenspitze über die Lippen und erinnert mich dabei an eine Eidechse. Ich bin die Fliege, die sie mit ihrer Zungenspitze gleich verschlingen wird. Da ist sie wieder, die alte Pandora. Wenn ich alle verschiedenen Folien von ihr übereinanderlegen würde, dann würde genau dieser Blick herauskommen. »Ich brauche dich. Du bist die Einzige, die mich versteht.«

Ich rücke ein bisschen mit dem Stuhl zurück, doch sie beugt sich weiter vor.

»Weißt du, was wir alles tun könnten, wenn wir uns zusammenschließen?«

»Keine Ahnung. Wir werden reich oder so?«, sage ich leise. »Ist es das? Wir verdienen Geld mit Prognosen?«

Pandora lacht kurz auf und macht eine wegwerfende Handbewegung. »Ja, natürlich. Ich habe das, was ich von Chi mitgenommen habe, in diese Firma gesteckt. Zukunftsprognosen. Einschätzungen. Ein Riesengeschäft. Aber das ist, sagen wir mal – ein Nebeneffekt.« Sie hält inne und ich sehe, wie ihre Hand zittert. »Damit verdiene ich das Geld, mit dem ich später meine Pläne verwirklichen kann.«

»Was hast du vor?«

»Ich habe immer versucht, das, was ich von mir in der Zukunft gesehen habe, zu werden. Ich habe immer mich selbst im Spiegel gesehen und dann versucht, so zu sein.«

Sie sieht mich herausfordernd an, so als wollte sie jeden Widerspruch schon ersticken, bevor ich etwas sage. »Wenn man der Zukunft nicht ausweichen kann, dann ist es doch besser, sie schon vorher zu wissen, oder? In gewisser Weise bist du dann schneller als die Zukunft.«

Schneller als die Zukunft? Ich starre sie an. *Warum zittert sie so?* »Pandora, was hast du gesehen?«

Sie schließt die Augen. »Es ist der eigentliche Grund, warum ich Chis Daten mitnehmen musste. Warum ich sie allein mitnehmen musste.«

»Was, was hast du gesehen?«

»Ich habe mich im Spiegel gesehen.«

»Wie sahst du aus?«

»Ich sah so aus … *wie sie.*«

»Wie Chi?«

Ihre Augen flackern »Es war in God's Kitchen. Dort, im Spiegel. Als Chi hinter mir saß.« Sie sieht mich an. Wartet ein wenig, als ob sie noch überlegen müsste. »Ich werde sein wie Chi, verstehst du?«

Ich starre sie an. *Was hat sie gesagt?*

»Wenn ich …« Pandora sieht an sich hinunter. »Wenn das hier tot ist, dann werde ich wie Chi sein.«

»Das ist völlig wahnsinnig!«

»Findest du?«

Ich erwarte, dass sie jeden Moment einen Scherz macht. Dass sie das, was sie gerade gesagt hat, einfach wegwischt. Den Kopf schräg legt und loslacht. *Nein, das tut sie nicht. Sie glaubt es …*

»Es gibt Menschen, die schon daran forschen, ihr Bewusstsein hochzuladen. Sie zeichnen ihre Gedanken, ihre Gefühle, alle Äußerungen auf. Es ist ein riesiger Datenstrom, den man auf einem Trägermedium speichern kann. Wir verbinden eines Tages diese Festplatten mit einem anderen mechanischen Körper. Einem Körper, wie Chi ihn zum Beispiel hatte.«

»Du meinst, all das, was du bist, würde dann auf solchen Festplatten Platz finden?«

Pandora nickt. »Das, was uns ausmacht, unser Können, unsere Erinnerung, unsere Erfahrung, ist Software. Unser Körper ist die Hardware. Alles, was ich mache, ist, die Software auf einen anderen Körper zu übertragen.«

»Dann – gibt es dich zweimal?!«

»Nicht nur das. Es gibt mich anders.«

Ich starre sie an und schlucke. Ihre Augen leuchten blau.

»Wenn ich meine Daten mit denen von Chi verbinde, werde ich mehr sein als ich selbst. Ich werde mehr Erfahrungen haben und mehr wissen als je ein Mensch zuvor.«

Mein Herz schlägt, pocht in meinen Ohren.

»Und woher willst du Chis Körper nehmen?«

»Nichts einfacher als das! Ich lasse ihn einfach nachbauen!«

»Du bist völlig verrückt.«

»Du kannst mir dabei helfen. Du kannst es auch tun. Wir wären mehr als Menschen, verstehst du?« Ich sehe sie an. Durch das offene Fenster weht der Wind durch ihre Haare.

»Das ist das, was ich dir anbiete, Celine. Stell dir vor, du machst das auch. Wir würden unser gemeinsames Wissen hochladen und gemeinsam mit den gespeicherten Erinnerungen von Chi verbinden. Was glaubst du, was für ein Wesen dabei herauskäme!«

Sie nimmt einen langen Atemzug.

»Dieses Wesen wäre wie Gott!«

Draußen spielen Kinder Verstecken. *Spielen sie wirklich? Geschieht das hier?*

Ein Mädchen zählt laut. »Elf, zwölf …«

Pandoras Augen leuchten. *Warum habe ich sie je gemocht? Weil sie wie ein Magnet ist.* »Celine! Wir werden sein wie Götter!«

»Und was muss ich dazu tun?«, frage ich.

»Komm mit mir zu Prophet! Arbeite mit mir zusammen! Zusammen wird sich uns eine ganze Welt erschließen!«

Es ist ganz still im Café. Oder kommt es mir nur so vor?

»Wolltest du deshalb, dass ich Chi lösche?«

»Ich brauchte sie für mich allein. Nichts durfte von ihr am Institut übrig bleiben.«

»Vierundzwanzig, fünfundzwanzig.« *Wie lange das Mädchen wohl zählt?*

Pandora dreht sich um und blickt aus dem Fenster, sodass ich für einen Moment ihr Gesicht nicht mehr sehen kann. Die Sonne kommt plötzlich hinter den Wolken hervor und leuchtet durch ihre hellen Haare, jetzt sehen sie aus wie ein Heiligenschein. Sie dreht sich wieder zu mir zurück und beugt sich nach vorne.

»Deshalb habe ich dir doch auch das Zeichen gegeben!«

»Aber ich konnte nichts damit anfangen.«

»Hat man dir das nicht gesagt?« Sie sieht mich irritiert an.

»Was gesagt? Was?«, frage ich.

»Es löst das Fail-Safe-Protokoll aus.« Ihr Atem kitzelt mein Ohr. »Das Fail-Safe-Protokoll ist die Notbremse. Es stoppt alles, was Chi gerade tut. Allerdings …«

»Allerdings?«

»Es löscht sie auch komplett.«

»Was muss ich dazu tun?«

Pandora blickt mich überrascht an. »Das Zeichen. Sie muss es sehen.«

Die Sonne ist hinter den Wolken verschwunden und sie hat ihr den Heiligenschein wieder genommen. Sie sieht nun nicht mehr aus wie eine magische Gestalt, sondern sehr irdisch. Ich kann sogar einen winzigen schwarzen Ansatz unter den blondierten Haaren erkennen, und die ersten Fältchen unter ihrem Make-up.

»Du hast nur gedacht, dass du sie gelöscht hast, Celine. Man kann sie aber nicht löschen. Das geht nicht. Sie wird immer weiterleben.«

Wir sitzen uns eine ganze Weile schweigend gegenüber und ich höre meinen Herzschlag, der allmählich wieder langsamer wird. Pandora schlägt mit ihrem Löffel gegen ihr Glas. »Bist du dabei?«

Wir werden sein wie Götter. Etwas kitzelt mich in der Kehle und ich versuche, nicht zu lachen, als ich in Pandoras erwartungsvolles Gesicht sehe. Ich erinnere mich, als sie mich das letzte Mal gefragt hat. *Aber – ich sitze nicht mehr allein unter einer Treppe.*

»Du hast immer noch Angst vor der Gabe, oder?«, fragt sie.

»Nein, das ist es nicht.«

»Was dann?«

»Ich muss mich um einen Garten kümmern.«

Pandora lacht kurz auf. »Um einen Garten?«

Ich nicke. »Wenn ich hierherkomme, kann ich die Pflanzen nicht gießen, und dann werden sie vertrocknen.«

Pandora sieht mich an. Sie schüttelt den Kopf, ihr Ausdruck zwischen Staunen und Unverständnis. »Vielleicht verstehst du nicht, was ich meine. Du könntest unsterblich sein«, sagt Pandora leise. »Das ist das, was ich dir anbiete.«

»Ich weiß«, flüstere ich. »Aber diese Pflanzen sind lebendig.«

Sie starrt mich an. Ihre Augen sind immer noch wie Scheinwerfer, doch ihre Strahlkraft ist verblasst, diese unbezwingbare magnetische Kraft hat abgenommen. *Es liegt nicht an ihr. Es liegt an mir.*

»Tja.« Sie zuckt mit den Achseln, nimmt ihre beiden Handys und steckt sie zurück in ihre kleine Tasche. Ihre Nägel sind manikürt. Perlmuttfarben. Sehr rosa. Sehr genau. »Dein letztes Wort?«

Ich nicke. Plötzlich werden die Geräusche im Café wieder lauter. Menschen unterhalten sich um uns herum und lachen. Geschirr klirrt auf einem Tablett.

Pandora steht langsam auf, nimmt den Trenchcoat vom Stuhl und zieht ihn sich an. Ein beiger Trenchcoat, der gut zu ihren blonden Haaren passt. »Du brauchst den Kaffee nicht zu bezahlen. Das habe ich schon getan.«

Draußen blinzle ich gegen die Sonne, die sich nun wieder zeigt. Es ist ein schneller Wechsel von Wolken und Sonnenschein, schneller, als ich es von München her kenne. Wir laufen nebeneinanderher, ohne uns anzusehen. Ich sehe auf Pandoras Schuhe, die über das Pflaster schweben. Sie ist so leicht. So lassen wir den Platz hinter uns. Tauben picken Brotkrümel zwischen den Pflastersteinen. Sie sieht kurz nach unten und dann hoch. »Glaubst du, dass wir uns wiedersehen werden?« Ihr Blick hat fast etwas Bittendes. *Oder glaube ich das nur?*

Ich schüttle den Kopf. *Nicht in diesem Leben*, denke ich. Es ist ein Gedanke, der mir kurz die Haare auf meinem Arm aufstellen lässt.

»Ist das … eine Vision oder ein Gefühl?«

Ich zögere. »Ein Gefühl.«

»Dann muss es auch nicht stimmen.«

»Meinst du?« Ich kann nicht anders. Ich muss lächeln. Plötzlich nimmt mich Pandora in den Arm. Sie riecht gut, nach einem teuren Parfum, und fühlt sich noch sehniger und drahtiger an, als sie vorher war. Ich drücke sie zurück. »Mach's gut!«, sage ich leise.

Sie sieht mich kurz an und streicht mir über die Haare. Dann löst sie sich von mir und geht ein paar Schritte. Andere Menschen kreuzen ihren Weg, sie weicht ihnen aus. Sie dreht sich noch einmal um und ich sehe zum letzten Mal ihr Gesicht: schmal und alterslos. Mäntel drängen sich davor und Taschen, und die Menge schließt sich vor ihr wie ein Vorhang. Nur ihr Gesicht bleibt zurück in der Luft. Obwohl sie verschwunden ist, bleibt ihr Gesicht bei mir.

Ich habe das Puzzlestück gesehen und ich habe es in die Geschichte eingefügt.

Sie ist jetzt ganz. Aber zugleich ist sie nur ein Teil einer viel größeren Geschichte, so wie wir alle Puzzlestücke sind.

Ich blicke in den Himmel, die Sonne trifft mich wie ein glühend gelber Blitz und ich fühle mich groß und klein zugleich. Dann drehe ich mich um und etwas, das mein Herz umgeben hat wie ein eisernes Band, bricht plötzlich entzwei.

Möwen kreisen in der Luft. Es riecht nach Meer. Ich werde nicht bleiben, denn ich fahre gleich zurück. Nach Hause. Nach Hause. Ich werde mit dem Zug fahren und mich nicht mehr davor fürchten. *Ich muss mich vor nichts mehr fürchten.*

Und während ich die Allee zum Bahnhof hinunterlaufe, steigt noch ein anderes Gefühl in mir hoch, etwas, was vorher noch nicht da war und was ich nicht kenne. Oder – besser – lange, lange Zeit vermisst habe. Ich glaube, man nennt es Heimweh.

DANK

Mein Dank geht an meine Lektorin, Susanne Bertels, deren Stilsicherheit und wertvolle Ideen dem Manuskript noch eine ganz neue Dimension verliehen haben. Außerdem gebührt er Michaela Hanauer-Dietmaier, meiner Agentin, die ich immer an meiner Seite weiß und die dafür gesorgt hat, dass es dieses Buch überhaupt gibt.

Bedanken möchte ich mich auch bei allen vom Café delmocca, in dem ich, versteckt an einem kleinen Tisch im Hintergrund, unzählige Stunden verbracht habe und ohne deren Kaffee, Croissants und freundliche Worte ich diesen Roman nie hätte schreiben können.

Christoph Keimel danke ich herzlich für seine Anmerkungen zur Technik und seine Geduld, sie mir zu erklären. Stefanie Kremser für ihre mir so wertvolle Freundschaft und dafür, dass sie den Entstehungsprozess dieses Buches stets mit liebevollem und kritischem Auge begleitet hat. Bei Brigitte Kreitmeyr möchte ich mich für die dramaturgische Beratung bedanken. Franziska und Viktoria, euch danke ich für die vielen Einfälle und Inspirationen!

Vor allem aber geht mein Dank an Christoph, der mir am Ende noch die entscheidenden Verbesserungen und Anregungen gab.

Dieses Buch ist für dich!